ハヤカワ文庫NF
〈NF520〉

ホース・ソルジャー
〔上〕

ダグ・スタントン
伏見威蕃訳

早川書房
8178

12 STRONG

The Declassified True Story
of the Horse Soldiers

by

Doug Stanton

Translated by
Iwan Fushimi
Published 2018 in Japan by
HAYAKAWA PUBLISHING, INC.
This book is published in Japan by
arrangement with
the original publisher, SCRIBNER
a division of SIMON & SCHUSTER, INC.
through JAPAN UNI AGENCY, INC., TOKYO.

アフガニスタンの孤絶した地域をチヌーク・ヘリコプターで飛んだ第160ＳＯＡＲのパイロットたちは、たいへんな危険を伴う異様な気象状況のもとで作戦を行なわなければならなかった。標高4,500メートルの高峰を縫って飛ぶというのは、いまだかつて敢行されたことのない大胆な任務だった。

ダラエソフ川流域はじつに美しいが、タリバン軍陣地が隠され、地雷が敷設されている。米軍チームが降着したことをタリバン軍は知っていた。

小休止している北部同盟軍兵士。米軍チームが到着したころ、北部同盟軍はタリバン軍と戦うための弾薬も底を突きかけていた。米軍特殊部隊チームがさまざまな人種や宗教の派閥を統合してタリバン軍と戦わせることができたのは、それに応じた異色の訓練を受けていたからだ。

米軍チームの装備を積んだラバ。この頼もしい家畜は重い荷物を運ぶことができ、タリバンを打倒した米軍の歴史的偉業には不可欠だった。レーザー装置やＧＰＳを備えた米軍チームは、馬に乗って戦場へ赴いた。

米特殊部隊はゲイター６×４二台を戦域に空輸できた。兵員、食糧、武器弾薬、衣料品を運ぶのに使われた。この兵士たちはタンギー峠の過酷な強襲に向かうところ。

ライフルやＲＰＧで武装した北部同盟軍の兵士たち。ドスタム司令官に忠誠を誓い、なかには20年以上も戦っているものもいる。

バワーズ中佐とドスタム司令官は、タリバンとの戦いを成功させるために、おたがいへの理解と信頼を醸成しなければならなかった。特殊部隊には独特の風習があり、アフガニスタンの集中的な作戦は将来の世界各地の紛争を解決するための画期的な手本になると、のちに米軍上層部が表明している。

ドスタム司令官と米軍チームが、ダラエソフ川の谷に馬を駆る。この直後、北部同盟軍騎馬隊が敵陣への突撃を行ない、タリバン軍の熾烈な抵抗に遭う。

ダラエソフ川の谷とその周辺の孤絶した美しい小さな村々を占領するのは、きわめて困難だった。米軍チームが前進するためには、そこを奪取しなければならない。以前のタリバン軍の攻撃によって壊滅した村もあった。

ＳＯＦＬＡＭ（特殊作戦レーザー位置標識）を使い、米軍チームは遠く離れたタリバン軍陣地への空爆を誘導した。タリバン軍はこういったハイテク火力で攻撃されたことがなかった。手前は旧ソ連製のＤＳｈｋ（デグチャレフ‐シュパーギン）重機関銃。

米兵が高地の塹壕からターゲットのタリバン軍陣地を探している。レーザー誘導爆弾の使用には特殊な知識と技倆を要する。北部同盟軍とタリバン軍の兵士は、空爆が命中したりはずれたりするとウォーキイトーキイでたがいを冷やかした。

狭隘で攻めづらいタンギー峠は、ダラエバルフ川の谷からマザリシャリフへの最短ルートで、タリバン軍の血みどろの反攻の場となった。特殊部隊がくわわった北部同盟軍数千人が、タリバン軍を追撃してこの隘路に殺到した。

第五特殊部隊群の男女将兵とその家族に本書を捧げる。

そして、私の家族のアン、ジョン、ケイト、ウィル、母ボニーと父デラルド・スタントン、デブ、トニー、ジェネッサ、ワイリー・デミンに。

末筆ながら、グラントとポーレット・パーソンズに。

たいへんなご高配をいただいたスローン・ハリス、コリン・ハリソン、ブレイク・リングスマスに心底恩義を感じていることもつけくわえたい。

彼らのゆるぎない支援がなかったら、本書が書かれることはなかっただろう。

おれは子狐
あてどない暮らしをしている
厄介なことがあれば
危険な仕事があれば
そいつはおれの仕事だ

——スー族戦士の歌

目次

下巻目次

著者おぼえがき

本書に描かれている出来事は、アフガニスタン人の兵士と民間人、アメリカの兵士と民間人合わせて一〇〇人以上から聞いた話に基づいている。アフガニスタンとアメリカで起きた出来事についての、長期間にわたる詳細な話がそこには含まれている。ほとんどの場合、本書の主題にかかわりのある出来事を当事者が回想して語るのをじかに聞いた。さらに、本書に描かれている地域にも赴き、ジャンギー要塞の現地調査も行なった。個人の日誌、これまでに発表されたマスコミの記事、当時の写真、米軍の膨大な記録や報告書も検証した。

『ホース・ソルジャー』に描かれている出来事の多くは、極限的な状況で起きており、それを経験したひとびとのなかには心に傷を負ったものもいる。こういった理由や、記憶はそもそも不完全な場合が多いことから、当事者の話が食いちがうこともあった。著者として、関係する出来事をできるだけ正確に描写するように心がけ、複数の人間の描写が一致するような話を採用したことをお断りしておきたい。

ホース・ソルジャー〔上〕

重要関係者

アフガニスタン軍閥

アブドゥル・ラシード・ドスタム
ウスタド・アッタ・ムハンマド・ヌール
ハジ・ムハンマド・モハケク

CIA潜入工作チーム幹部

マイク・スパン
デイヴ・オルソン
J・J・ソーヤー
ガース・ロジャーズ

米陸軍特殊部隊司令官

ジェフリー・ランバート少将　フォート・ブラッグ、米陸軍特殊部隊コマンド司令官
ジョン・マルホランド大佐　フォート・キャンベル、第五特殊部隊群群長、ウズベキスタンK2

指揮官
マックス・バワーズ中佐　フォート・キャンベル、第五特殊部隊群第三大隊大隊長、マザリシャリフ、アフガニスタン現地指揮官
マーク・ミッチェル少佐　フォート・キャンベル、第五特殊部隊群第三大隊作戦将校

ミッチ・ネルソン大尉のチーム（ドスタムに馬で同行）
A組（アルファ・セル）
ミッチ・ネルソン大尉　チーム・リーダー、A組リーダー
サム・ディラー一等軍曹　情報・作戦担当
ビル・ベネット一等軍曹　先任衛生担当
ヴァーン・マイケルズ一等軍曹　先任通信担当
ショーン・コファーズ一等軍曹　下級兵器担当
パトリック・レミントン二等軍曹　下級施設担当

B組（ブラヴォー・セル）
キャル・スペンサー一等准尉　チーム・リーダー補佐、B組リーダー
パット・エセックス曹長　B組リーダー補佐
ベン・マイロー一等軍曹　兵器担当

スコット・ブラック一等軍曹　下級衛生担当
チャールズ・ジョーンズ二等軍曹　下級施設担当
フレッド・フォールズ二等軍曹　下級通信担当

ソニー・テイタム二等軍曹　空軍戦闘統制官
ミック・ワインハウス二等軍曹　空軍戦闘統制官

トルコ人学校、アフガニスタン、マザリシャリフ
バート・キャランド三世　海軍中将　特殊作戦中央コマンド司令官
マックス・バワーズ中佐　第五特殊部隊群第三大隊大隊長
カート・ソンタグ少佐　第五特殊部隊群第三大隊副大隊長
マーク・ミッチェル少佐　第五特殊部隊群第三大隊作戦将校　地上指揮官
スティーヴ・ビリングズ少佐　第五特殊部隊群第三大隊運用支援将校
ポール・サイヴァーソン大尉
ケヴィン・リーヒー大尉
クレイグ・マクファーランド軍医大尉
アンドルー・ジョンソン大尉
ガス・フォレスト大尉

ドン・ウィンズロウ大尉
ロジャー・パーマー曹長　ビリングズ少佐の補佐役
デイヴ・ベッツ先任曹長
チャック・ロバーツ一等軍曹
ジェイソン・クバネク二等軍曹
テッド・バロー一等軍曹　兵器担当
アーネスト・ベイツ一等軍曹

マーティン・ホーマー上級曹長
ピート・バック一等軍曹　通信担当
ボブ・ロバーツ一等軍曹
ジェローム・カール二等軍曹
バート・ドックス曹長　空軍戦闘統制官
マルカム・ヴィクターズ二等軍曹　空軍戦闘統制官

ディーン・ノソログ大尉のチーム（ヌールに馬で同行）
〈現場チーム〉
ディーン・ノソログ大尉　チーム・リーダー

ダリン・クラウス一等軍曹　情報・作戦担当
ジェイムズ・ゴールド一等軍曹　衛生担当
ブレット・ウォールデン二等軍曹　兵器担当
エヴァン・コルト二等軍曹　通信担当
フランシス・マッコート二等軍曹
ドニー・ボイル二等軍曹　空軍戦闘統制官

〈後方・補給チーム〉

ステュ・マンスフィールド上級准尉　チーム・リーダー補佐
ブラッド・ハイランド曹長　施設担当
マーク・ハウス一等軍曹　兵器担当
ブライアン・ライル一等軍曹　通信担当
マーティン・グレイヴズ一等軍曹
ジェリー・ブッカー二等軍曹　衛生担当

SBS（英軍特殊舟艇部隊）

スティーヴン・バース上等兵曹（米海軍よりSBSに配属）

ジャンギー要塞誤爆後の救出作戦に参加した米陸軍第一〇山岳師団の兵士
ブラッドリー・マロイカ中尉
トーマス・アボット二等軍曹
ジェリー・ヒグリー三等軍曹
ウィリアム・サキサット三等軍曹
ローランド・ミスキモン三等特技下士官
アンドルー・スコット三等特技下士官
エリック・アンドリーソン上等兵
トーマス・ビアーズ上等兵
マイケル・ホーク上等兵

第一六〇特殊作戦航空連隊(SOAR)〝ナイトストーカーズ〟、ヘリコプターの乗員および地上員、ウズベキスタンK2
ジョン・ガーフィールド　ナイトストーカーズ任務指揮官
グレッグ・ギブソン　チヌーク・ヘリの機長
アーロン・スミス　チヌーク副操縦士
アレックス・マッギー　チヌーク機長

ジム・ジーランド　チヌーク副操縦士
ウィル・ファーガソン　チヌーク機付長
カーソン・ミルハウス一等軍曹　チヌーク機上整備員・ドア銃手
トム・ディングマン　チヌーク搭乗員
ロン・ホワイト
ラリー・ガーフィールド
ドナルド・プレザント
デューイ・ドナー
カール・メイシー
カイル・ジョンソン
ビル・リックス
ジェリー・エドワーズ
ロン・メイソン
スティーヴ・ポーター
バリー・オバーリン
ヴィク・ボズウェル
ロス・ピーターズ

アフガニスタン

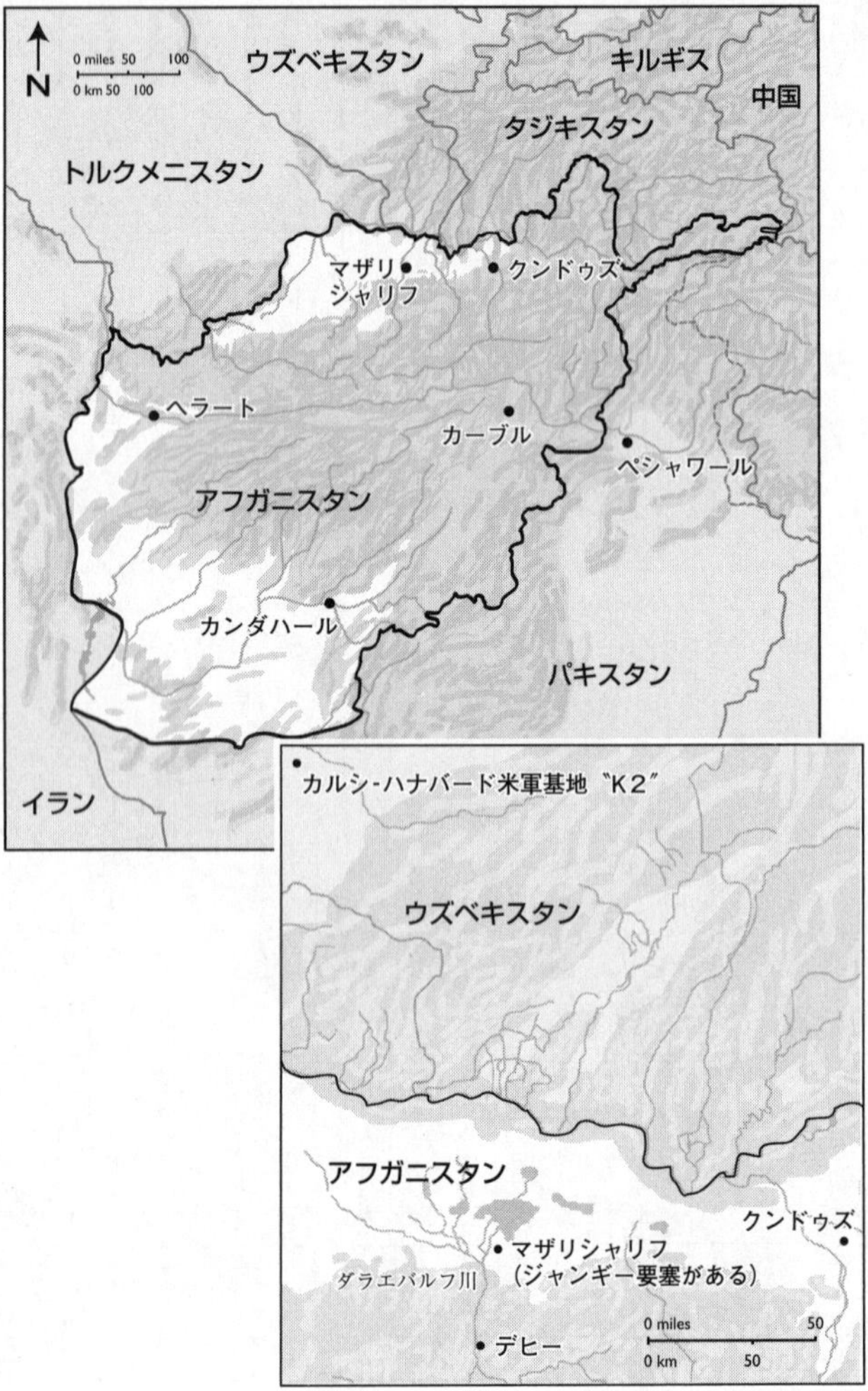
N
0 miles 50 100
0 km 50 100
ウズベキスタン
キルギス
中国
タジキスタン
トルクメニスタン
マザリシャリフ
クンドゥズ
ヘラート
カーブル
ペシャワール
アフガニスタン
カンダハール
パキスタン
イラン
カルシ-ハナバード米軍基地〝K2〟
ウズベキスタン
アフガニスタン
クンドゥズ
マザリシャリフ
（ジャンギー要塞がある）
ダラエバルフ川
0 miles 50
0 km 50
デヒー

プロローグ　暴動

アフガニスタン、マザリシャリフ
ジャンギー要塞
二〇〇一年一一月二四－二五日

砂塵と闇にまたがって、〝災厄〟は夜にやってきた。難民キャンプを猛然と通過し、月光を浴びてふるえているぼろぼろのテントのかたわらを過ぎる。ひとりの赤ん坊の泣き声が、夜空に釘のように突き刺さる。夜明けがおとずれても、よくはならなかった。災厄はまだ居座っていて、AKアサルト・ライフルやRPG（ロケット推進擲弾）を棘のように立て、エンジンをかけたまま、街への進軍を待っていた。じっと待っていた。

この連中は最悪中の最悪、無差別の破壊行為に長け、神の名のもとに死を撒き散らす意識が染み付いている。街がうめき、身ぶるいして目覚めた。災厄が街の門にやってきたことを、まもなくだれもが知るはずだ。

一五キロメートル離れた本部で、マーク・ミッチェル少佐はその報せを聞き、考えた。やめてくれよ。悪党どもが鉄条網の前に来ているって？

下におりていって、デイヴ・ベッツ先任曹長を探した。どういうことなのか、ベッツならわかるだろう。

だが、ベッツもなにも知らなかった。おろおろといった。「ＣＩＡ（エージェンシー）の人間がひとりで来て、タリバン六〇〇人が降伏したといってます。信じられますか？」

降伏？　ミッチェルには理由がわからなかった。タリバンは進軍してくる北部同盟軍から逃れ、クンドゥズを目指しているのではなかったのか。米軍特殊部隊と北部同盟軍が数え切れない戦闘によって何週間もやつらを圧倒しつづけ、空爆と数千人の北部同盟軍の攻撃を調整しながら支配地域をひろげている。いま一歩で勝利が手にはいる。クンドゥズはつぎの主戦場になるはずだった。クラブ・メッドならぬクラブ・メズと称するこのマザリではなく。

それに、こいつらが降伏するはずはない。死ぬまで戦う連中だ。

戦って死ねば極楽に行けると信じている。

ミッチェルは汚れたガラス窓のそばに立って眺めた。あれだ。悪運尽きた雑多なやつらが、大型トラック六台に詰め込まれている。悪臭を放つ被り物の奥の目をぎょろつかせている。廃品の散乱する街外れにあるトルコ人学校跡が司令部に使われているのだが、それを囲むバリケードごしに、その連中の頭が見えた。アルカイダのメンバーも含まれているはずの捕虜がいまも運転していて、となりに乗った北部同盟の兵士がＡＫの銃口をその捕虜の頭に突きつけている。捕虜たちが首をめぐらして睨みつけたとき、ミッチェルは、壁にうがたれた数百の穴を眺めているような気がした。

「みんな、窓から離れろ！」ベッツが命じた。

カート・ソンタグ少佐、ケヴィン・リーヒー大尉、ポール・サイヴァーソン大尉、特殊部隊の兵士十数人が、白と黒の市松模様の柱の蔭に折り敷き、M－4カービンを通りに向けた。背後の調理場では、地元民のコックがのらくらと働いている。炊いた米とキュウリのにおいがたちこめている。ラジオからは、ミッチェルの耳にはガチョウが絞め殺されているとしか思えない、おぞましいアフガニスタンの音楽が流れている。

ミッチェルはけさ、建築中の街の医療施設を見学するのを楽しみにしていた。付近に紙ふぶきみたいに散らばっている地雷や爆弾も爆破処理する。毎日のように、戦争がほんのすこしずつ終わりに近づいているという実感がある。じきに故郷に帰れるのではないかと思いはじめているところだった。ミッチェルとその特殊部隊チームの十数名は、四八時間前にこの学校跡に移動したばかりだった。前の本部はマザリシャリフ東部地区にあり、ここから一五キロメートル離れている、カラァイジャンギーと呼ばれる要塞に置かれていた。そこは糞便にまみれた場所で、喉頭炎にかかったり風邪をひいたりするものがいたため、移動できてほっとした。カラァイジャンギーとは「戦いの砦」の意味で、泥人形よろしく砂漠に突っ立ち、風に叩きのめされているトウモロコシやまばらに生えたキュウリの貧弱な畑に囲まれている。その上壁はなにも知らぬげに照りつける太陽のもとで、一八メートルの高さまでそびえ、奥行きは一〇メートルある。

タリバンはそこを七年間占領し、武器をぎっしり備蓄した――手榴弾、ロケット弾、小火器、とにかく殺人のための道具であれば、なんでも溜め込んだ。銃剣に一九一三年という日付のはいったエンフィールド・ライフルまであった――イギリスが占領していた時代の遺物である。二週間前に街からあわてて逃げる前に、タリバン部隊は武器を残し、壁や窓に糞便を塗りたくった。写真も絵もバラの茂みも、切り裂かれ、汚され、踏みにじられ、めちゃめちゃにされていた。美しいものは、なにひとつ残っていなかった。

タリバン統治下の三年間、マザリシャリフには、手首から先がない老人が何人も見られた。街路では女性がしじゅう石打ちの刑に遭い、蹴られていた。顎鬚を生やさない若者が投獄された。武器をふりまわす連中の楽しみのために、父親が息子の目の前で打擲された。

ミッチェルが率いる馬に乗った兵士たちの到着が、そういったことを終わらせた。絨毯織り、精肉業者、自動車工、教師、銀行員、石工、農夫など、マザリシャリフの住民たちが花を投げ、投げキスをして、馬上の米兵のほうへ手をのばし、迷彩服のズボンの汚れた裾をいとおしげにひっぱった。禿げ頭で青い目のミッチェルと特殊部隊の兵士二十数名が雪の積もる山から街へ下るとき、住民は沿道に一・五キロメートルほどならんで歓迎した。ミッチェルは、ナチス・ドイツが逃げ出したパリに祖父が乗り込んだ第二次世界大戦中まで時間が戻ったような心地を味わった。

三六歳のミッチェルは、第五特殊部隊群第三大隊の作戦将校として、前方作戦基地（FOB）の地上指揮官をつとめている。これまで一五年近く、陸軍で出世の梯子の頂上を目指して、卓越した軍歴を残してきた。三七歳で親友のカート・ソンタグ少佐は、ロサンジェルス出身のウィークエンド・サーファーで、この前方作戦基地では副大隊長だった。つまり、ミッチェルの直接の上官に当たる。特殊部隊の伝統では、おたがいを同格と見なす。ケヴィン・リーヒー大尉やポール・サイヴァーソン大尉のように階級が下であっても、敬礼はしない。彼らは支援中隊の将校として、飲み水、電気、医療を地元住民に提供するといったような戦後の活動の準備を担当していた。

通りを眺めながら、ミッチェルはタリバンの車列が停止しかけている理由を考えていた。異変が起きた場合、自分たちが情けないくらい寡勢であることはわかっていた。集められるのは十数人というところだろう。リーヒーやサイヴァーソンは精悍な戦闘員とはいえない。ふたりとも自分とおなじように本部の管理職で、もう三〇代なかばだし、ここにいる兵士たちはこれまでほとんど戦闘を経験していない。校舎の二階にはCIA局員が数人寝泊りしているし、昨夜チヌーク・ヘリコプターで到着したイギリスのSBS（特殊舟艇部隊）の兵士が八人いる。しかし、新来のSBSチームはまだ交戦規則を含めた命令を受領していない――だから、どういう状況なら武器を使用していいかということが、まだはっきりしていない。そうやってざっと勘定してみると、戦闘に使えそうなのはやはり十数人だろうと思った。マザリシャリフにともに進軍してきた練度の高い特殊部隊チーム二個は、その日の早朝に、戦闘が起きると考えられているクンドゥズに向けて出発していた。それを見送りながら、歴史をつくる機会に参加できないことを、ミッチェルはひしひしと感じていた。本部の運営と治安維持のために、残らなければならなかった。ところが、タリバン兵六〇〇人がこうしてすぐ表に集まっているわけだから、ひょっとすると自分の見込みはまったくまちがっていたかもしれないと思った。

通りはクラクションを鳴らすタクシーや、自家製の煉瓦を中心部の市場へ運ぶロバや、ガタガタの自転車に乗っている老人や、紺のブルカを着た亡霊のような姿で土埃のなかを歩いている女たちでにぎわっていた。これがアフガニスタンだ。いつも目を瞠らされる。

しかし、車列は動かない、一〇分が経過していた。

と、なんの前触れもなく、地元住民の一団がぞろぞろとトラックに近づき、腹立たしげなそぶりで捕虜につかみかかった。ひとりを捕まえてひきずりおろした——捕虜はトラックの荷台のぼろぼろの木の部分にしがみついたが、つぎの瞬間にはひきずられて見えなくなっていた。ここからは死角にあたるトラックの蔭で殴り殺されているのだ。

タリバンの行なってきた公開処刑、レイプ、手足を切り落とす処刑、住民にあたえた屈辱のすべてに対する怒りや復讐の思いが、その男に注がれた。拳や足や節くれだった杖がふりおろされた。トラックが揺れながら走り出し、車列が移動したあと、男の亡骸はなにも残っていなかった。まるで食い尽くされたみたいだった。

無線機が息を吹き返した。幹線道路に配置された北部同盟の一指揮官が下手な英語で告げるのを、ミッチェルはじっと聞いていた。捕虜はすべてジャンギー要塞へ連れていく。

要塞に備蓄されていた大量の武器のことが頭に浮かび、ミッチェルは愕然とした。しかし、手立てはない。北部同盟の司令官たちに采配を任せるというのが、アメリカの戦略だった。

アメリカがいくら強大であろうと、地元勢力が主役なのだ。ミッチェルは、地元勢力がタリバンを斃すのを〝支援する〟ためにマザリシャリフにいる。この降伏を担当している北部同盟の指揮官に無線連絡して、怒れるタリバンとアルカイダの兵士六〇〇人を収容するのに要塞は理想的な場所とはいえないと助言しようかと思った。だが、そこへ運ぶのには、もっともな理由があるのかもしれない。捕虜のボディチェックをして、用心深く見張れば、要塞の土壁に閉じ込めておくことは可能かもしれない。

そこでミッチェルはまた、カラァイジャンギーに備蓄されているロケット弾、ライフル、木箱入りの弾薬のことを、あらためて考えた――軍事行動に使える材料が大量にある。

あの砦だけはやめてほしい、と思った。どうかあの砦だけは。

煙を吐き、ギヤをきしませながら、捕虜の車列は要塞の空堀を轟然と通過し、高いアーチ門をくぐった。捕虜たちは電線にとまったムクドリみたいに首をのばして、あちこちの壁を眺め、見張りの位置をたしかめ、逃げやすそうな出口を探した。

イスラム教は他人の体にみだりに触れることを禁じているので、徹底したボディチェックを受けたものは数すくなかった。グレーの薄い寛衣や体に合わないスーツや汚れたカーキ色の肌着の奥に手を突っ込んでナイフ、手榴弾、首絞め道具を探すということは、行なわれなかった。殺人鬼の捕虜が自分を捕らえている人間ににやりと笑いかけると、相手は手をふって先に進ませた。タシャクル。ありがとう。タシャクル。

トラック六台が要塞内で急停止し、北部同盟の警備兵十数名が用心深く見守るなかで、捕虜がおりはじめた。突然、ひとりの捕虜がシャツの腹帯から手榴弾を出して自爆し、北部同盟の将校ひとりが巻き添えになった。警備兵が空に向けて発砲し、統制を取り戻した。そして捕虜をすみやかにバラ色の漆喰が塗られた建物に入れた。〝ピンク・ハウス〟というぴったりの呼び名がついている建物は、岩やイバラの茂みに囲まれている。一九八〇年代にソ連が、砲撃にも耐える壁に囲まれた要塞内に病院として建設したものだ。

ジャンギーはかなりの広さの城塞都市で、まんなかを東西にのびる壁で二分され、その南北におなじ広さの中庭がある。金色のドームのモスク（イスラム教礼拝所）と厩数棟があり、トウモロコシや小麦の畑を灌漑用水路が囲んでいる。日除けのための高い松の木立が身を切るような寒風を受けてしなり、芳香を放っている。厚い壁には秘密の通路や小部屋があり、穀物その他の貴重な物資を保存する数多くの倉庫に通じている。タリバンは南側の敷地にある土塗りの厩十数棟に大量の武器を収納していた。車一台がはいれる大きさの厩には、ドーム形の屋根がある。そのなかに垂木までびっしりと、ロケット弾、RPG、機関銃、迫撃砲が積んである。それ以外の場所にも、さらに多くの武器があった。アメリカのインターステートを走っている大型トレイラートラックに似たCONEX（米軍の使用する金属性の大型梱包枠）トレイラー六台も近くにとめてあり、そこにも銃器や爆薬が詰め込まれていた。

この要塞は一八八九年にアフガニスタン人が建てたもので、イギリスの侵略を受けながら、労働者一万八〇〇〇人を使い、一二年かけて完成させた。防御しやすく、攻囲戦に耐える造りになっている。

　要塞の四隅には塔のような土（日干し煉瓦）の稜堡がそびえている。高さ二五メートル、差し渡し四五メートルで、重量一〇トンの戦車が乗れるだけの強度がある。戦車がそこへ登るために、庭からゆるい傾斜の長い土の斜路がのびている。稜堡の厚さ九〇センチの胸壁には縦三〇センチほどの四角い銃眼があって、眼下の敵軍にライフルの銃口を向けることができる。

　要塞全体の奥行きは五五〇メートル、幅はその半分の二七〇メートルほどである。

　北端には赤い絨毯を敷いた高いバルコニーがあって、中庭を見おろしている。太陽が降り注ぐ広い遊歩道のようで、黒い錬鉄の柵に囲まれた速い流れが望めるが、流れのまわりのバラ園はタリバンによって破壊されてしまった。バルコニーの奥に両開きの扉があり、長い廊下、事務室、居室に通じている。

　敷地を南北の中庭に二分している中央の壁の東西の端にもやはり高い稜堡があって、監視と防御のための銃眼がうがたれている。また、幅九〇センチほどの踏み固められた狭い通路が、外側の防壁に沿って要塞を一周している。ところどころに腰までの高さの厚い土壁があって、通路を歩く兵士が利用できるようになっている。それを遮蔽物に使って要塞内を狙撃することも可能だし、そこに乗れば周囲からの攻撃に対して外壁ごしに応射できる。

　南側の中庭にはバルコニーやオフィスに通じる扉はないが、それを除けば北側の中庭とほとんどおなじで、そのまんなかに四角いピンク・ハウスがある。二三メートル四方という狭い建物で、北部同盟の兵士に命じられて暗い地下室へおりていった捕虜六〇〇人を収容するには無理がある。捕虜はマッチ箱のなかのマッチみたいに体をくっつけ合って立っているしかないだろう。

ミミズと汗のにおいがする地下室の土間の片隅に、憂い顔の若いアメリカ人がひとり混じっていた。仲間にはアブドゥル・ハミドという名で知られている。こうして降伏するために何日も歩き、ようやく故郷のカリフォルニアに帰れると期待していた。疲れ、空腹で、心臓は調子が悪い洗濯機みたいに不整脈を打っていた。心臓麻痺を起こすのではないかと心配だった。まだ二一歳なのだから、臆病にもほどがある。

周囲では、タリバン兵たちが、湿った長い袖に隠した武器を出しながら祈っていた。

翌一一月二五日の朝、CIA潜入工作チームのデイヴ・オルソンとマイク・スパンが、マザリシャリフの本部で装備を調え、街を出て要塞へ行こうとしていた。できるだけおおぜいの捕虜を訊問したいと、ふたりは考えていた。

ミッチェルが学校のカフェテリアでチャイを飲み、嚙みごたえのあるおいしいナンを食べているところに、オルソンとスパンが来た。ミッチェルはオルソンのほうをよく知っていた。元海兵隊砲兵将校のスパンは、三年前にCIAに入局した。ブルージーンズに黒いセーターという格好で、中背、頬がそげ、口をゆがめて笑う。ブロンドの髪は短く刈ってある。オルソンは長身のがっしりした体格で、ニキビの跡が残る顔にごま塩の薄い顎鬚を生やしている。

北部同盟の戦闘員がしゃべる、声門を使う鋭い発声のダリー・ペルシア語に堪能で、ベージュのズボンの上に、膝まである黒いシャツを着ている。シャルワール・カミース（シャルワールはゆったりしたズボン、カミースは長いシャツ）と呼ばれる民族衣装の一部である。

ＣＩＡのふたりが充分な弾薬を携帯していないことに、ミッチェルはすぐさま気づいた。どういうわけか、ふたり合わせて弾倉四本しか持っていない。ミッチェルは一任務にひとりが弾倉四本を携帯するという作戦規定（ＳＯＰ）をよしとしている。オルソンとスパンは、折りたたみ銃床のＡＫ‐47を肩から吊るし、太腿のホルスターに九ミリ口径のセミオートマティック・ピストルを収めていた。スパンはもう一挺の拳銃を腰のうしろのウェストバンドに差している。いずれも無線機を持っておらず、それも妙だとミッチェルは思った。だが、ＣＩＡの連中はいつも自分の配下を連れていく。オルソンとスパンがなにをやるつもりであるにせよ、経験に基づくそれなりにきちんとした仕事なのだろうと、ミッチェルは判断した。

オルソンが告げた。「われわれは要塞へ行って捕虜から話を聞く。なにか情報がつかめるかもしれない」

前夜に学校の外で短い銃撃戦があり、街の状況がかなり緊迫していると感じたミッチェルは、ＣＩＡが要塞で訊問を行なうあいだ警備するために自分と部下数名が同行してもいいかと、オルソンに打診していた。捕虜の訊問が公式にＣＩＡの担当であることは知っていたが、友人の身の安全を慮（おもんぱか）ったのだ。結構だ、とオルソンはそのときに答えた。あんたたちは訊問の場にいないほうがいい。状況全般を軽く見ているのではないかと、ミッチェルは内心考えていた。

捕虜のなかに筋金入りの闘士がいることを、三人とも知っていた。チェチェン人、パキスタン人、サウジアラビア人——いずれもアルカイダの発生地だ。投降したのは、ウサマ・ビンラディンの精兵の中核だった。ひょっとして、ビンラディンの所在を知っているものがいるかもしれない。

背後に気をつけろよ、とミッチェルは心のなかでつぶやいた。

オルソンとスパンがロビーのドアを出て、円形の車回しにとまっているトラックに向かった。塀の向こうでは、午前一〇時前後の頻繁な車の往来がかまびすしい。トラックが、自家用車やトラックやロバが牽く荷車の流れに乗って、やがて見えなくなった。

それを見送っていたミッチェルの横に、ベッツ先任曹長がやってきた。「どうも気に入りませんね」

ミッチェルは理由を聞いた。

「それがなんとも」ベッツが答えた。「出かけるときには、もっと弾薬を持っていったほうが安心できる」

三〇分後、オルソンとスパンが要塞にはいった。

ジャンギー要塞では、アブドゥル・ハミドがピンク・ハウスの地下から階段を昇って出てきて、午前の太陽に目をしばたたいていた。両腕はターバンを使ってうしろで縛られている。

排泄物の悪臭がする暗い穴から出る階段は、崩れかけた煉瓦の煙突に似ていた。

ピンク・ハウスを離れたアブドゥルは、そびえる要塞の壁のかたわらを歩かされた。すでに一〇〇人ほどの捕虜が中庭に出され、やはり自分の衣服で後ろ手に縛られて、固くなった土壌に生えたねじくれた草が踏み荒らされている地べたに胡坐をかいていた。

マイク・スパンが腰をかがめて、アブドゥルの顔を覗き込んだ。

この若者がどこの出身なのか、何者なのか、スパンにはまったく見当がつかなかった。アラブ人か？　パキスタン人か？　カナダ人か？　ぼろぼろになった英軍コマンドウ・セーターをじろりと見て、この若者――二〇歳から二三歳のあいだだろうか――は英語がすこしはできるだろうと察した。

「おまえはどこの出身だ？」スパンは語気鋭くきいた。「ここでやっていることがいいと心から思っているんだから、ここで殺されても本望だな？」

答は返ってこなかった。

「名前は？　だれの手引きでこのアフガニスタンに来た？」

相手は地べたに座ったまま、ゆったりしたズボンの膝に視線を落としていた。

「顔をあげろ！」スパンはどなった。

若者の顔は日焼けして、目は冷たい紅茶の色だった。

スパンはしばらく睨んでいたが、やがてデジタルカメラを構えて一枚撮影した。その画像はあとで暗号化された衛星通信により各部隊本部に送られ、テロリストや身許が判明しているアルカイダ戦士のデジタル画像と照合される。

「マイク！」

オルソンが呼んでいた。土埃の立つ庭をよたよたと歩いてくる。オルソンはそれまで五分ほど、べつの捕虜の一団の事情聴取をしていた。立ちはだかり、地べたに座った若者を見おろした。

「そうなんだ」スパンがいった。「こいつはしゃべろうとしない……ただ話がしたいだけだと説明していたところだ。こいつにどういう事情があるのかを知るために」

「まあ、やつはイスラム教徒だからな」オルソンが考え込むようにいった。「厄介なことに、死ぬか生きるか、ふたつにひとつしかないのさ。ここで死ぬか……ほうっておけ。やつは監獄にはいって短い一生を終えるだろうよ……しゃべってくれるやつだけ助ければいい」

スパンは、くだんの若者に向かっていった。「おまえがいっしょに戦ってきたこいつらがテロリストだというのを知っているか？　イスラム教徒も殺すようなやつらだぞ。ニューヨークのテロ攻撃では、イスラム教徒も数百人死んだ。それが聖クルアーン（コーラン）の教えか？」スパンはなおもいった。「話をする気はないのか」

オルソンがそれを受けてつづける。「やめておけ。こいつにはチャンスをあたえないといけなかった。チャンスはあたえたんだ」

オルソンが地面をブーツでこすった。スパンは腹立たしげに腰に手を当て、捕虜のほうを見た。

とうとうスパンが口をひらいた。「パスポートは見つかったか？」

「サウジアラビアのが二通。あとは見当たらない」

若者は口を割らないだろうとふたりとも判断して松並木の砂利道を歩きはじめ、要塞の中庭を二分している高い土塀にあるゲートを目指した。旧司令部へ行って隊伍を整えるつもりだった。

オルソンが途中でふりかえると、スパンが小径に立ちどまって北部同盟の兵士の一団を冷やかしていた。オルソンは向き直り、歩きつづけた。

中央のゲートにオルソンが着いたとき、手榴弾の破裂音が聞こえ、つづいて一連の銃声が響いた。オルソンはふりかえった。

スパンが、アッラーは偉大なり（アッラーフ・アクバル）とわめきながら拳で殴っている捕虜の一団を撃退しようとしていた。

オルソンは、スパンのほうへと駆け出した。そのときスパンが捕虜の一団を拳銃で撃ち、弾薬が尽きるとウェストバンドに隠したもう一挺の拳銃を抜いた。撃ちながら、肉弾の嵐によって地面に押し倒された。

スパンが倒れるのを見て、死んだものと思ったオルソンが向きを変えたとき、自分のほうへタリバン兵ひとりが走ってくるのが目にはいった。タリバン兵が、AK-47を腰だめで連射した。

鋭い唸りをあげて銃弾がかすめるのがわかり、よく当たらなかったものだとオルソンは驚

いた。タリバン兵がなおも近づいてきたので、一瞬その場に凍り付いていたオルソンもつい
に拳銃を構えて相手を撃った。

タリバン兵が、オルソンの足もとまで地面を滑ってきた。ブーツで触れられるほど近かった。

向き直ったオルソンは、スパンを殴っている連中に向けて発砲した。何人かを撃ち殺したことはまちがいないと思った。また突進してくるのを察して、迫ってきたべつの男を撃った。だが、そこで弾薬が尽きた。

それで、駆け出した。小径を走り抜けて北の中庭に出ると、広いバルコニーの正面にあるめちゃめちゃになったバラ園を通った。階段を駆けあがって奥の庭にはいり、そこで電話をかけて、学校の本部のミッチェルとソンタグに急を知らせた。

「マイクは死んだと思う」オルソンは電話でいった。「マイクは死んだ！　攻撃を受けている。くりかえす、重火力で攻撃されている！」RPGの擲弾がバルコニーの壁につぎつぎと当たって、建物が揺れていた。

南の中庭では、アブドゥル・ハミドが脚を撃たれて地面に倒れていた。地下室の階段まで這い戻ろうとしたが、かなり距離があった。カリフォルニアにいる母親には二度と会えないかもしれないと思った。さっき質問をしたおかしな風体の男たちは何者だろうと思った。ジョン・ウォーカー・リンドというおれの本名を知っているのだろうか？

その間に、捕虜のひとりがマイク・スパンに近づいて、至近距離から二発撃ち込んだ。

スパンとオルソンに座るよう命じられたタリバン兵数百人が、いっせいに立ちあがった。

彼らは、手首を縛っているターバンをほどき、どうすればいいのかわからずに、必死の形相であたりを見まわした。

要塞の壁の上にいた北部同盟の警備兵十数人が中庭に向けて発砲し、固い地面を銃弾が削り、土くれが舞い、タリバン兵が薙ぎ倒された。

数分後に、タリバン兵たちは武器の隠し場所を見つけた。長いCONEXトレイラーの金属の蓋をあけ、数百挺のライフル、手榴弾、迫撃砲を抱えあげて、足もとにばら撒いた。

武器をそれぞれ拾いあげたタリバン兵たちは、中庭に散開し、土の建物の蔭、藪、壁に造られている倉庫に潜んだ。そして応射をはじめた。空気がどよめく。

熱い太陽が照りつけるなか、やがて傷ついた馬たちが中庭のあちこちで身をよじり、土埃にまみれていないないた。

オルソンの電話から三〇分後に、ミッチェルが地上部隊を引き連れて到着した。要塞の表にトラックをとめておりると、壁を見あげた。信じられないほど激しい戦闘だった。数百人が一度に発砲している。擲弾が弧を描いて壁を越え、トラックの周囲で爆発した。

ミッチェルとその部下たちは、要塞の壁ぎわに走っていって、登りはじめた。

壁は四五度の角度をなして、空に向けてそびえている。手がかりを探しながら、兵士たちはじわじわと登った。息を切らしててっぺんに達すると、ミッチェルは眼下の混沌とした戦場を覗き見た。

松林に死体が累々とひっかかっていた。手榴弾や擲弾によって吹っ飛ばされたのだ。なにかの黒い飾りみたいに枝からぶらさがっている。ぐったりとして、動いていない。捕虜が林のなかを走りながら、塀に向けて撃ってくるのが見えた。要塞内には六〇〇人がいるとわかっている。そいつらが外へ逃れようとしている。

自分の兵力をあらためて勘定した。一五人。たった一五人しかいない。

アフガニスタンに配置される前に、ミッチェルは司令官にきかれた。「どういうふうに死ぬつもりだ?」逆にどうやって生き延びるかを、あけすけに質問したのだ。その答を、これまではほとんど考えもしなかった。

すさまじい爆発が空を激しく打った。捕虜はついに迫撃砲を見つけたようだ。壁の上の警備兵が砲撃されるのは時間の問題だった。

銃撃には、パーン、プシュッ、巨大な骨が折れるようなバキバキという音がともなっていた。要塞内のタリバン兵が突破して表に出るのではないかと、ミッチェルは不安になった。いまにも壁の上によじ登ってくるかもしれない。

なにかのきっかけで、あっというまに事態が悪化したのだ。おれたちは必死で戦って勝った。それなのに、たちまち敗勢になってしまった……。

ミッチェルは妻のことを考えた。それから、娘ふたりのことを。父親など関係なしに成長してゆくかもしれないと、これまでは心配していた。それどころか、父親をまったく知らずに成長することになるかもしれない。

拳銃を抜き、敵に蹂躙(じゅうりん)される覚悟を固めた。

第一部　出征

メイン州、サウスポートランド
コンフォート・イン・エアポート・モーテル
二〇〇一年九月一一日

リトル・バードが目覚めた。

モーテルの客室のベッド脇には、小さなナイトスタンドがあり、アラーム付きラジオと聖書が置いてある。その向こうの汚れた窓の外は駐車場で、通勤者や観光客の車がいっぱいとまっている。仕事に向かうもの、家に帰るもの、人生の憩いの場へ行くものがいる。不安に満ちた長い一年が過ぎて、リトル・バードにとっては安らかな一夜だった。きょうはこれから天国へ行くのだ。

アッラーのほかに神はなく、ムハンマドは神の使徒である。

リトル・バードの本名はムハンマド・アター・アッサイード、綽名(あだな)は父親がつけたものだった。頑固で厳格な父親は、息子は甘ったるく、神経質で、弱々しく、怠け者で、不平が多いと見なしていた。幼いアターが放課後にカイロの街を三分かけて家に帰るとき、時間を計って何秒か遅れると責めたことまであった。リトル・バード、遅いじゃないか。どういうことだ？

到着時刻、出発時刻。アッラーのほかに神はなく、ムハンマドは神の使徒である……。

アターは起きあがった。

ジーンズとブルーのポロシャツを着て、艶のあるなめらかな花柄のベッドカバーを、か細い手でなでつけるとき、せわしなく一日をはじめようとしているありきたりの観光客に見えた。頭上では離陸したジェット旅客機が轟然と遠ざかってゆく。

一〇分後、アターはメイン州サウスポートランドの空港にいて、二週間前にラスヴェガスでインターネットを使って買った航空券を手にしていた。ラスヴェガスでは、組織の最終会合があった。四日前、フロリダ州ハリウッドの〈シャッカムのオイスター・ハウス〉と呼ばれる店で、誕生日を祝ったばかりだった。夜通しピンボールマシンで遊び、クランベリージュースを飲み、テロリスト仲間のマルワーン・アッシャヒーが酒を飲み、女を眺め、音楽に合わせて首をふっているのを見守った。アターは女が嫌いだった。感触もにおいも性器も。あと五日の命。三三歳で、世界史上で最大規模のアメリカ本土攻撃をもくろんでいる。それなのに、すべての人間が鬱陶（うっとう）しくなっていた。食べるのも鬱陶しい。寝るのも。息をするのも。生きがいは死ぬことだけだ。

ポートランド空港の金属探知機を通るとき、アターのポケットには四ページのメモがはいっていた。

「機内にはいったら……［任務は］神のための戦いだと思うこと……忘れるな……真の契約はまもなく果たされるし、決行時刻は訪れた。ターゲットに到達する前に、できれば祈るか、アッラーのほかに神はなく、ムハンマドは神の使徒であるという言葉を唱えるのを忘れないように」

午前五時四五分、アターはもうひとりのテロリストのアブドゥッラジズ・アルウマリーとともに、セキュリティチェックを通過した。一五分後、アターの乗った旅客機が離陸し、大西洋上に出て、ボストンを目指した。そこでアターはロサンジェルス行きのアメリカン航空一一便に乗り換えることになっている。

午前六時五二分、ボストンのローガン国際空港に着陸して七分後に、アターの携帯電話が鳴った。マルワーンからだった。やはり空港内にいて、近くのターミナルから電話をかけていた。ふたりは手短に話す必要があった――万事準備よしか？　ああ、きょうだい。万事準備よしだ。アッラーのほかに神はなく、おれたちが神の使徒だ。

そして電話を切った。

午前七時四〇分には、アターとその仲間四人は快適な座席に収まっていて、旅客機は牽引されてゲートを離れた。三四分後、マルワーン・アッシャヒーとその仲間四人が乗るユナイテッド航空一七五便もまた、ローガン空港を離陸していた。

それとおなじ時刻――午前八時一四分――に、アターはアメリカン航空一一便の機内制圧に取りかかった。仲間のテロリストとともにスプレー式の催涙ガスを撒き、爆弾があると叫んで、乗客を後部に移動させた。午前八時二五分、ボストン航空交通管制が音声を聞いている。「みんな動くな。なにも心配はいらない。動いたら自分と飛行機を危険にさらすことになるぞ。じっとしていろ」

ハイジャック犯が乗っていたファーストクラスでは、ひとりの男が喉を切り裂かれて転がっていた。女性客室乗務員ふたりが刺されていた。まだ生きていて、ひとりは酸素マスクを顔に当てていた。もうひとりは軽症だった。

午前八時四四分、アメリカン航空一一便はニューヨーク市上空で機首を下げた。一一便の客室乗務員マデリーン・〝エイミ〟・スウィーニーが、携帯電話で航空交通管制官と話をしながら窓の外を見た。「ようすがおかしいわ。急降下している……めちゃめちゃな飛びかた」やがて、通話が途切れる前にいった。「低く飛んでいる……低すぎる！」数秒後にまたいった。「なんてこと、低すぎる！」

午前八時四六分、アメリカン航空一一便は五〇〇ノット近い速度でワールド・トレード・センターのノースタワーに突っ込んだ。航空燃料一万ガロン（三八キロリットル）が、ダイナマイト七〇〇万本分の威力で爆発した。

一四分後、マルワーン・アッシャヒーの操縦するユナイテッド航空一七五便で、ピーター・ハンソンという青年がコネティカット州イーストンの父親リーに携帯電話をかけていた。「たいへんなことになってるんだ、パパ」ハンソンはいった。「客室乗務員が刺された。やつら、ナイフと催涙ガスのスプレーを持ってるみたいだ。爆弾もあるといってる。機内は悲惨なことになってる。乗客は吐いたり、ぐあいが悪くなったりしてる。ぎくしゃくした飛びかたをしているんだ。パイロットの操縦じゃないと思う。墜落するよ。シカゴかどこかへ行って、ビルに突っ込むつもりだと思う。心配しないで、パパ。そうなっても一瞬のことだから。神さま、おお神さま」

午前九時三分、ユナイテッド航空一七五便はサウスタワーに激突した。

三四分後、アメリカン航空七七便が、急降下して国防総省(ペンタゴン)に突っ込んだ。

午前一〇時三分、ユナイテッド航空九三便が、ペンシルヴェニア州シャンクスヴィル近くの平原に墜落して爆発炎上した。

キャル・スペンサーがカンバーランド川からあがって、ゾディアック膨張式ボート数艘をそれぞれのボート用トレイラーにひっぱりあげていると、先にトラックに乗っていただれかがいった。「くそ、だれかヒーターをつけてくれよ」スペンサーは身をふるわして朝の寒さを払い落とし、ぶつぶついいながら手をのばすと、ダッシュボードのボタンをいくつか押した。そして、緑の多いテネシーの田園地帯を通り、帰路をたどった。インターステート沿いの林が、かすかに秋の色合いを帯びはじめていた。

スペンサーは、頭のなかで一日の仕事をチェックした。急いでチーム・ルームに戻って、訓練任務を終えたときにはいつもデスクに積まれて崩れそうになっている書類を片付ける、家に帰る、マーチャの夕食の支度を手伝う、ジェイクが宿題をやっているかどうかをたしかめる、寝る、起きる。復唱せよ。

砂色の髪、野球選手を思わせるひょろ長くて引き締まった体格のスペンサーは、暗い雰囲気のときでもちょっぴり辛辣な警句を放って周囲を明るくする。だが、けさはちがっていた。昨夜はじつに悲惨だった。闇のなかで暗視ゴーグルとGPSを使い、特殊部隊員八人を率いてカンバーランド川を遡（さかのぼ）った。作業そのものは過酷ではない――スペンサーはこの手のことを何百回もやって飽き飽きしているほどだった。チームは自分たちの〝荷物〟――同行していた第二の特殊部隊チーム――を、あらかじめ決められた川沿いの潜入地点まで送り届け、船外機を切って待った。

さほど待たなかった。数十秒後、チヌーク・ヘリコプターの大きな影が林の上に現われ、ふんわりと降下して、水面すれすれの高さでホバリングした。金属でできた昆虫が、けたたましい音を立てて天からおりてきたという風情だった。ツインローターが冷たい水しぶきを高々と飛ばす。ヘリを操縦しているのは、第一六〇特殊作戦航空連隊（SOAR）〝ナイトストーカーズ〟に所属する最高の技倆を持つパイロットだった。なにがあろうと予定時刻と三〇秒以内の誤差で到着するとSOARは請け合っていて、その約束をたがえたことはない。テヘランの米大使館の人質救出作戦の失敗を受けて（貧弱な航空支援が失敗の原因だったと米陸軍は判断した）一九八〇年に編成されたSOARのパイロットは、精妙に計画された任務を世界でもっとも危険な地域で行なっているが、その存在は極秘にされている。フォート

・キャンベル（「フォート」は国内の米陸軍駐屯地を意味する）の人知れぬ一角──鉄条網に囲まれた数エーカーの敷地──の奥に基地があって、SOARのヘリコプターはそこから運用される。スペンサーのチーム・ルームから、ひび割れた二車線のアスファルト舗装の道を車で二〇分走ったところにあたる。スペンサーはどのパイロットの名前も知らないし、向こうもスペンサーの名前を知らない。そのほうが好都合だからだ。実戦になり──戦場へ行ったとき──おたがいの身許があばかれる危険がない。スペンサーのチームは会合を果たし、船外機を始動して、轟然と上流に向かった。作業は終わった。あとは船着場に戻るだけだ。

やがて、霧に巻き込まれた。前が見えずに河岸に衝突するボートがあったので、停止しなければならなかった。突然、闇のなかから一隻のはしけが接近してきた──大型船がチームのボートの群れに、まっすぐ突っ込んできた。

ボートの群れは河岸を目指した。無用の危険を避けるために、川のうえに突き出した低い枝にボートをもやって、夜明けを待つことにした。

スペンサーは、寒冷用の装備を身につけていなかった。ポンチョライナーにくるまって船底に座り、歯をガチガチ鳴らしながら、寒さなどどうということはないと思おうとした。サム・ディラー一等軍曹が救命胴衣をいくつか見つけて、それを自分の体にかけた。八つもかけたが、それでも船底でガタガタふるえていた。

翌朝、船着場の斜路にボートを引きあげたときには、暖かい家のなかで丸まってマティーニを手にテレビを見たいと、キャル・スペンサーはひたすら考えていた。

もう四〇歳だし、この手の作業をやるのはきついかもしれないと思った。一等准尉という階級は、チームでは最先任だった。年下の隊員にとっては父親のようなものだし、ディラー一等軍曹や、〝砂漠の嵐〟作戦にともに参加したパット・エセックス曹長にとっては、兄貴分にあたる。エセックスは、いかにもミネソタ人らしい妥協のない痩せた男で（育ったのはカリフォルニア）、引退したらバードウォッチングをやって過ごしたいと思っている。サム・ディラーはウェストヴァージニアの盆地生まれだ。そういう過疎地はとっくに消滅したものとスペンサーは思っていた。ディラーはチームのなかでいちばん頭が切れるとも思っていた。

みんな優秀だし、いつの日かほんものの任務をさずけられるかもしれない、というようなことをスペンサーは考えていた。そんな思いにとらわれているころ、ワールド・トレード・センターに旅客機が突っ込んだというニュースが、トラックのラジオから聞こえてきた。

マーチャ・スペンサーがフォート・キャンベルの官舎のベッドで寝ているときに、電話が鳴った。ディラーの妻で親友のリーザからだった。

「テレビをつけて！」リーザはひどく興奮していた。いつものリーザとはちがう。リーザはマーチャの知り合いのなかでもっとも落ち着いていて、どんなときでもしっかりしている女性だった。

マーチャはテレビのスイッチを入れた。とうてい信じられないような光景が目にはいった。

一機目がノースタワーに激突し、タワーが炎に包まれる。どういうことなのかわからず、マーチャは画面を見つめた。

「あのひとたち」マーチャはつぶやいた。そしてキャルのことを思った。あのひとは、じきに出発するはずだわ。

「行くことになるでしょうね」電話の向こうでマーチャの考えを読んだリーザがいった。

女性ふたりはすぐに、夫たちが配置される可能性が高い地域はどこだろうと推理した。どの国？　これをやったのはだれ？　スペンサーは数週間後にヨルダン陸軍に訓練をほどこすために、ヨルダンに発つ予定だった。それは取りやめになるだろうと、マーチャは察した。

ふたりが話をしているあいだに、二機目が突っ込んだ。

「たいへん！」友人ふたりは電話で悲鳴をあげた。「なんてことなの！」

テレビに目を向けたまま、マーチャはリーザにいった。「ほんとうに怖い、リーザ。これはいままでのとはちがうという気がする」なにか重要なことがたったいま終わり、べつの重要なことがはじまったのだと、ふたりは悟った。

ワールド・トレード・センター攻撃のニュースを聞いたスペンサーは、五トン積みの大型トラックのアクセルを踏みつけて、米陸軍第五特殊部隊群の本拠であるフォート・キャンベルに急行した。一〇万エーカー以上もある広大な駐屯地には、掘り起こされた山、焼け焦げた射場、じとじとのもつれた葛の群生がいたるところにある。フォート・キャンベルは、ナッシュヴィルの北西一〇〇キロメートルに位置している。米本土で三番目に広い駐屯地で、ふたつの州にまたがり、大部分はテネシー側のクラークスヴィルの近くを占めている。駐屯地の郵便局はケンタッキー側で、ホプキンスヴィルという農業の町の外にある。駐屯地全体がフェンスに囲まれ、道路沿いの小規模なモール、全国チェーンのステーキハウス、家具安売り店、トウモロコシ畑がところどころにある。マーチャは家でテレビを見ているだろうと、スペンサーは思った。しっかりした女性だが、恐ろしい場面を見てどう反応するかはわからない。

運転しているとき、胃がむかむかして、頭が混乱してきた。駐屯地に帰るとすぐに出発の準備をはじめることになるという確信はあった。それ以外は、なにもかも不明だった。

トラックの後部では、無駄話が飽きもせずにつづいている。

信じられない。

いったいだれの仕業だ？

おれたちは出征する。ちがうか？

ワールド・トレード・センターに突っ込んだ旅客機の機内でなにが起きたのかは、想像するしかなかった。銃撃戦を経験し、兵士が殺されたり、体がずたずたになったり、吹っ飛ばされたりするのは見てきたが、今回のことはまったくちがう。被害者は民間人なのだ。

二〇〇一年九月一一日、ディーン・ノソログは、新婚四日目だった。結婚したこと自体が信じられなかった。このおれ、かつかつの暮らしをしていたミネソタの農家で生まれたディーン・ノソログが、地球でいちばんきれいな女の子と結婚したのだ！

　旅客機が激突したとき、ノソログと新妻ケリーはタヒチで新婚旅行中で、椰子の木がところどころにある三日月形の黒い砂のビーチを見おろすホテルの部屋で眠っていた。起きてバルコニーで朝食を食べ、マウンテンバイクに乗って出かけることにした。愛のとりこになっていたノソログは、実人生を離れて別世界に来た気分だった。あと二週間のんびりと暮らせるのが、なかでも最高だった。ふたりは手をつないでホテルを出た。ロビーの隅のテレビに、同時多発テロ攻撃を報じるニュースが映っているのは、知るよしもなかった。

　ふたりがペダルをこいで山道を登るあいだ、通りすがりのひとびとには、ノソログがアメリカ人ですら実態をほとんど知らない米陸軍特殊部隊の秘密戦闘員だということなど想像もつかなかったはずだ。日焼けした肌、そばかすの散った顔、もじゃもじゃの赤毛、ポケットがいくつもついたショートパンツにTシャツという格好のノソログは、休みに旅行している薬局の若い販売員のように見えた。ノソログは脚を勢いよく動かして速度をあげ、ケリーについてこいと大声をかけると、町を目指した。

　山の麓におりると、小さなフランス風ピザの店にはいって注文した。ひとりのアメリカ人女性が息を切らして足早に近づいてきた。「聞きましたか？」と、泣きながらいった。

「飛行機が」女性はおろおろとつづけた。「飛行機がニューヨークでビルに突っ込んだんです」

ノソログは片方の眉をあげ、ケリーのほうを見た。「なんですって？」

「それに、もう一機」女性がいった。「二機目がべつのビルに突っ込みました」

ノソログは顔を伏せた。「急ごう」と、ケリーにいった。ふたりは急いでホテルに戻った。いまやロビーにはおおぜいのアメリカ人がいた。みんな新婚旅行中のように見えた。ノソログは人を押し分けるようにしてテレビに近づいた。みんなショックを受け、体を寄せてうずくまっていた。しばらくテレビを見てから、ノソログはケリーに向かっていった。

「電話をかけないといけない」

部屋に戻りしな、フロントのところで足をとめて、《インターナショナル・ヘラルド・トリビューン》を取った。

見出しを見て、ノソログは凍りついた。

マスードが死んだ。タリバンと戦うアフガニスタン人民の指導者。もう二〇年以上戦いつづけてきた男——生き延びる名人。それが死んだ。

自然死ではない。暗殺された。二〇〇一年九月九日。アフガニスタンで。このタイミングは偶然ではないと、ノソログは思った。

一週間前から、〝ライオン〟は死に近づいていた——が、本人はそれを認識していなかった。

整った顔立ちで、鬢に白いものがあり、鋭い笑みを浮かべ、目は黒い琺瑯を思わせる。そが反響していた。

の晩、九月九日に、マスードはタリバンを攻撃すると決意していた。野営地では戦闘員たちがAK-47の弾倉に弾薬をこめ、RPGを整理して勘定し、疲れ切ったみすぼらしい馬たちに飼葉をやっていた。冷たい山の風によって磨かれた岩壁に、馬のいななきや鼻を鳴らす音が反響していた。

マスードはタリバンと七年にわたり戦っていた——だが、無念なことに、タリバンは勝利を収める寸前だった。マスードは少年時代を過ごしたパンジシール谷の狭い地域に押し込められ、緑濃い山並みや紫色の急斜面に囲まれて、死に直面していた。外国のアラブ民族の支援を受けているタリバンとアルカイダは、アフガニスタン全土を支配するための最後の障害であるマスードの抵抗勢力を叩きのめしていた。それでも、マスードは屈しないと誓った。けっして戦いをあきらめなかった。歯と爪だけでも敵と戦うつもりだった。敵を殺し、傷つけ、悩ますつもりだった。パンジシールのライオンと呼ばれた（パンジシールそのものがダリー語で「五頭のライオン」という意味）アフマド・シャー・マスードは、一九七九年から八九年にかけてのソ連軍のアフガニスタン侵攻の際には、アメリカとCIAの同盟者で、アフガニスタンの民衆にとってはタリバンを打倒する最後の頼みの綱だった。

マスードはソ連軍と一〇年間戦い、ソ連軍は敗北して撤退した。そのあと、マスードはソ連軍と戦ったときの同盟者たちと戦った。双方とも数千人が死に、尊敬されているマスードにもうしろめたい行動がないわけではなかった。そんなわけで、これでもう二二年も戦いつづけている。

二〇〇一年四月、マスードはストラスブールへ行って、各国の支援を要請した。そこで報道陣にこう語っている。「ブッシュ大統領がわれわれを支援しなかったら、こうしたテロリストがじきにアメリカやヨーロッパに大きな被害をあたえるでしょう──そのときはもう手遅れです」タリバンと、サウジアラビアの建築業界の大立者で億万長者の父親を持つウサマ・ビンラディンという人物について詳しい話をした。だれもちゃんと聞いていなかった。

この手抜かりによって、ビンラディンはその夏にマスードを暗殺する秘密計画を立案することができた。首謀者はアルカイダの幹部アイマン・アッザワーヒリーだった。ビンラディンの部隊には練度の高い兵士が三〇〇〇人ほどいて、農民、精肉業者、教師、弁護士などから成る総勢一万五〇〇〇人のタリバンと混じり合っていた。両者は協同して中東を一四世紀に戻し、イスラム法によって統治された黄金時代を復活させようともくろんでいた。アフマド・シャー・マスードの抹殺が、その大進展に向けての大きな一歩になるはずだった。

ホテルの部屋に戻ったノソログは、フォート・キャンベルの第五特殊部隊群本部に電話をかけた。大隊長の電話は留守電になっていた。ノソログは無我夢中でメッセージを吹き込んだ。「大隊長。わたしはいまタヒチにいます。テレビで事件のことを見ました」早口になっているると気づいた。「お話がしたいのです。どうなっているのか知りたい。わたしにできることはありますか？」

手にした新聞に視線を落とした。「《インターナショナル・ヘラルド・トリビューン》を見ています。北部同盟のマスード最高司令官が暗殺されたと書いてあります。ビンラディンによって」

ノソログはビンラディンやマスードについて知っていた。ゲリラ指導者のマスードは、タリバンと戦っているアフガニスタンの三つの部族による北部同盟の総司令官だが、この同盟はそう堅固なものではない。マスードが死ねばガタガタになって崩壊するおそれがある。マスード暗殺とけさテレビで見た飛行機によるテロは、調整された攻撃にちがいない、とノソログは推測した。電話をいったん切って、フォート・キャンベルへ帰る便を手配するための電話をかけた。

パンジシール谷の野営地でマスードが電話しているところに、刺客が到着した。盗んだベルギーのパスポートで旅行してきたアラブ人ふたりが、テレビのジャーナリストをよそおい、数週間前から甘言を弄してマスードの面会を取り付けていた。

マスードが歓迎の挨拶をして、ふたりは向かいに座った。マスードが客にお茶を出すよう命じた。インタビューの質問のリストが見たいとマスードはいって、機材を準備しているカメラマンと雑談をした。インタビューをいつでもはじめていい、とマスードがいった。

アラブ人が、マスードの腰にレンズを向けた、そして電源を入れた。カメラが青い炎を発し、煙が室内に充満した。炎はマスードめがけて飛んでいった。

煙が晴れたとき、マスードは焼け焦げた椅子の残骸のなかで血を流して倒れていた。椅子の背もたれに穴があいていた。

カメラマンは、腰のバッテリーパックにくりつけた爆弾の威力でまっぷたつになり、死んでいた。

マスードは護衛に向かってささやいた。「起こしてくれ」右手の指がちぎれていた。顔は血まみれでひどいありさまだった。だれかが急いで眼窩に脱脂綿を押しつけた。マスードは心臓を破片に貫かれていた。もはや助かる見込みはなかった。

マスードの副官たちは、タジキスタンの安置室の冷蔵庫に遺体を隠し、死んだことを伏せると誓った。抵抗勢力の戦士が意気阻喪して逃げるのをおそれたのである。

マスードの死から数日たつと、クンドゥズの周囲の山地にその噂がひろまっていた。モトローラ製の携帯無線機によって、谷や浅瀬を伝わっていった。クンドゥズのはるか北の塹壕で、カリフォルニア出身の若者が薄茶色の滑石の地面を掘ったなかに収まり、そこはアッラーの最後の戦場だと宣言した。

決戦が近づいているのを、アブドゥル・ハミドは知っていた。クンドゥズから約六〇キロメートルの道のりを、仲間の戦士一三〇人とともに行軍してきたばかりだった。食糧も水も持たず、弾帯を肩にかけ、腰のバッグには手榴弾を二発入れて、薄っぺらなサンダルで岩場やイバラの藪を踏み分け、このチーチケフという辺鄙な村の戦場に到着した。マスードが死んだという噂を頼りに、腐敗したイスラムの敵の残党を根絶やしにするつもりだった。

アブドゥルは、大規模なアルカイダ軍の一部隊、ビンラディンの精鋭部隊〇五五旅団に属している。カンダハール近くで、一カ月前にアブドゥルはこの偉大な指導者に会った。カンダハールはタリバン発祥の地で、〝学び〟の精神的中心地だった。タリバンという名称は、〝学生〟を意味するアラビア語の〝ターリブ〟に由来する。当地のアルファルーク訓練キャンプには、サウジアラビア人、チェチェン人、パキスタン人など、ビンラディンのメッセージの壮絶な輝きに魅せられた真剣な殉教者のなかの殉教者が集まってくる。このキャンプの学徒の何人かがこれまで数年間にわたって、ナイロビとサウジアラビアの大使館への自爆テロや、イエメンでの米海軍ミサイル駆逐艦〈コール〉に対する自爆テロなどで殉教を遂げている。この正義の攻撃によって、アメリカ人を含む多数を殺している。

こうした同胞が殉教したのは、穢(けが)れた不信心者、ユダヤ教徒、キリスト教徒、仏教徒、無神論者を、イスラムの堅固なゆりかごの聖地マッカとメディーナがあり、預言者ムハンマドの地であるサウジアラビアから放逐するためだというのを、アブドゥルは知っていた。駆逐艦〈コール〉への攻撃で乗組員一七人が死に、三九人が負傷したあと、アブドゥルはカリフォルニアの父母にメールを送り、イエメンの港に駆逐艦を配置したのは〝戦争行為〟だったと告げた。アブドゥルがそう考えていることに、父親はいたく失望した。だが、息子の考えを変えることができないというのもわかっていた。もう父親の意見を聞く耳などもたない段階に達している。

ビンラディンは、自分のファトワー——本来は〝法的意見〟であるが、原理主義者は勅令とも見なしている——で、アメリカ人が砂漠の嵐作戦と呼んでいる第一次湾岸戦争後もムハンマドの地に不信心者の兵士が駐留するのは、イスラムに対する侮辱であると明言している。ゆえに、どこであろうとアメリカ人を見つけたときには殺さなければならない、とビンラディンは宣言した。

古（いにしえ）のイスラムの世界が復活することがビンラディンの望みだというのを、アブドゥル・ハミドは知っていた。暴力的な聖戦（ジハード）が、そのためのタイムマシンの役割をつとめる。タリバンの戦いを支援するために、アブドゥルは一カ月前にアフガニスタンにやってきた。

アルファルークで訓練を受ける戦士は、ライフルの射撃、手榴弾の投擲、コンパスの使いかた、水や食糧に毒を入れ、人を毒殺する方法を教わる。アブドゥルはこのキャンプでビンラディンの演説を聞いた。訓練をほどこしている連中の一人がアブドゥルに近づいてきて、イスラエルもしくはアメリカ合衆国に対する闘争に加わるつもりはないかと聞いた。浅黒い肌のサウジアラビア人やパキスタン人よりも、白人のアブドゥルのほうがそういった国で長期潜入工作員（スリーパー・エージェント）になるのが簡単だからだ。アブドゥル・ハミドには、まだそういうマーリン郡出身の若者らしいところが残っていた。聖戦の地に行く旅費を工面するために、アブドゥルはラップ・ミュージックのCDの膨大なコレクションを売っていた。ジョン・レノンにちなんで名づけてくれた弁護士の父親や、自宅学習をやってくれて、よその子供たちに馬鹿にされても愛してくれた母親のもとへ帰りたいという気持ちが、ないわけではなかった。ただ、きょう聞いた話に、アブドゥルは動揺していた。アメリカ本土で大規模な攻撃があったという。殉教者たちがジェット旅客機をビルに突っ込ませ、アメリカ人数千人が死んだようだった。顎鬚を生やした相手に向かって、アブドゥルは答えた。いや、おれはここで戦う。アフガニスタンで、タリバンとともに。アメリカ人を殺すのはいやだ。

アブドゥルの周囲で、何台ものモトローラ製無線機の小さなスピーカーからその報せが流れた。世界は炎に包まれた。アメリカは崩壊する。

マーク・ミッチェル少佐が、フォート・キャンベルの混雑した食堂にはいっていったとき、広い部屋に一台だけあるテレビにテロ攻撃の最初の場面が映っていた。ニュースの意味がわかると、ミッチェルはフォークを落としそうになった。食堂には七五人前後がいて、言葉もなく画面を見つめていた。ミッチェルは練兵場で朝の体育訓練を終え、支援中隊の兵士とアルティメット（〝フリスビー〟のたぐいを使ってやるアメリカンフットボールのようなスポーツ）をやったところだった。オムレツとパンにサルサソースをかけた皿をのせたトレイを持って立っているときに、テレビのレポーターが、セスナかなにかのような小型機がワールド・トレード・センターに突っ込んだというのを聞いた。

「セスナじゃない」ミッチェルはいった。「それに、ビルに突っ込む民間機パイロットがどこにいる。どうせならハドソン川に不時着水するはずだ」

テーブルについていた若い兵士のなかには、画像はトリックだといってくすくす笑うものもいた。

「雲ひとつなく晴れている。視界もはっきりしている」ミッチェルはなおもいった。

「事故だよ!」だれかがいった。

ミッチェルはそっちを向いてどなった。「黙れ! これはジョークじゃない。笑っていいようなことじゃないんだ!」感情的になったことに、自分でも動揺した。

若い兵士たちが黙った。やがて二機目が激突した。

ミッチェルは食堂から飛び出して、駐車場を横切り、ふぞろいなオークの木立を抜け、しおれた草を踏んでコンクリートの階段をあがり、自分の執務室へ行った。

第五特殊部隊群第三大隊作戦将校として、ミッチェルは部隊が九六時間以内に世界のどこへでも出動できるように手配する責任があった。第五特殊部隊群の主要作戦地域は中東で、トミー・フランクス大将の率いる中央軍(CENTCOM)の指揮下にある。CENTCOMはフロリダ州タンパのマクディル空軍基地に置かれているが、そこではすでに計画を立案しているはずだった。

ミッチェルが廊下に出たとき、同僚の幕僚が啞然とした顔できょろきょろ見まわしているのが目に留まった。だれもがエンジンをフル回転させているが、それでいてどこでなにをやればいいのかわからないのだと、ミッチェルは早くも察した。一日が終わるころにはどうなっていることやら、と思った。

二階の会議室でテレビのまわりに集まって、両タワーが燃えるのを見ている連中もいた。ひとりが近づいてきて、国防総省(ペンタゴン)がやられたと告げた。

ミッチェルは耳を疑った。

ノースタワーとサウスタワーはおなじような目標だが、べつの都市にある国防総省がほぼ同時に攻撃されたとなると――ゲームはまったくちがう段階に引きあげられたことになる。

ヘリコプター・パイロットのグレッグ・ギブソンが第一六〇SOAR本部の警衛詰所を通過したときには、ラジオのニュースを通じて、ワールド・トレード・センターに飛行機が突っ込んだのは事故ではないと悟っていた。格納庫へ行ったギブソンは地上員に、ブラックホークとツイン・ローターのチヌークが空輸できるように一部を分解するよう命じた。

出征することになると、ギブソンにはわかっていた。

ミッチェルは階段を駆けおりて、大隊長室へ急いだ。第三大隊大隊長マックス・バワーズ中佐に、わかっている範囲のことを説明する必要があった。

バワーズは、自宅でシャワーを浴びているときに、バスルームにはいってきた五歳の息子に攻撃のことを教えられた。

「パパ」幼い息子がいった。「飛行機がニューヨークの大きなビルにぶつかったよ！　ほんとうだってば！」息子はちょっと離れた部屋でテレビを見ていたので、バワーズにはニュースが聞こえなかった。

タオルを体に巻いたバワーズは、にっこりと笑って息子の髪をくしゃくしゃにすると、そういう冗談をいってはいけないと諭してから、急いで服を着て出勤した。途中で車のラジオをつけた。

国防総省が攻撃されたことをミッチェルが報告するのを沈痛な面持ちで聞いているとき、バワーズの短く刈り詰めた白髪まじりの髪は、まだ乾いていなかった。めったに物怖じしないバワーズが動揺しているのが、ミッチェルにはわかった。力強い体格で四二歳の職業軍人のバワーズは、頭が切れて、発言も明晰だった。一九九九年のボスニア紛争の際には、戦火にさいなまれている地域に民間航空会社の便で潜入した。当時のアメリカの政策に反する危険な行為だった(その後、議会は地上部隊の派遣を承認した)。到着すると、バワーズは空港の公衆電話からフォート・ブラッグ(米陸軍特殊部隊コマンド司令部がある)にかけて、「入国した」といってすぐに切った。その後、地上からターゲットを観測して空爆の誘導を行なった。任務は成功だった。敵以外はだれも怪我をしなかった。帰国したバワーズは、降格されることはなく、ひそかに賞賛された。

バワーズはミッチェルに、国防総省から報告が〝レッド・サイド〟——秘密扱いのメール——で届いているが、当面の計画は〝無計画〟だ、と告げた。

大隊長室を足早に出ていったミッチェルは、マギーに電話した。

「どこにいる?」鋭い口調できいた。

「車を運転しているわ」マギーが答えた。「駐屯地を出たところよ」

「戻ってこい。早く！」

夫が心配しているのを、マギーは察した。そのことに不安をおぼえた。

ふたりの子供の母親のマギーは、ショッピング・モールの〈ターゲット〉で用を足すために官舎を出たところだった。三歳の長女をベビーシッターに頼み、二歳の次女を連れていった。

「なにがあったか、聞いただろう？」ミッチェルはいった。

「ええ、マーク。ラジオを聞いていて……」

「家に帰って、そこにいるんだ」

それ以上なにも考えずに、マギーはフォード・エクスプローラーをＵターンさせて、反対車線に入れた。午前九時三〇分だった。

フォート・キャンベルの警備が強化されたため、車はすべて正面ゲートで徹底的に調べられていた。いつもなら、運転免許証をゲートの武装した警衛にちらりと見せれば、そのまま通過できるのだ。もうハイウェイ41Ａには一・五キロメートルほど車が詰まっていて、〈ショー・ウェスト〉というストリップ・クラブから、おもな出入口のゲート４の外にある陸軍の放出品の店や質屋までずっと渋滞していた。駐屯地には四〇〇〇人近い家族が住んでいるが、その全員が家に帰ろうとしているようだった。

キャル・スペンサーとそのチームがカンバーランド川から帰り着いたのは、午前一〇時前後だった。マギー・ミッチェルが巻き込まれた渋滞に遭遇した。サム・ディラーがトラックをおりて、道路のまんなかにがに股で立ちはだかり、駐屯地を出入りする長い車の列を見渡した。コンクリートのバリケードが一車線をふさいでいるせいで、渋滞はよけいひどくなっていた。

「通れるぜ」ディラーがいった。「あのバリケードをどけりゃいいんだ」

スペンサーは同意した。スペンサーとディラーにチームの兵士ふたりがくわわり、腰をかがめて持ちあげた。

「そいつはやめたほうがいい」正規軍である第一〇一空挺部隊の警衛が近づいてきた。M-16を吊るしている。けさのテロ事件に怯えているような顔だった。

スペンサーやディラーのような特殊部隊員は、正規軍とはできるだけ関わらないようにしてきた。それがいま、この若造はルールを破ったほうが賢明なときに、ルールを破るのをおそれている。

四人は警衛を無視して、うめきながらコンクリートのバリケードをどかした。

スペンサーがトラックに駆け戻り、バリケードを抜けてから、それを戻すのを手伝った。そして猛スピードでフォート・キャンベル銀行、酒保、ケンタッキーフライドチキン、タコベルのかたわらを通過し、第三大隊本部を目指した。スペンサーは、そういうありきたりの風景を、いまはじめて見るような気がしていた。

午前が刻々と過ぎるあいだ、ノースキャロライナ州フォート・ブラッグでは、ジェフリー・ランバート少将が勝ち目の薄い戦いに取り組んでいた。

カンザスのメノー派信者の農家の出で五四歳になるランバートは、世界各地に展開する兵員九五〇〇人を擁する米陸軍特殊部隊コマンド（ＵＳＡＳＦＣ）の司令官をつとめている。ＵＳＡＳＦＣに属する部隊のうち、フォート・キャンベルの第五特殊部隊群は中東とアフリカを担当し、フォート・ブラッグに本部を置く第七と第三はそれぞれ中南米とアフリカを担当して、麻薬密売や内乱に対応する。コロラド州フォート・カーソンの第一〇はヨーロッパでの作戦を行なう（コソヴォに潜入したとき、バワーズ中佐は第一〇に属していた）。環太平洋、インドネシア、フィリピンは、ワシントン州フォート・ルイスの第一が監督する。残る第一九と第二〇は州兵から成り、どこであろうと必要とされる地域に展開する。このように秘密部隊を分割し、世界の広い範囲を網羅できる組織になっている。

ランバートは、第五の呼び出しベルが鳴ったことを知った。

ものの一〇秒で、ランバートはテロ攻撃を立案して実行した首謀者が何者であるかを推察した。これまで数年間、ランバートは〝データ掘り起こし〟と呼ばれる機密情報プログラムを注視してきた。それによって、ムハンマド・アターというエジプト人の狂信的なテロリストの身許が判明していた。さらに、アターのようなテロリストを訓練するキャンプに資金を出しているビンラディンというサウジアラビア人との結びつきもわかった。このプログラムの関係者は数カ月前に自分たちの発見した事実をＦＢＩに伝えようとしたが、陸軍の法務官の助言で情報開示が取りやめになった。しかし、このプログラムは、9・11同時多発テロのハイジャック犯の身許を突き止めていたのである。ウサマ・ビンラディンとその軍事訓練キャンプについて必要なことはすべてわかったとランバートは思ったが、法務関係者は監視が合法的であったかどうかを明確に判断できなかった。他の組織に警告するさらなる努力がなされなかったことを、ランバートは憤った。（ランバートは憤慨したが、その後法務官に同意して、この情報をFBIに伝えないことにした。）

通常、外国へ侵攻するための事変対処計画が、国防総省には用意されている。だが、アフガニスタンに関してはそういう計画が存在しないことを、ランバートは知っていた――なにもない。兵員と武器を動員してアフガニスタンを解体する計画は、紙切れ一枚存在しない。冷戦終結後、米軍の参謀たちは、昔の紛争の逆流のなかをもがき進んでいて、なじみのない敵の脅威を想定して準備するすべがわからなかった。

ランバートの考えでは、今回のテロ攻撃はアメリカが今後直面すると思われる暴威の典型だった。迅速で、費用がかからず、携帯電話やインターネットで連絡を取り合う少人数によって行なわれる。大部隊によるものとおなじ損害をあたえるが、コストはわずか五〇万ドル――全体から見れば小銭のようなものだ。

ランバートはかつては攻撃的に突進する陸軍レインジャー隊員で、中南米のジャングルで一〇年間軍務に服し、あらゆる種類の内乱と戦ってきた。規模もさまざまだし、秘密のものもあれば、一般に知られているものもあった。そのあと特殊部隊将校になった。レインジャーはすばらしいが、特殊部隊はもっとすばらしい、とランバートはよくいう。

自分たちの部隊をこの新しい戦いに参加させようと、ランバートは決意していたが、CENTCOM司令官トミー・フランクス大将には、ぜったいに実行可能なオプションだと見なされないだろうと判断した。フランクスには特殊部隊兵士のことが理解できないし、好きでもないはずだ。独立心の旺盛な戦士から成るこの秘密の兵科が好きな将校は、巨大化した正規軍にはほとんどいない。過去数年、特殊部隊の予算は削られつづけていたし、ほとんどのチームで必要な装備が不足していることを認識してくれる外部の人間はごく少数だった。だいたいほとんどのチームが、構成員の不足に悩まされていた――ここでは衛生兵が足りない、こっちでは兵器専門の特技下士官が足りない、といったあんばいだった。

ヴェトナムが特殊部隊に大きな打撃をあたえた。第五特殊部隊群の兵士たちは、ヴェトナム戦争中には髪を長くのばし、ハンモックに寝て、現地女性を恋人にし、だれもちゃんと統制できないような奥地のジャングルで生活し、戦った。その戦争で最悪の残虐行為もいくつか犯している。

一九八〇年代後半、特殊部隊はさらに薄暗い闇に追いやられた。FID（外国国内防衛）と呼ばれる海外の内戦の鎮圧に従事し、外国の軍隊を訓練した。もっと日常的なところでは、ネイティブ・アメリカンの特別保留地の警官をつとめるという任務もあった。砂漠の嵐作戦では、ヴェトナム戦争以来はじめて本格的な戦闘に特殊部隊が投入されたが、東南アジアで部隊を指揮していたころに特殊部隊の汚い活動を見ていたノーマン・シュワルツコフ大将は、当初はそれが不愉快でならなかったようだ。特殊部隊員も、自分たちの任務――スカッド・ミサイル狩りは、猪突猛進型の海兵隊か、宣伝のうまい海軍ＳＥＡＬに向いている作業だと思い、不満を抱いていた。あるいは陸軍の極秘対テロ部隊デルタ・フォースにやらせてもいい。連中は逮捕と拉致――ランバートは、〝ドアを蹴りあける〟と呼んでいた――の名人だ。とにかく、武器装備(ハードウェア)探しやごみための略奪は、よその連中にまかせておけばいい。

特殊部隊は、ほかの兵士とはまったくちがうことをやるために訓練されている。ゲリラ戦が専門なのだ。この戦いは三つの段階に分かれている。戦闘、外交、そして国家建設。戦争を遂行し、死者の数を勘定したあとは人道的支援を行なうよう訓練されている。兵士でもあり、外交官でもある。衛生兵は歯医者もやって、村人の歯を治療する。さまざまな爆発物を扱うのが専門の工兵は、村の橋を架け直したり、役所を建てたりできる。現地の言語を話し、信仰、性、健康、政治にまつわる地元のしきたりをたゆまず勉強する。彼らの知性は世界の暗い片隅で活きる。その国でもっとも位の高いアメリカ人だという場合も多く、地べたにしゃがんで図を描き、水を飲めるように処理する仕組みを軍閥に説明して、実質的に国務省の外交官の代わりをつとめることもある。

ＳＥＡＬや正規軍はだいたいにおいて、相手国の言語や習慣や微妙なちがいを学ぼうとしない。それに反して、特殊部隊はまず考え、撃つのは最後になる。芯は強いが、相手をできるだけ傷つけずに物事をやり遂げる――それが特殊部隊なのだ。アメリカの歴史では、特殊部隊が先鋒として戦う機会をあたえられたことは一度もなかったというのを、ランバートは知っていた。

特殊部隊をベンチから出して試合に参加させるには、かなり裏で画策する必要があるだろう。陸軍は《地獄の黙示録》の名場面にヒントをあたえたようなカウボーイどもをアフガニスタンに配置するつもりは毛頭ないにちがいない。

ランバートは、CIAの協力と、アフガニスタンにおけるCIAの秘密のコネに期待をかけていた。一九七九年から八九年にかけてのソ連軍占領時代、CIAはアフガニスタンでムジャーヒディーン（イスラム聖戦士）を編成した。米政府の外交・軍事組織のなかで、アフガニスタンをもっとも綿密に観察しているのは、CIAだった。だから、アフガニスタンではCIAが主力選手になる。それに、CIAは米軍特殊部隊の直系の祖先でもある。

第二次世界大戦後、OSS（戦略事務局）が解隊され、その構成員がその後CIAとなる組織や特殊部隊に移っていった。そして、最初の特殊部隊といえる第一〇特殊作戦群第一特殊部隊が、一九五二年に正式に編成された。青い鏃に短剣をあしらった部隊章が定められた。これはなんの根拠もない意匠ではなかった。第二次世界大戦中にゲリラ戦に従事した陸軍兵士は、一九世紀のアパッチ斥候隊から大きな影響を受けていた。ドイツ軍や日本軍の前線の奥で、彼らは出会った友好的なひとびとの善意を頼りに生き延びた。武器も兵力も劣っていることが多かったので、正面攻撃はせずに待ち伏せ攻撃を行なった。補給線を妨害した。数カ所で同時に攻撃をかけ、森に姿を消した。戦いのありきたりの原則には従わなかった。隠密性と奇襲の要素という必殺の技術を好んだ。第二次世界大戦を戦ったこの兵士たちは、あろうことか〝悪魔の旅団〟と自称し、夜間、ドイツ軍の塹壕に忍び込んで、敵兵の不意を衝いて喉を掻き切った。夜が明けると身の毛もよだつ場面が目にはいる。紙の鏃が、死んだ兵士たちの額に貼り付けられていた。

それよりずっと以前の独立戦争で、このアメリカ独自の戦法は北東諸州のイーサン・アレンと、〝沼地の狐〟の異名をとる南部のフランシス・マリオンによって採用されていた。とりわけ荒くれの襲撃部隊はロジャーズ・レインジャーで、フレンチ・インディアン戦争では電撃的な奇襲で英軍をふるえあがらせた。部隊の信条はしごく単純だった。〝触れるくらい近くまで敵を引き寄せてから撃ちかかり、飛び出して斧で必殺する〟。

自分の部隊がそういう戦争をやるために招集される見込みがあるのが、ランバートには楽しみだった。だが、不安もあった。部下たちは実戦の試練を経ていない。それに、出動させたあと、迅速に救出することはまず不可能になる。

正午にミッチェルがバワーズに確認すると、まだ計画はないとのことだった。命令に変更はない。知らせがありしだい出発できるよう準備しておくこと。廊下を歩いていると、ラジオやテレビで何度もくりかえされているニュースが雑音混じりに聞こえてきた。一瞬を映し出しているエンドレステープに時間が閉じ込められたみたいだった。タワーが崩壊する。またタワーが崩壊する。夕方になると、その一日が一年のように思えてきた。

なにも起こらないし、ワシントンから攻撃計画は伝わってこないとわかると、ミッチェルは家に帰ることにした。かなり暗くなってからドライブウェイに車を入れて、牧場の母屋風のこぢんまりした煉瓦造りの家からこぼれている明かりをじっと見た。ミッチェル家はフォート・キャンベルのはずれのワーナー・パークと呼ばれる場所にあった。森のきわにあってシカもいるので、将校や夫人たちに人気がある。前日の九月一〇日、ミッチェルは西部への出張から帰ったばかりだった。レンタカーに乗って一〇日間あちこちへ行き、牧場主を訪ねては、陸軍の演習に土地を使わせてもらえないかと頼んだ。演習――ミッチェルは首をふった。たった一日で事情が一変してしまった。

車をおりて、芝生を歩いていった。性格は暴力的ではないが暴力的な世界に住む男がだれでもやるように、心のなかのスイッチを入れたり切ったりしていた。

戦士と父親を切り替えるスイッチ。

戦士になり、父親になる。

父親になる。

ドアをあけて、マギーにキスをした。この家を守るためならどんなことでもやる、と心に誓った。

キャル・スペンサーは、がたぴし音をたてる中古のメルセデスで遅くなってから帰り、ドアをあけたとたんにマーチャをかかえあげて抱き締めた。

「信じられない」静かにいった。

そういったとき、スペンサーの緊張をマーチャは感じ取った。すこし離れて、夫の顔を見た。

「行くのね。あなた」マーチャはいった。

スペンサーはうなずいた。「ああ」

「いつ？」

「まったくわからない」

もうじき夫が家のなかを歩きまわって、すぐに見つけられるようなもの——たとえば生命保険の証書——などを探すだろうということを、マーチャは知っていた。癇癪を起こしやすくなり、自分が帰らなかったら、今回の遠征で死んだら、おまえと子供たちはどうなるのか、といったことをしゃべりはじめる。マーチャはそういう話をするのがいやだったし、取り合わずにいるとかならず喧嘩になる。それもひどい喧嘩に。

スペンサーはマーチャにキスをして、ガレージに行き、荷造りをはじめた。金属製の棚から、寝袋、〈キャメルバック〉の特殊な水分補給システム、ヘッドランプなどを取った。息子たちがテロ攻撃のことをどう受け止めるかが心配だった。長男はミシシッピにいて、気に入った仕事についている。そっちは心配ないだろう。まんなかのルークはハイスクールの三年生で、父親に似て内省的だった。末息子のジェイクは、二年生で、のんきなたちだ。俳優かコメディアンになりたいと思っている。スペンサーもマーチャも、まったく心配していなかった。

だから、学校から帰ってきたジェイクが玄関をはいってきて、問いかけるような悲しい顔が目にはいると、別れをいうのが厄介になりそうだとわかった。ニューヨークのテロ攻撃のことを一日学校で聞かされていて、父親が悲運に見舞われるのを想像していたにちがいない。

「行くんでしょう、パパ？」

「ああ、行く」

ジェイクがうなずき、廊下をそのまま自分の部屋に行った。

スペンサーは追おうとしたが、足をとめた。しばらくそっとしておこう。

ジェイクが部屋でニンテンドーのゲーム機の前に座っているところを思い浮かべた。戦争のゲームはやらないはずだ。ゲームでは弾薬が尽きることはめったにないし、胸を撃たれてもしばらく動きにくくなるだけだ。ジェイクは戦争にはうんざりだろう、父親が人生の半分、出征しているのだ。家族を愛するのと戦争に行くのを両立させるのはまず無理だと、スペンサーは思った。

ジョージ・W・ブッシュ大統領が翌九月一二日にテレビ出演し、アルカイダとの戦争を宣言した。つぎの二四時間、軍の対応が明らかになりはじめた。トミー・フランクス司令官が、ラムズフェルド国防長官とブッシュ大統領に、アメリカは兵力六万人でアフガニスタン侵攻を行なってはどうかと進言した。それだけの大規模出兵には半年かかる、とフランクスは説明した。

ラムズフェルド国防長官は、その計画を突き返した。「現地にたったいま兵隊を送り込むのだ！」といった。

ジョージ・テネットCIA長官がそれに応じて、CIA要員に特殊部隊チームをつけて派遣してはどうかと提案した。特殊作戦コマンドでこの代替計画が練りあげられ、指揮系統を遡ってラムズフェルドに届けられた。フォート・キャンベルのミッチェルとスペンサーは、進展を注視していた――ニュースと大隊本部の廊下の立ち話で。タヒチのホテルになおも滞在していたノソログは、締め出されているような気がしていた。電話にかかりきりで、米本土に帰る便を手配しようとしていた。九月一四日、ノソログとケリーはようやくクラークスヴィルに帰り着いた。隊の仲間に紹介するためにチームのピクニックにケリーを連れていくと、大隊長が彼女の手を握っていった。「特殊部隊にようこそ。ご主人はもうじき出かけることになりますよ」

数日後、特殊部隊をアフガニスタン戦争で先遣部隊に使うことを、ブッシュ大統領が承認した。アメリカ史上ではじめてのこころみだった。

計画では、タリバンをアフガニスタンから追い出すために、米軍の航空力――巡航ミサイルやレーザー誘導爆弾――を大幅に駆使する予定だった。地上の特殊部隊がターゲットを観測し、地元勢力と同盟を築き、そういった勢力の戦闘能力を錬磨させる。アフガニスタンの北部同盟――さまざまな軍閥の率いるいくつかの部族をまとめた故マスードの戦闘部隊――が、地上軍の大部分を占めることになる。長年まわっていなかった車輪にCIAが金と情報という潤滑油を注入して動かし、特殊部隊兵士とアフガニスタンをつなぐ役を果たす。

フランクス司令官は、ウズベキスタンのタシケントにあるシェラトン・ホテルに一週間滞在して、その旧ソ連の共和国に米軍部隊が駐留するのを許可するよう同国の大統領を説得した。ＩＭＵと名乗るイスラム原理主義テロリストに悩まされているウズベキスタンは、容易には承諾しなかったが、フランクスの談判は成功した。

九月一八日、すし詰めのホワイトハウスの閣議の間で、ブッシュ大統領は宣言した。「戦争は本日開始される」

当然ながら、この計画は最高の秘密区分である〈機密〉扱いにされた。

ミッチェル、スペンサー、ノソログは、午前四時に出勤し、午前零時ごろまで本部に詰めていた。誕生日のパーティ、記念日、ふだんの生活のあれこれは、取りやめになった。戦争以外のことは度外視された――戦争の準備をして、戦争を生き延び、生きて家に帰るための計画を立てた。第五群はいつなんどき海外への展開を命じられるかわからない、と全員が固く信じていた。ショッピング・モール、歯科医、映画などに出かける際には、全員が当直の幹部に携帯電話の番号を教えるようにしていた。チームの面々は射場へ行って、ポップアップする標的を何千発も撃った。パトロール、待ち伏せ攻撃、冬季サバイバル技術の訓練を行なった。行軍し、ウェイトトレーニングをやり、本格的な情報が欠けているので（ラングレーのＣＩＡ本部でアナリストがまとめているという話だった）、アフガニスタンについてわかる限りのことをインターネットで調べた。武器のクリーニングをして、壊れた装備の員数をたしかめ、必要な物品のリストを書いた。

みっともないくらい、たくさんのものが不足していた。第五特殊部隊群の群長で四五歳になるジョン・マルホランド大佐は、ワシントンDCの参謀本部を経てナショナル・ウォー・カレッジ（将官向けの教育課程）で学び、二カ月前に着任したばかりだった。部下の要求に応じるために、マルホランドは二四時間態勢で働いた。長身の巨漢で、馬鹿げたことは看過しない人間らしく、貫くような強いまなざしで相手を凝視する。一九八〇年代には、現特殊部隊コマンド司令官ランバート少将のもとで、特殊部隊中尉として中南米で活動した。一九九〇年代半ばにはデルタ・フォース戦闘員でもあった。必要な新しい装備はなんであろうと用意すると、マルホランドは部下たちに約束した。ランバートの力も借りて甘言を弄したり圧力をかけたりしたすえに、国防総省をようやく説得してゴールドカードを使わせた。

旧来の方法で補給品を調達している時間はなかったので、新たな手法が編み出された。デイヴ・ベッツ先任曹長とその部下たちが、〈REI〉や〈キャンプモール〉などの登山用品店へ行き、店の在庫の靴下やテントを買いあさった――文字どおり在庫をすべて買い占めた。衣服についても同様で、小売店の在庫が切れると――ことに全員に必要な黒いフリースのジャケットがなくなると――〈ノースフェイス〉の本社に電話して、じかに買い付けた。雑誌《ショットガン・ニューズ》を読み漁って、拳銃用のホルスターやAK‐47の弾倉を買った。〈キャメルバック〉の特殊な水分補給システム、魔法瓶、浄水器、〈ロッキーズ〉の冬山用ブーツ、ダッフルバッグ、イリジウム衛星携帯電話、発電機、工具キット、圧縮器、直流一二ボルトを交流一一〇ボルトに変換する装置、携帯コンロ、燃料、ヘッドランプも購入した。幹部が新型の無線機やノートパソコンやPDAをチーム・ルームに持ってきた。どれも隊員たちが目にしたことのないような代物だった。軽量の〈ガーミン・エトレックス〉GPSを隊員たちは気に入った――軍用のGPSは、石板なみに大きくて重い。全国で一度に三、四〇〇台注文したが、充分な数がはいってこなかった。補給係の軍曹がメーカーにメールを送った。「御社のGPSをすべて買うので押さえてください」それに、電池も買った。ベッツの部下がみずからフォート・キャンベルの近くにある地元の大型店〈バッテリーズ・プラス〉へ行って、AA（単三）乾電池をひとつ残らず買い、車のトランクに入れて走り去った。

店員たちは空になった棚を眺めて、唖然としていた。

車のトランクに入らないもの、リアシートに乗らないものは、フェデックスの翌日配送を頼んだ。倉庫の上に穀物用エレベーターが載っているように見える灰色の二階建てのビルの前に、配達のトラックがつぎつぎとやってくる。そこはISOFAC（隔離施設）と呼ばれていた。装備は壁際でアルミのパレットに詰まれ――〝パレット化搭載〟が済むと、象のゴムと呼ばれる防水素材で覆われる。ウズベキスタンのカルシ－ハナバード（Karshi-Khanabad）にある機密の中継基地までの長い旅のあいだ、装備を保護するためだ。関係者全員が、その頭文字をとってK2と呼んでいる。

九月一八日、バワーズ中佐が告げた。「秘密任務のために一名必要だ」

名乗り出たのはニューハンプシャー出身のジョン・ボールダクという老練な曹長だった。筋肉ムキムキのスーパーヒーロー、ヒーマンを主人公とするコミックに登場する敵役からとったスケルターという綽名をつけられている。ボールダクは、内気で、物静かで、笞みたいに痩せている。特殊部隊選抜試験に合格するために要求される三〇キロメートル行軍は、背嚢を背負ってやる過酷なものだが、ボールダクはたった三時間で走破するという記録を残している。たいがいの兵士は八時間かかる。そのときには、先頭のバンにいる連中を揺り起こさなければならなかった。夜明け前にだれかが到着するとは、だれも予想していなかったのだ。終了したといっても冗談だと思われた。ボールダクは冗談を口にするような男ではない。

フォート・キャンベルの兵士たちは、ボールダクの行くところならどこへでもついていく。崖から跳び下りるのもいとわない。チームの〝マラソン大会〟では、森から駆け出して高い岩棚を走り抜け、四、五メートル下の石切り場の溜まり水に飛び込み、脚をばたばたさせながら肩ごしに見て、部下たちがついてきているかどうかをたしかめる。ついてくるのは、自分がいい働きをしている証拠だった。

それほどに仕事熱心なボールダクだが、どういうわけか一八年勤務した陸軍を退役する申請を最近行なったばかりだった。もう九月一一日には書類の一部を受け取っていた。同僚たちは辞めないよう説得しようとしたが、ボールダクは聞き入れなかった。

「退役するには理由がある」と、ボールダクはいった。「ティーンエイジの娘がいるのに、おたがいのことをよく知らないんだ」これまでの歳月を計算すると、娘の人生の半分に相当する期間、家を離れていたことがわかった。荒涼とした地の涯の砂漠に送り込まれ、戦いには勝っていたが、人生の戦いには負けていた。

そうはいっても、気持ちは揺れていた。ノリエガ政権を倒すためにレインジャー隊員としてパナマに降下したことはあるが、今回の戦いは大きい。一兵士として、こういう戦争のために日々を送ってきたのだ。

デスクの前に立つボールダクに向かって、大隊長のバワーズ中佐はいった。「まだ退役していないんだな？」

「ええ、まだです」陸軍の書類仕事は氷河の進む速度なみに遅い。それが今回ばかりは、機会を逸するのではなく、ものにするのに役立った。

「任務への心構えはできているんだな？」

「はい」

「どこへ行ってもらうかはいえない。だが、戦闘に赴く予定をしてくれ」

「いつ発つのですか？」

「今夜」

数時間後、ボールダクは、指向性地雷（クレイモア）、手榴弾、無線機、弾薬をぎっしり詰めた背嚢を提げて、フォート・キャンベルの滑走路に立っていた。いちばんおもしろいのは、任務のあいだ着るように命じられた服だった。ペイズリー模様のベルボトムのズボン、ブルーのナイロンのシャツ、小粋なソフト帽など、旧ソ連の衛星国のパレードに出るアメリカのヒップスターに見せかけるための変装だった。だが、いざ着てみると、七〇年代のポルノ映画の男優みたいだと思った——それで、その衣装は家のクロゼットに突っ込んできた。そんなわけで、冒険がはじまるのをそわそわしながら待っていた。尾翼に登録番号が描かれていない白いサイテーション・ジェット機が空から舞い降り、滑走してほんの一瞬停止し、ボールダクを乗せた。〈リーバイス〉のジーンズ、フランネルのシャツ、ハイキングブーツという格好で、

二四時間後、ボールダクはウズベキスタンのK2にいた。化学廃棄物と苦難の跡がにじみ、失敗という名の花がはびこる、見放された感じの場所だった。ソ連軍はここを中継基地に使い、マスードのようなアフガニスタン人の誉れ高いムジャーヒディーン戦士と一〇年間戦って敗れた。ソ連軍はいいようにあしらわれて、五万人を失った。これはアメリカとソ連の冷戦期の最後の運命を決する代理戦争であり、この敗北がソ連崩壊の一因になったとする歴史学者もいる。

このぬかるんだ平地を、断じてソ連の轍は踏まないと決意している米軍部隊の秘密の拠点に造りかえるのが、ボールダクの任務だった。タリバンに対する米軍の猛攻は、すべてここから行なわれることになる。ボールダクは一度もこういう作業をやったことがなかった——そもそも工兵ではない——しかし、あくまでやるつもりだった。それが特殊部隊の流儀なのだ。なにがなんでも自分を改良してゆくのが。

ＣＩＡも自分たちの役割を果たしていた。九月一九日、潜入工作員ゲイリー・シュローン

は、一〇〇ドル札を三〇〇万ドルずつ詰めた段ボール箱三つを、標章のないシボレー・サバーバンに積み込み、上司のコファー・ブラックに会うためにラングレーのCIA本部に向かった。この金は、特殊部隊が協働する軍閥への賄賂に使われる。北部同盟のアブドゥル・ラシード・ドスタム、ウスタド・アッタ・ムハンマド・ヌール、ハジ・ムハンマド・モハケクといった軍閥は、いずれも短気で粗暴なことで知られている。自分たちの国の支配権をめぐって、この三者は一〇年以上も相争ってきた。タリバンを叩きのめすために協力するよう説得するべく、シュローンはその日に金を持ってアフガニスタンへ飛ぶことになっていた。望ましい結果が得られるかどうかは疑わしい。アフガニスタンの忠誠を金で買うのは無理だとシュローンは思った。しかし、ひととき忠誠を借りることは可能だろう。

コファー・ブラックは、シュローンの任務のもうひとつの側面について明確な指示をあたえた。のちにシュローンはそのときの会話を書き留めている。それによれば、ブラックはこういった。「これは大統領と話し合った。大統領は全面的に同意なさった。われわれに協力し、米軍を受け入れるよう、北部同盟をなんとしても説得するんだ……だが、それだけではない。ウサマ・ビンラディンとその幹部の所在を突き止めて殺すために全力を尽くすのがきみの任務だ。

ビンラディンとその配下の悪党どもの捕縛は望まない」ブラックははっきりといった。「殺せ。そいつらがアメリカの刑務所で生きていたら、象徴になる。他のテロリストの結集を招くことになる」

つぎのブラックの言葉を聞いて、シュローンは愕然とした。「やつらの首が杭に載っている写真が欲しい。ビンラディンの首はドライアイス詰めにして送れ。ビンラディンの首を大統領に見せたい。そうすると約束した。これでわたしの指示は明確にわかっただろうな」

任務の意味を十二分に理解したと、シュローンは思った。

翌日、キャル・スペンサー一等准尉が電話を受けた。CIAがアフガニスタンの各部族との同盟を築いている間に、空軍が航空戦を行なう手はずになっていた。国防総省の決定により、タリバンに撃墜された空軍機の乗員にスペンサーのチームが戦闘捜索救難(CSAR)を提供することになった。ソ連軍のアフガニスタン侵攻に対応し、アメリカはムジャーヒディーン戦士にスティンガー地対空ミサイルを供与した。ソ連軍撤退後、練度の高いムジャーヒディーン戦士を中心にタリバンが結成された。ムジャーヒディーンを支援していたころ、アメリカはその一部の原理主義的な過激派に目をつぶっていたが、それが裏目に出た。過激派がテロリストになり、米軍機に対してスティンガーを使おうと手ぐすね引いている。

CSARは向こう見ずな任務で、スペンサーは若い軍曹のころ、ラスヴェガスに近いネリス空軍基地で何年か訓練を受けていた。スペンサーとそのチームは、手薄な支援に耐えながら敵前線の奥で活動することになる。事態が悪化したときには、単独行動しなければならない。やりがいのある困難な作業をやるにやぶさかではないが、ただひとつ問題があった。チームに大尉がいない。一週間前にミッチ・ネルソン大尉が第五群本部に栄転になった。チームが訓練から戻ると早々に、自分の好きな仕事から引き抜かれて突然格上げになったのだ。

カンザスの牧場主の息子で三二歳のネルソンは、あらたな幕僚の仕事でみじめな思いを味わっていた。オフィスワークは大嫌いだったが、昇進のためには通過せざるをえない道のりで、本部の書類仕事という野獣を退治しなければならない。最悪だったのは、親友のディーン・ノソログがあと一年チームを指揮できることだった（大尉には二年の勤務期間があたえられる）。いまやノソログが戦闘に参加できることはまちがいなく、いっぽう自分はホチキスやペーパークリップをいじくる毎日がつづくだろう。

ネルソンはなんとしても参加したかった。ロシア語も話せる。スペンサーやチームの面々とともに、ついさきごろウズベキスタンに行ったばかりでもある。だからやきもきしていた。

そしてついに、大隊長のバワーズ中佐のもとへいった。

「大隊長」ネルソンはいった。「チームに戻る必要があります」

バワーズが、ネルソンの顔を見て答えた。「だめだ」

チームの兵士たちとおなじようにネルソンは頑固で独立心が旺盛だったので、バワーズの指揮下で不満をつのらせていた。要望を却下されたのは、バワーズに嫌われているからではないかと思った。じっさい、CSAR任務を担当するチームを選ぶときに、バワーズは大隊のべつの部隊を候補にあげた。スペンサーのチームが選ばれたのは、他の複数のチームがマルホランド大佐に強く推薦したためにほかならなかった。バワーズは渋々折れた。

事態が急を要すると感じていたスペンサー准尉とエセックス曹長は、ネルソンに代わってバワーズに直談判した。「ほんとうにネルソン大尉が必要なんです」ふたりはいった。納得したのか、それともあきらめたのか、バワーズはネルソンをチームに戻した。

「出発まで六時間しかないぞ」バワーズはふたりにいった。そのときすでに、ふたりをウズベキスタンのK2に運ぶ輸送機が迎えにくるところだった。

ネルソンの所在がエセックスにはわからなかった。携帯電話にかけると、留守番サービスになっていた。ネルソンは妻とともにナッシュヴィルの産科医院にいた。二カ月後に出産の予定だった。父親になるのがうれしくてたまらないネルソンは、診察前に電話の電源を切っていた。

「おい、頼むよ！」エセックスは電話口でどなった。「すぐに帰ってくれないと困るんだ！」

秘話通信ではない電話でどうやって伝えればいいのかと迷った。そこで、「おれたちは……いますぐに……出かけるんだよ！」といった。

間に合うようにネルソンがチーム・ルームに戻ってくるのを祈るしかなかった。

心配するにはおよばなかった。命令が出た数時間後、任務は中止になった。計画変更にはなんの説明もなかった（説明があったためしはない）。チームのメンバーは部署から一時間以上離れた場所には行かないようにと命じられた。意気をそがれてがっかりした隊員たちは、待機した。どんな敵にも打ち勝つことができるが、ひとつだけ勝てない相手がいる。国防総省で梃子を動かしているやつらだ。いまのチームには、待つほかにやることがなかった。

だが、待機はそう長くなかった。一〇月四日、こんどこそほんものの招集がかかった。任務開始。やはりなんの説明もない。

チームが出発する前に、ランバート少将がフォート・ブラッグからやってきて訓示をあたえた。こざっぱりした迷彩服のズボンに手を突っ込むと、ひとつのジュエリーを出した。この特別な品物のことは、たいがいの兵士が話に聞いているだけだった。戦いの金の指輪。ランバートがそれを掲げると、欠けたルビーが一同のほうへ輝きを発した。

「この指輪は地獄を通って戻ってきた」ランバートがいった。「死んだ兵士、退役した兵士の指にはまっていた。彼らの業績は、長い年月、あるいは永遠に語られることはない」

ランバートはその指輪の歴史をよく知っていた。一九八九年、若き指揮官だったとき、部下の軍曹に歩兵特級射手徽章を得るための試験を受けさせた。五日間、走り、撃ち、森のなかで生活しなければならないという過酷なものだ。

ランバートは、自分の指揮下の兵士たちにリーダーシップを示すために、軍曹にその試験を受けさせた。軍曹はぎりぎりのところで試験に通った。軍曹があきらめなかったことに感動したランバートは、執務室の壁に額縁に入れて飾っていた自分の歩兵特級射手徽章をあたえた。

軍曹はすかさず自分がはめていたルビーの指輪を抜くと、ランバートに押しつけた。

「ほら、交換だ。こいつはボリビア、パナマ、ヴェトナム、タイ、パキスタン、ベルギー領コンゴ、ボスニア、あらゆる戦場を潜り抜けてきた」

そんなわけで、その指輪は特殊部隊が派遣されるたびに戦闘や任務に持っていくべきだと、ランバートは考えていた。唯一の但し書きは、それを帯びる人間が無事に指輪を持って帰らなければいけないということだった。軍隊式の呪術のようなものだ。

会議室を見まわしたランバートは、五年前にその指輪をはめた兵士のことを思い出した。その兵士は見かけはかなり健康そうなのに、意外にも日常的にやっている体育試験に落ちた。それから一週間とたたないうちに、筋萎縮性側索硬化症と診断された。それから数日たつと、手も使えなくなった。

ランバートはすぐに健康上の理由による除隊を手配し、同僚の兵士たちがその兵士の家の外壁などを塗り替えて高く売れるように手配し、親類がいる新しい町に引っ越すのを手伝った。指輪はあとに残った。

数カ月後に、ランバートはその兵士の夫人から電話をもらった。ひどく落ち込んでいるという。

「スピーカーホンにしてもいいですか?」夫人がきいた。

ランバートは胸が詰まり、かまわないと答えた。

どう口を切っていいのか、ランバートにはわからなかった。体を動かすことも口をきくこともにできず車椅子に座っている旧友の姿を思い浮かべた。特殊部隊ではさまざまなことを教えるが、これに対する備えはなかった。

「きみは偉大な男だ」ランバートはいった。「わたしは尊敬している」

夫の反応を、夫人が伝えた。「笑っています！　うれしそうな顔です」

ランバートはしばらく話をしてから電話を切り、考えた。「なんとかしてあげたい」指輪を包装して夫人に送った。「これをはめるようにいってください」と書いた。「持っていてもらいたいんです」

だが、この任務から帰ってくることは二度とない。元兵士は指輪をはめて車椅子に座り、それを見つめ、なにもできずに考えにふけっていた。死んだときもはめていた。夫人がランバートに指輪を送り返した。「そちらに持っていていただくのが主人の望みです」

そしていま、部下を前にしてランバートは問いかけた。「どんなふうに死ぬのか？　それを考えてもらいたい」

修辞的疑問でもなければ、道義を問うたのでもなかった。全滅の可能性を考慮するのは、チームの任務の一環だった。全滅を避けるために、その可能性を検討しておく必要があるのだ。

ランバートは、会議を司る将校に指輪を渡した。「きみの最高の部下に渡してくれ。かならず持って帰るように」

九月二二日、戦争前の立案のためのウズベキスタン出張から、ジョン・ボールダクが帰ってきた。一七年連れ添っている妻のシャロンとティーンエイジの娘ハナの三人で、退役についてじっくり話し合った。ボールダクはハナに、おたがいのことがよくわからないと感じているが、それをこれから正せると信じていると語った。だが、その機会をすこし先にのばす必要がある。また行かなければならない。だが、帰ってくると約束する。ボールダクはあの指輪を受け取っていた。

三人はレンタルビデオ店へ行って、家にいる最後の夜に見る映画を借りた。夫と妻がベッドに横たわり、ハナがあいだに寝て、画面を見つめた。シャロンがいった。「あなたの脚の上に跳び下りて骨折させたら、行けなくなるわね」半分は本気だった。

ベッドに寝ていたマーチャ・スペンサーは、夫のほうを向き、起きているかとたずねた。そして、あすはどこへ行くのかと質問した。いえないの？　答はとっくにわかっていた。

「いえないのは知っているだろう」スペンサーは答えた。

正直いって、マーチャは地理的な位置が知りたいわけではなかった。夫が生き延びられるかどうかが知りたかっただけだ。

こうして夫といっしょに休み、息子のジェイクは廊下の先の部屋で眠っている。ずっといい暮らしだった。それでも……マーチャは、口に出してはなにもいわなかった。いえるはずがない。だれにも――どこのだれにも――認められないのが、口惜しかった。愛する夫が任務に出かけていってどういう仕事をしているかは、だれにも認められない。日焼けして家に帰ってきて、ズボンのポケットには砂が残っている。家庭生活の動きに合わせる心構えはできていて、ねじ回しを手にどこか直すところはないかと探す。けれど、二〇年の結婚生活の半分以上、家をあけている。その数字に、マーチャはいつも啞然とするのだった。一〇年も会っていない勘定になるのよ！ 子供たちと自分だけでちゃんとやっていけることはわかっていた。夫がいなくても、家族それぞれが成長してゆく。でも、彼の人生にどんな影響があるのかは、だれにもわからない。陸軍は任務の話をすることを禁じている。陽射しのまぶしい空港で歓迎され、軍楽隊が演奏し、テレビカメラで撮影されるということはない。出征しているときにキャル・スペンサーがなにをやったかは、永遠に謎のままだ。自分や子供たちが耐えている物事は、だれの目からも隠されている。

どこかの砂漠で死ぬ夢を、キャル・スペンサーは何度も見ていた。でも、今夜は夢は見ない。表のコオロギの声に神経を集中しようとした。近所のエアコンの低い響きよりもひときわ高く、コオロギが歌っている。

死はあそこにある、と思った。地平線の黒い一点。そのそばを通るにせよ通らないにせよ、そこにある。それに出会うまでは、考えてもしかたがない。

殺されることは考えまいとしたが、仮にそうなるとしたら今回の展開でそれが起きるはずだという気がした。タリバンの捕虜の扱いについては、あらゆる情報を読んで知っている。肝心なのは捕らわれないようにすることだ。生きて虜囚にはなるまいと決意した。

二度と自分のベッドで眠ることはないかもしれないと思いながら、キャル・スペンサーは眠りに落ちた。

翌日、マーチャが第五特殊部隊群本部までスペンサーを車で送った。スペンサーはウィンドウに首を突っ込んで、マーチャのほうを見た。

「愛しているよ。帰ってくるからね」にっこり笑った。

「わかった」

マーチャは泣きながら車を出した。

駐車場では、ありとあらゆる愁嘆場がくりひろげられていた。ベン・マイロー一等軍曹は、ティーンエイジの長男にいった。「おまえは一家を支える男だ。心配がないようにちゃんとやるんだ」長男はめそめそ泣き出した。

リーザ・ディラーは泣かずに走り去った。昨夜は家の掃除をして、夫のサムを本部へ送り届ける時間になるまで、けさもずっと掃除をしていた。夫が海外に派遣されるときはいつもリーザは掃除をする。それが夫に別れを告げるストレスに対処するリーザなりのやりかただった。リーザなりの別れの挨拶だった。

ふたりはあらゆることをともに乗り切ってきた。一九九三年、ソマリアのモガディシュの戦闘（米軍が大きな被害を出した『ブラックホーク・ダウン』で描かれた戦闘のこと）から帰ってきたディラーは、居間にダッフルバッグをどさりと置くと、ふるえを帯びた声で「ただいま」といった。夫をひと目見て、気力がくじける寸前だというのを、リーザは察した。やさしく扱って立ち直らせた。だが、とにかく生きて帰ってきた。家に向けて車を走らせるうちに冷静さが溶けて流れ、リーザは取り乱した。

牧場の母屋風の官舎に戻るとキッチンへ行き、ビールを注いで、湯船に張った熱い湯に浸かり、これまでとはちがう濃密な静寂にくるまれた。とてつもなく長い冬になりそうだった。

その一〇月五日の深夜に、スペンサーはスクールバスを改造した車輛に乗り込んだ。駐屯地を出たバスのウィンドウは黒いスモークを貼って、なかを覗けないようにしてある。目を向けるものはほとんどいなかった。ケンタッキーフライドチキンのネオンは消えていたし、銀行の看板のまたたきを見ているのは、欠けはじめている月の大きな目だけだった。通りのゴミの上を冷たい風が吹きぬける。バスの頑丈なスプリングがきしみ、乗っている男たちはほとんど口をきかなかった。バスは轟然と飛行場へ走っていった。

バックパックを背負ったスペンサーは、バスをおりて、C－130輸送機の大きなエンジン四基の咆哮のなかへ歩いていった。

後部傾斜板(ランプ)がおりていて、機内が淡い光を浴びていた。男たちは身をかがめ、黒いワッチキャップを押さえて、プロペラ後流のあいだを抜け、重い足取りで傾斜板を登った。一行がシートベルトを締めると、機体が激しく震動した。オリーブグリーンの機首が滑走路の上の暗闇を嗅ぐように突き出し、速度、揚力、引力からの解放の三つを追い求めた。

下の床がふんわりと軽くなって足を離れるような感じがしたので、離陸したことをスペンサーは知った。上昇すると暗い夜空の大気のために機体が冷えはじめた。スペンサーは睡眠導入剤を一錠飲み込み、バックパックを取って、氷のように冷たいアルミニウムの床にフォームラバーのマットを敷いた。バックパックにはマーチャの書いた手紙が何通もはいっていた。番号と日付が書いてあって、封を切って読む日にちと順番が決まっている。スペンサーはそれをぜんぶ開封して、むさぼるように読みはじめた。大好きなキャル、あなたをどんなに愛しているか、わたしは一度もいったことがなかったわね……。

読み終えると、一通ずつ丁寧にバックパックにしまった。低いうなりを発する床に横たわり、眠りに落ちた。輸送機は軽々と大西洋を越え、東の夜明けに向けて飛び、ウズベキスタンの秘密基地を目指していた。

ノソログは出発する前にケリーといっしょにドライブに出かけた。雲ひとつなく晴れたすばらしい日曜日の午後だった。冬も——ノソログの出発も——現実に訪れるとはとても信じられなかった。秋の青空は、ベルベットで磨かれたみたいにきれいだった。小ぢんまりしたアパートメントでは、引越しの段ボール箱がまだ天井まで積んだままだった。

田舎道を数時間走るあいだ、ふたりはほとんど話をしなかった。幾多の別れの場面があった教会脇の駐車場で、ようやくケリーはノソログをおろした。背嚢を階上のチーム・ルームにひきずりあげたノソログは、下に駆けおりて、ドアから飛び出した。どうしてももう一度ケリーに会いたかった。ケリーはいた、車をおりて立ち、とても美しく、怯えているように見えた。

二年前にケリーを見初めたとき、ノソログはまだフォート・ブラッグの特殊部隊認定課程の訓練生だった。そこでは語学の勉強があまりできないので（ロシア語が堪能だった）、一週間に一度、車で一時間のチャペル・ヒルへ行き、ノースキャロライナ大学でロシア語会話の講座を受けることにした。

ある晩、カールした赤毛のかわいい女生徒が教室にはいってきて、ノソログのとなりに座った。ひと目見てノソログは体がぐにゃぐにゃになるのがわかった。「あの」言葉に詰まりながらきいた。「あの、どうしてこの授業をとっているのかな？」

「国際ビジネスの仕事につこうと思っているから」彼女がいった。自信たっぷりにそういうのを聞いて、おれはこの女と結婚するぞ、とノソログは心のなかでつぶやいた。

まるでつむじ風みたいな求愛だった。はじめのころ、フォート・ブラッグを離れなければならなくなると、ノソログは夜も昼も、自分がいないあいだケリーに忘れられるのではないかと心配になった。花屋に手配りして、留守中に花を届けるようにした。前もって手紙を書き、それを添えてもらった。

六カ月後、ニューハンプシャーにあるケリーの実家を訪れていたときに、ノソログはプロポーズした。ケリーの父親の墓前での出来事だった。父親が生きていたら、自分には名誉にかけて結婚の承諾を求める義務があったはずだと、ノソログは確信していた。

「父に会っていたらと思うわ」ケリーがいった。

ノソログは不意に片膝を突き、ケリーの父親の墓石に向かっていった。「お許しを得て申しあげます」そして、くるりと向き直り、ケリーのほうを見あげた。

た。

そしていま、新婚生活一カ月で別れを告げるとき、ノソログはケリーの両手を取っていった。「愛してる」ケリーのほうを見たまま、あとずさりで離れていった。向きを変え、階段をあがってチーム・ルームへ行った。新しいコンバット・ブーツが、金属の階段で音をたてた。

出入口のドアがそのうしろで閉まった。

ノソログは階段の途中で足をとめて、気を落ち着けた。文章を書くのが得意だったら、きみと出会えたおれは果報者だったというようなことを書いて渡せたのに、と思った。

二階の廊下の窓へ走っていって、表を見おろしたが、もうケリーの姿はなかった。

装備をかつぎ、まるで監獄のようなフォート・キャンベルの隔離施設へ歩いていった。

ISOFACは隔離されていて退屈でつまらないので、ノソログはあまり好きではなかったが、そこに期待があるのは好きだった。ISOFACにはいるのは、荒々しく生まれ変わって戦争に飛び込む準備段階なのだ。

駐屯地そのものが窮屈な宇宙だが、ISOFACはそこにあってさらに閉鎖的な世界だった。蛇腹形鉄条網に守られた金網フェンスのゲートには、警衛が詰めている。表から見ると、グレーのブロックで雑にこしらえた窓のない建物という風情だった。不格好な建築物だということが、内部であらゆる重大な物事が進められていることを示唆している。事実そうだった。

　建物の内部は二層になっていて、上の階は宿舎だった。ノソログは一階の第一計画作業室を通った。デスクや椅子がまばらに置いてあり、シンダーブロックの壁にホワイトボードが取り付けてある。壁が蛍光灯の揺れる光を反射して、白く輝いている。各チームに二部屋が割り振られていた。ひと部屋は任務の計画作業用、もうひと部屋は宿舎。チームの計画作業室には、椅子とデスクと幅四・五メートルの黒板、イーゼルに引き出せるようになっている幅一二〇センチの厚手の防湿紙のロールがある。実用一点張りの宿舎には、簡易ベッドが一二台あるだけだ。薄い茶色の樹脂製のマットレスが敷かれ、壁際にきちんとならんでいる。

　廊下の先には、壁に詰め物(パッド)を貼り付け、床にレスリング用マットを敷いた、格闘戦訓練室がある。突き当たりが武器室で、鍵をかけて銃器を保管している。ウェイトなどのあるジムとカフェテリアもある。新設の刑務所みたいに、必要最低限のものしかない。金属の入り組んだ塊から突き出している奇妙な塔は、使用されていない煙突のように見えるが、パラシュートを取り付けてたたむのに使われる。

　廊下での私語は禁じられている。

　ISOFACには、ジョン・ボールダクのチームも含めて、ほかに六チームが詰めていた(さまざまなチームのなかにあって〝トリプル・ニッケル〟と呼ばれるOD-A555は、ネルソンがデヒーに着陸した直後にパンジシール谷近くに降下することになっていた。つまり、ネルソンとそのチームが、アフガニスタンに最初に潜入する米軍部隊になる)。チームはたがいに話をしてはならないことになっていたので、食事のときは肘がこすれあうようにしてカフェテリアのテーブルに向かい、（コックが正しい濃さで作れないために）粉末が溶けずに残っている〈クールエイド〉を飲みながら、相手がそこにいないふりをした。これは各チームの任務についての情報を分離するための措置だった。そうすれば、ひとつのチームが捕虜になって拷問されても、敵に教えられる情報はほとんどない。

ＣＩＡのアナリストがやってきて、一部のチームの部屋のみへ行った。もっとも、戦争のこの段階では、伝えられる情報はほとんどなかった。数日前の一〇月七日、米空軍はアフガニスタン各地に立てこもっているタリバン部隊に対する空爆を開始していた。ノソログは、テキサス州とほぼおなじ広さの国の地図を眺めて、標高五〇〇〇メートル以上の高峰、広大な砂漠、森に覆われた谷間を流れる緑の曲がりくねった川という、この世のものとも思われない不思議な取り合わせを見てとった。空爆作戦が困難になるだろうということは、情報報告によって知っていた。雪に覆われた山や広々としたカーキ色の平原の上空二万フィートを飛ぶパイロットがターゲットを標定するのは容易ではない（対空兵器の脅威があるので、低空は飛べない）。空爆を誘導してくれる地上部隊がパイロットにとって不可欠であることを、国防総省の幕僚も知っていた。それも緊急に必要だった。ノソログのような兵士たちが現地にいなければならない。

ＣＩＡ局員のひとりが廊下を近づいてくる足音が、ノソログの耳に届いた。ＣＩＡ局員がチームの計画作業室のドアをノックし、なかにはいってから、低いカチリという音をたててドアを閉めた。ノソログはそのノックを早く聞きたくてうずうずしていた。アフガニスタンに関する資料は、アハメド・ラシッドの『タリバン――イスラム原理主義の戦士たち』も含めて、手にはいるものすべてに目を通していた。アブドゥル・ラシード・ドスタムという軍閥についての秘密情報も読んだ。ドスタムは自分の陣営での売春婦やケシ栽培に寛容だという。ＣＩＡが取り引きをしようとしている相手でもある。べつの軍閥ウスタド・アッタ・ムハンマド・ヌール（名前が似ているので混同されやすいが、９・11ハイジャック犯のムハンマド・アターとは無関係）は、ドスタムとはちがい、敬虔なイスラム教徒だという。

チーム計画作業室でノートパソコンを使い、ノソログはこの謎めいた軍閥ふたりの情報に加えて、ビンラディンとアルカイダについてわかる範囲のことをすべて調べた。だが、確実な情報はすぐには手にはいらなかった。ある日、ＩＳＯＦＡＣの幹部将校が、ぼろぼろの《ナショナル・ジオグラフィック》誌ひと抱えと、アフガニスタンの歴史を題材にしたディスカバリー・チャンネルの番組のビデオテープ数本を持ってきたので、ノソログはたずねた。

「それはなんだ？」相手は答えた。「これも情報のたぐいだと思ってくれ」

自分たちのチームをもうじきアフガニスタンに派遣しようとしているのに、政府が情けないくらい準備不足であることを、ノソログは悟った。アフガニスタンはつい最近まで、どの組織の情報収集の対象にもなっていなかったのだ。待ちに待っていたＣＩＡのアナリストがやってきたときも、ブリーフィングは期待はずれで、すでに知っていること以外の情報はほとんどなかった。ありがたいことに、だれかがアフガニスタンでのソ連軍の経験について書

かれた *The Bear Went Over the Mountain*（直訳すると「山を越えた熊」。熊はむろんロシアを意味する）という本の版元に電話をかけることを思いつき、六〇〇部を注文していた。版元にも在庫がなく、急遽データを印刷所に送った。そこから刷りたての本が急送便でISOFACに送られた。本が届くと、ノソログはよろこんだ。毎晩、バリー・ホワイトのCDをヘッドホンで聞きながら、大部の本を必死で読んだ。

一週間の隔離のあと、万全の準備ができたとノソログは思った。一〇月一三日、まだベッドで眠っているときに部屋の明かりがついた。ノソログは悪態をつき、目をこすりながら起きあがった。

「急げ！」ISOFACの幹部将校が叫んだ。「あんたたちは出発だ！　輸送機が来ている！」

「そうかい、その輸送機は空から降ってきたわけじゃないだろう」ノソログは文句をいった。「〝これから着陸する〟ってあらかじめ知らせなかった間抜け野郎は、どこのどいつだ？」

一時間後には、空にあがっていた。

チームはつぎつぎと発った。出発の前の晩、マーク・ミッチェルは午前二時まで起きていて、留守中にマギーにやってもらうことのリストをこしらえていた。「このクレジットカードは完済するまで三〇〇ドル支払うこと。返済が終わってもまだ帰らなかったら、毎月三〇〇ドル貯金してほしい」最後の数日は、カーペットの掃除、ガレージのドアの修繕、パズルームのゆるんだ栓の締め付けをやった。なにごともゆるがせにしなかった。マギーはなにも修理できないと正直に認めているし、ミッチェルはよろこんでこうした家事を手伝った。「おれはハンサムじゃないかもしれないけど、役に立つだろう」と冗談をいった。マギーは夫のことを、世界一ハンサムでやさしいと思っていた。

マギーはミッチェルと、ジョージア州フォート・スチュアートで出会った。マギーは小学校の教師、ミッチェルは陸軍少尉だった。一カ月つきあい、ミルウォーキーで家族の結婚式があるからいっしょに来ないかと、ミッチェルが誘った。ダンスをしているあいだに、ミッチェルがプロポーズした。マギーはびっくりしていった。「酔っ払ってるんじゃないの？」

「うん。でも、結婚してくれるよね？」

「朝になってしらふのときに、もう一度きいて」

ミッチェルはそのとおりにして、マギーは承諾した。

結婚して一〇年になるが、ミッチェルがいまだにおもしろい話ができるのが、マギーにはうれしかった。ミッチェルはミルウォーキーのイエズス会マルケット大学の工学部を卒業している。ティーンエイジャーのころには朝の四時に起きて新聞配達をしてから、ミルウォーキーのダウンタウンにあるアイリッシュパブの掃除をした。八時には学校へ行っていた。

高校ではクロスカントリー、フットボール、レスリングをやった。奇抜なユーモアのセンスがある。ピアノを弾くのが好きで、レイ・チャールズの曲はたいがい知っている。スティングやトーキング・ヘッズも好きだ。コーエン兄弟の映画も気に入っている。芸術家のような側面もあるが、写真を撮るときを除けば、マギーはそれをめったに目にすることがない。ミッチェルの控え目な態度は、すさまじい体力を覆い隠している。他の連中が体を折り曲げて競走用トラックにへどを吐いているあいだ、三〇キロ近い野外装備を身につけて素手でロープをつかみ、一二メートル以上登ることができる。ミッチェルは訓練によって、痛みと肉体の疲労を無視するすべを身につけた。微妙なニュアンスに気をつけ、相手がいったこと、いわないことに注意するようになった。頭脳を先に働かせ、武器を使うのはあとにするということもおぼえた。海外に派遣されたときには、パキスタン人、ヨルダン人、サウジアラビア人がなにをやるかを先入観から予想するのをやめて、そういったひとびとがじっさいにいうことに耳を傾け、やることを観察した。これから出会うアフガニスタン人に対しても、そうするつもりだった。

連邦検察官の息子に生まれたミッチェルは、父親の手柄話を聞いて育った。一九七〇年代のミルウォーキーは、膨張するアメリカのヘロイン市場の中心だった。ミッチェルは父親の勇気を崇め、自分が悪党どものはびこる世界で暮らしていることをぜったいに忘れなかった。そういうやつらを懲らしめるのは正しいことだった。そういう世界で自分の力量を試すために軍隊にはいった。マギーはそれを〝ウーオッ〟（レインジャー部隊員の挨拶のかけ声）のマッチョの世界と呼んでいる。

歩兵将校として四年勤務したのちに、ミッチェルは特殊部隊を見出し、それによって変わった。特殊部隊員のありようとやっている仕事が、ミッチェルは大好きになった。米陸軍特殊部隊は、世界一たくみに隠されている秘密だった。海軍のSEALのほうが一般には知られている。架空の南米の国ですごいものを破壊したというような筋書きの映画が、夏のたびに封切られる。米陸軍が存在を公式に認めていないデルタ・フォースですら、特殊部隊よりもたびたび本になっている。特殊部隊の人間はこれまでだれも本を書いていない。それは隊員たちにとってありがたいことだった。おおっぴらにスポットライトを浴びれば、敵の標的になりやすい。フォート・キャンベルの周辺では、〝物いわぬプロフェッショナル〟と書かれた特殊部隊のバンパーステッカーが見られる。隊員たちは、それをジョークにしている。「おい、おれたちは物いわぬプロフェッショナルなんだって」DJみたいな声でそういうのだが、じつは本気でそうだと思っていた。

一〇月二四日の午後四時ごろ、マギーと娘たちは教会の駐車場までミッチェルを送っていった。ミッチェルは娘をひとりずつ抱きあげて、愛しているよといった。その日はずっと、娘たちとディズニー・チャンネルを見ていた。庭で鬼ごっこをした。ランチはバーガーキングで食べた。そのあいだずっと、ミッチェルはそわそわしていた。

いつものような一日を送ることが肝心だった。なにはともあれ、出発を乗り切らなければならない。六カ月かあるいは一年、出征することになる。食糧をつめた背嚢、寝袋、茶色の砂漠用迷彩服の着替え、弾薬と武器など、装備はすべて飛行場で待機している輸送機の機内のパレットにきちんと積んである。肩にかけたナップザックには、水を入れた〈ナルゲン〉の水筒、歯ブラシ、剃刀、読む気になる唯一の雑誌である《USニューズ&ワールド・レポート》の古い号数冊を入れてある。あとは輸送機に乗ればいいだけだ。

バスに乗ったミッチェルは、滑走路でエンジンをうならせているC－17輸送機の待つ飛行場へ向かった。六週間もない準備期間を経て、ミッチェルをはじめとする第五特殊部隊群の面々は、一国を倒す準備が整っていた。

二四時間後、ミッチェルはウズベキスタンの暗いK2に降り立った。無数の星を抱く空から乳白色の星明かりがこぼれている。

到着した。ゲーム開始だ。

第二部　騎馬隊、進め

アフガニスタン　デヒー
二〇〇一年一〇月一六日

ようやくアメリカ人がやってくる。ムハンマド・モハケク将軍は思った。ようやく……ついに。

天までのびているかと見えた二本のタワーが倒壊して、煙をあげる奇妙な獣がうずくまっているような形になったとき、アメリカ人はようやく、モハケクが信じている、死のまぎわにひとが聞くという叫び声を聞いた。アメリカ人は、アフガニスタンでは生活の一部となっている音を聞いて、やっと目を覚ましたのだ。

モハケクは、その音をもう何十年も聞いている。カーブルで、マザリシャリフで、そしてきょうはサフィードコータル――白い峠を意味する――で聞いた。アメリカがテロ攻撃を受けたとき、モハケクはそこで数千人のタリバン軍と戦っていた。

モハケクは山の近くの土の小屋のなかで、背中を丸めてうずくまっていた。その野戦司令部で、うんざりしながら地図を眺めていると、駆け込んできた副官が無線機を手渡した。

「モトローラにニュースがはいっています」ハザラ人の指導者として二五〇〇人の兵士を指揮しているモハケクは、ニュースをじっと聞いてから無線機を置いた。言葉を失っていた。若いころ、モハケクはアメリカへ行ったことがある。ニューヨークへ。馬鹿でかかった。アメリカ人がやってくると、即座にわかった。モハケクは七年間タリバンと戦い、敗色が濃くなっていた。飛びあがらんばかりによろこんだ。

この闘争で、モハケクとその仲間は、信じがたい苦難に耐えていた。マザリシャリフの街路、ゆらゆら揺れる蠅のベールに包まれて横たわっている山羊の死骸、野菜の行商人、ハブキャップを叩いてスプーンをこしらえている年寄り、口もきけずに太陽を見つめてパン切れでもいいからほしいと手を差し出している戦災孤児――そういったもろもろの前を通り過ぎて、タリバンはハザラ人の家にやってきた。血に飢えた兵士がドアを蹴破る。干からびた華奢な家に潜んでいるところをつかまった不運なハザラ人の男は――老人も、若者も子供も――通りにひきずりだされて、喉を切り裂かれ、性器を切り取られ、道端で腐るまでほうっておかれる。のばされた喉を殺人者の短剣が切り裂くあいだ、犠牲者は黒い目をかっと瞠っている。ハザラ人多数が殺されたり悲運にみまわれたりしているから、ふつうの生活に戻るには何年かかるかわからないと、モハケクは思った。

だが、そのための努力をつづけるつもりだった。

一〇月初旬、モハケクはアフガニスタンでもっとも危険な人物であるアブドゥル・ラシード・ドスタムの謎の訪問を受けた。そのときドスタムはいった。「きょうだい、特別な友だちがやがて訪れる。それについてどう思う?」

ニューヨークの国連やアメリカの諸機関に、この一年のあいだに三〇〇通ほどの手紙を書いて嘆願したと、モハケクは説明した。「わたしたちを助ける手立てを講じていただく必要があります。わたしたちはタリバンによって殺されています」どこの援助でも受け入れると書いた。

「われらが友人たちが」ドスタムが語を継いだ。「われわれの手助けを必要としている。あんたの家の正面に電球を一四個ならべて点けてくれ」

「どうやって点けるんだ?」モハケクはきいた。

ダラエソフ川沿いの岩山だらけのこの寒い土地で、どこから電気を引けばいいのか、モハケクにはわからなかった。どの方向も馬で数日行かないと電気はない。もっとも近い街は下流のマザリシャリフで、一〇〇キロメートル近く離れている。

ドスタムが片手をあげた。「なんとかするんだな。一四個の電球が点っているのを見たら、向こうは着陸しても安全だと判断する」

そういうと、ドスタムは帰っていった。

それから一週間たち、秋の深夜の闇のなかでモハケクは身をかがめ、電球一四個をつないだコードをガソリン式の発電機に接続した。手に入れられたのはそれだけだった。そっと歩くときに舞い上がる細かい土埃のなかで、電球がぱっと光って、そのまま点いていた。

モハケクはすこし離れて、自分の作品を惚れ惚れと見た。接近するヘリコプターのシュバシュバというローター音のほかには、なにも聞こえなかった。

ヘリコプターが着陸し、異様ないでたちの男が数人おりた。アメリカ風のダンガリーやフランネルのシャツを着て、銃、ノートパソコン、重たげな黒いダッフルバッグを持っている。モハケクは司令部で一行にお茶とパンを出した。目をあけて眠りそうな男たちだった――それほど警戒怠りなかった。翌朝、モハケクは数キロメートル下流のデヒーという村へ一行を車で送っていった。岩や轍のためにピックアップ・トラックが激しく揺れ、闇がへばりついている谷間を苦労しながら抜けていった。

広い黄色の平地に面した川の湾曲部で、土の建物に出くわした――太い丸太で補強した高い土塀が、馬場を囲んでいた。アメリカ人たちは、着くとすぐにそこを〝アラモ〟と命名した。

一行はあわただしく掃除と荷解きをはじめた。

そのキャンプにはドスタムがいた。モハケクの見るところ、どうやら早くもＣＩＡと密接な関係を築いているらしい。また、イスラム指導者ファヒム・カーンの荒々しい腹心の部下ウスタド・アッタ・ムハンマド・ヌールもいた。白髪まじりの顎鬚をたくわえているフクロウに似たファヒム・カーンは、九月九日に暗殺されたマスードのあとを受けて北部同盟司令官をつとめている。マスードはいまではアフガニスタンの山の頂上で瞑っている。

この荒くれ男たちが、いまはタリバンの最大の敵である北部同盟の三頭政治のそれぞれの頂点をなしている。かつてはマスードがこの同盟をまとめて、長年統率してきた。

　ファヒム・カーンは、マスードが九月に暗殺されたあと、無事に埋葬できるようにぼろぼろの遺体をひそかにタジキスタンに運び込んだ。そして、この偉大な戦士の死後、北部同盟をなんとかまとめてきた。マスードは何年もかけて、ドスタムのウズベク人勢力、モハケクのハザラ人勢力、自分のタジク人勢力などをまとめ、戦線を強化してきた。だが、同盟は崩壊に向かいかけている。

　夏のあいだずっと、七〇〇〇人あまりがダラエソフ川の谷間でタリバンと戦ってきた。数千発の地雷が仕掛けられ、山地の陽光を浴びている静まりかえった村が点々とある。数カ月におよぶタリバンの攻撃のために、古ぼけた建物はばらばらになって冷たい地面に散らばっている。ところによっては、タリバンは村人を家に閉じ込めたまま、村全体を焼き討ちしていた。

　モハケク、ドスタム、ヌールの勢力は、夏のあいだずっと南へ南へと押され、谷の奥に封じ込められていた。その時期、マスードは一二〇キロメートル離れた北で戦っていたが、緑濃いパンジシール谷の支配地域はいよいよ細るばかりで、補給路を断たれるおそれもあった。できればこの東北戦線を維持し、西南からモハケク、ヌール、ドスタムの騎馬隊が北上して、数で勝るタリバン部隊を挟み撃ちにするのを待つというのが、マスードの目算だった。

　仮に北部同盟がそれを成し遂げれば、パキスタン国境寄りのクンドゥズからマザリシャリフまで東西に一五〇キロメートル以上もあるタリバンののび切った前線を切断できる。

マザリシャリフ攻略が、北部同盟の目標だった。マザリシャリフを押さえれば北部を制することができる。そして、北部を制することができれば、南進して首都カーブルを攻略することが可能になる。そこを拠点に、カンダハールからパキスタン国境までひろがる砂漠の荒野を攻撃することが可能になる。つまり、アフガニスタン全土を支配できる。

だが、これまでのところ、マザリシャリフ攻略は不可能であることが実証されている。一九九八年、タリバンがマザリシャリフに入城し、街を破壊して、推定四〇〇〇人ないし五〇〇〇人を虐殺して、ずっと居座っている。空堀や高い壁に銃眼まである巨大な土の要塞に陣を張っている。その要塞はカライジャンギーと呼ばれ、ドスタムが一九九七年に民兵二万人を擁してマザリシャリフを支配していたときには、司令部に使っていた。そんなわけなので、ドスタムは自分のものだった要塞を攻めて奪回したくてうずうずしていた。

ドスタムが保護していたころのマザリシャリフは、ある程度までは国際都市といえる状態だった。アフガニスタンの他の地域は空爆や市街戦によって大きな被害を受けていたが、そこだけは荒廃をまぬがれていた。一九九〇年代なかばにタリバンがアフガニスタン南部と東部を占領したとき、ドスタムはうそぶいたものだ。「男がウォッカを飲めず、女がスカートをはけず、学校にも行けないような国には住みたくない」情け深い独裁者になっていたかもしれない。

ドスタムには、守るべきものが数多くあった。埋蔵量の豊富な油田や天然ガス田が近くにある。空港の滑走路はアフガニスタンでは最長で、しかも舗装されている。補給品を運ぶ大型輸送機が着陸できる。街の北にある古（いにしえ）のオクサス川（アレクサンドロス大王がこの地域を征服するときに渉ったアムダリヤ川の古名）に架かる橋は、ウズベキスタンからの兵員と物資の輸送にとって重要だった。したがってマザリシャリフは、タリバン打倒のためには、なんとしても支配しなければならない要衝だった。しかし、マザリシャリフ攻略の見込みは、遠のくばかりだった。

ドスタム、モハケク、ヌールの指揮する兵士たちは、馬に乗って行軍し、タリバンを相手に数知れない熾烈な銃撃戦を行なってきた。兵士の指導者への忠誠は揺るぎない。しかし、補給品が乏しくなりはじめていたし、もうじき冬になる。砂漠から一気に七五〇〇メートル以上そびえている高峰もあるヒンドゥークシ山脈に、厳寒の季節が訪れる。アフガニスタンの大部分が神々しい白い鋼のような冬に封じ込められる。

兵士たちの朝食はたいがい土埃のついたぺしゃんこのパンだった。夜になると、疲れ切った兵士たちは馬に毛布をかけて暖かくしてやり、凍てつくような星明かりのもと、なんの覆いもない野外で眠る。朝になると、馬に水をやってから、おなじ臭いバケツの冷たい水を飲む。ゾウムシ混じりのカラスムギを掌に載せて、馬に食べさせてやる。そして馬に乗り、古ぼけたライフルを鞍に横向きに置いて、また肝が縮むような戦いの場へと戻る。

サフィードコータル近くで戦っていたころには、補給品もその他の物資も深刻に不足していた。タリバン部隊はそこで燧石質（すいせきしつ）の山の斜面に掩蔽（えんぺい）陣地二百カ所を設け、戦車用の掩体まで建設した。早くも秋の雪にうっすらと覆われている〝白い峠〟は、なんとしても落とさなければならなかった。モハケクとドスタムは、九月中旬から一カ月にわたって攻めていた。

馬に乗った兵士二〇〇〇人余りが二一〇〇メートルの高さまで斜面を登ったが、小火器と戦車砲の弾幕に薙ぎ倒された。裏手にまわり、馬を杭につないで、岩場に手をかけてよじ登るしかなかった。ぼろぼろのAK-47を、粘着テープをよじってこしらえたみすぼらしい負い紐で背中に吊った。一歩一歩登りながら、過酷で残忍な格闘戦を膝までの雪のなかでくりひろげた。モハケクの兵士たちには、コンバット・ブーツがなかった。擦り切れた革靴をはいているか、あるいは裸足で懸命に登った。重武装のタリバン兵数千人が頂上に立ち、登ってくるモハケク軍めがけて撃った。銃弾がぞっとするような音をたてて、兵士たちの周囲の雪に突き刺さった。

補給品が底をつきそうになっていたので、モハケク軍の兵士は攻撃前に弾薬を五発しか支給されなかった。それを補うために、補給品の不足した兵士たちは夜襲を仕掛けた。タリバンの掩蔽壕を占領すると、貴重な手榴弾をスーツのジャケットのポケットに突っ込んだ。ポケットはバラの弾薬でふくらんでいた。鹵獲したタリバンの戦車は斜面まで運転していって、谷底に落とし、歓声をあげた。タリバンに取り返されるのは避けたかったし、自分たちで走らせるだけの技倆はなかった。山頂のタリバン部隊の指揮官は難攻不落だと確信していて、ウォーキイトーキイでモハケクにこういった。「この峠をわれわれから奪うことができたら、妻をおまえにくれてやる」

三〇日間の戦闘を経て、一〇月なかばにモハケク軍はその山を落とした。

モハケクの副官が、無線機で呼びかけた。「どうだ、きょうだい。おまえの妻をもらいにきたぞ」

「命令で撤退するだけだ！」と、うろたえた応答があった。

タリバン部隊は〝白い峠〟から大挙して逃げ出した。戦車や旧ソ連軍の古い装甲兵員輸送車、おんぼろの黒いトヨタのピックアップの大脱走がはじまった。土埃とディーゼルの排気が地平線に立ち込め、山の起伏によって遁走する車列が見え隠れしていた。

サフィードコータルの二五キロメートル北で停止したタリバン部隊は、方向変換して戦車砲やライフルをうしろの谷間に向け、モハケク軍とのつぎの戦闘にそなえた。

モハケクが北部同盟軍の潰走を食い止めた場所は、デヒーという風の吹きすさぶうらさびれた集落だった。ぬかるんだ一本の通りに日干し煉瓦造りの店がならび、馬をつなぐ横棒がある。デヒーはいわば道の行き止まり、北部同盟軍を追うタリバンの戦車が行ける最南端の場所だった。モハケクとその部隊は、ダラエソフ川の翡翠色の浅瀬が水音を響かせているなかで、花崗岩の崖の物蔭にひそんでいた。そこはタリバン部隊の射程外だった。

だが、モハケクはいま、七年間悩まされつづけているジレンマに直面していた。北部同盟があらたに版図を切り取るたびに、タリバンの戦車がつぎの岩尾根を越えて現われ、みすぼらしい騎馬隊めがけて坂を突進してくる。モハケク軍の兵士たちは、馬の首に伏せ、撃ち合いにも動じない愛馬の耳の上からＡＫ－47で懸命に応戦するが、やがて不意に馬首をめぐらして撤退し、敵弾の届かないところに命からがら逃げる。この七年間、それのくりかえしだった。

戦車を食い止めるなにかが必要だと、モハケクにはわかっていた。タリバンがこれまでまったく予測していないようななにかが。

デビーのドスタム軍陣地で、アメリカ人たちは自己紹介した。肩幅が広く、長身で、まばらな黒い顎鬚を生やしているのは、〝バーバー・ダーウード〟つまりパパ・デイヴィッド（デイヴ・オルソンのこと）。年かさに見え、顎鬚は縞になっていて、やつれた顔で、心配そうに目を細めているのは、〝バーバー・J・J〟（J・J・ソーヤー）。いちばん若く、色白で痩せていて筋肉がたくましく、砂色の髪を短く刈り、真面目そのものの〝バーバー・ミーカール〟（マイク・スパン）。

三人がCIAの手の者であることを、モハケクは知った。兵士が混じっていなかったので、がっかりした、銃を持ってはいるが、軍の戦闘員ではない。それぐらいはわかる。この男たちは、奇妙なプラスティックでできた蜘蛛の巣のような黒い折りたたみ式アンテナにコンピュータを接続し、キイボードを叩いていることのほうが多かった。また、煉瓦ほどのドル札の束をぎっりし詰め込んだナイロンのダッフルバッグを持っていた。この金はファヒム・カーンの副司令官ウスタド・アッタ・ムハンマド・ヌールに支払う補助金の一部だろうと、モハケクは推察した。ヌールはその金で兵士のための食糧や弾薬を買うことになる。カーンは三四〇キロメートルほど南のカーブルに近いバラクという村に司令部を置いて陣を敷いている。

二日前、べつのCIAチームのリーダーであるゲイリー・シュローンという男が、カーンの村に到着し、御しがたい軍閥に現金一三〇万ドルを渡した（アフガニスタンにはCIAのチームが二個配置され、バーバー・J・Jとバーバー・デイヴィッドが率いるデヒーのチームは、シュローンの指揮下にあった）。シュローンは、ナイロンのバッグに入れた現金をテーブルにどさりと置いた。カーンの配下は、金などどうでもいいとばかりに、すぐにはそれを取ろうとしなかった。

バッグを取ろうとしたひとりの配下が、あまりの重さに驚き、力をこめてストラップをひっぱった。シュローンはおもしろそうにそれを眺めていた。

痩せた強靭な体つきのカーンは、米軍兵士をあまり高く買っていなかった。アフマド・シャー・マスード司令官のもとで何十年も戦ううちに、国土を侵すものの殲滅や撃退に関してアフガニスタン人がアメリカ人から教わるようなことはなにもない、と確信するに至った。しかし、その金はカーンの考えを改めさせる効果があるはずだった。いっぽうヌールは、渋々ながらアメリカのくれる弾薬、毛布、爆弾をほしがっていた。だが、獰猛なゲリラ戦士たちがなによりも望んでいたのは、米軍に重視されることだった。

一〇月末、米空軍の爆弾がアフガニスタン各地に投下されはじめた――重要ななにかに命中したわけではなく、砂やときたまタリバンの掩蔽壕を吹っ飛ばしただけだった――ヌールは怒り狂い、即刻戦闘を中止し、アメリカが自分と作戦計画を話し合うまでは自分たちの戦闘を再開しないと宣言した。

でたらめな空爆を行なえばタリバンの士気を鼓舞するだけだと、ヌールにはわかっていた。馬鹿にして笑っているのが、無線から聞こえる。それにくわえて、米軍が本気かどうかを味方の兵士が疑いはじめることになる。

かつて北部でマスードに指揮されていたタジク人部隊の一部が、マザリシャリフから三〇キロメートルのところにある村でずっと待機していた。こちらが識別しているターゲットに米軍が爆弾を投下すればマザリシャリフ攻略は可能だと、ヌールは確信していた。ところが、米国防総省はヌール軍の存在をまったく無視していた。

一〇月初旬、米軍は航空戦のみを行なっていた。真の攻撃目標であるタリバン軍陣地を観測して識別する地上部隊はおらず、国防総省は一介のタジク人戦士の言葉に耳を傾けるつもりがなかった。航空支援がないためにヌール軍が蹂躙され、兵士五人がタリバンの捕虜になるということがあった。捕虜は打擲され、首に縄をかけられた。ピックアップのバンパーにつながれ、死ぬまでひきずられた。一日に五度の礼拝をきちんとやっている信心深いイスラム教徒のヌールは、この部下の死にいたく心を痛め、米軍の支援があれば避けられたはずだと考えた。苦戦している自軍を強大な力で支援するようアメリカ側を説得できなかったのは、恥辱だった。

だが、数日前に、そんな気分が晴れるようなことを聞いた。敵前線の後背で作戦を行なった経験のある練度の高い戦闘員をアフガニスタンに派遣することを、米政府が決断したという。そういう戦闘員なら、地上のタリバンのターゲットを観測できるはずだ。特殊技能をそなえたその連中に早く会いたいと、ヌールは思った。

つぎに聞いたことに、ヌールはまた激怒した。その戦闘員たちは自軍の陣営には来ない。ドスタム軍に協力するのだという。一九七九年のソ連軍侵攻以来、二〇年以上にわたってドスタムは永遠の敵だった。ウズベク人のドスタムを、ヌールは腐り果てた日和見主義者だと見なしていた。

じっさい、ソ連軍の占領下で、ドスタムは生地シェベルガーンの油田や天然ガス田をゲリラ攻撃から守る警備を請け負った。ドスタムは酒と女と歌が好きだ。信心深いイスラム教徒ではない。共産主義者の無神論にも無頓着だった。ひたすら権力がほしいだけだ。暴力の荒れ狂う不安定な国では、権力にすり寄れば安全と繁栄が得られる。

だが、ソ連の傀儡(かいらい)政権が崩壊すると見るや、ドスタムは主人を置き去りにして、マスードと肩を並べて戦端をひらき、崩れかけたカーブル政権を相手に戦った。そして今回、タリバンとの戦いにアメリカの支援が受けられないという話を聞かされたヌールは、ドスタム軍向けにまもなく行なわれる補給物資投下を妨害すると脅した。どこまでも本気の脅しだったが、それが自身の死を招くことを、ヌールは承知していた。

軍閥二者のこのいがみ合いに、〝アラモ〟のバーバー・J・Jとそのボスのゲイリー・シュローンが驚愕した。外交官の才のあるドスタムが、この状況を取り繕おうとして、アメリカから受ける支援を半々で分けることにすると、ヌールに約束した。

その言葉に偽りはないように思えた。さらにJ・Jが荷物を渡すと、ヌールの怒りは解けた。感謝したヌールがそれをあけると、二五万アメリカドルがはいっていた。兵士の食糧、被服、武装に役立てると、ヌールはきっぱり告げた。

補給物資投下の妨害も行なわないとつけくわえ、ドスタムとともにタリバンと戦うつもりだ、と約束した。


四〇〇キロメートル北のウズベキスタンのK2では、ジョン・マルホランド大佐がミッチ・ネルソンのチーム——薄茶色の迷彩服に黒いワッチキャップといういでたちで粛然としているたくましい男一二人——をヘリコプターのそばに集合させ、「この任務から生きて戻れないかもしれない」と告げていた。

ネルソンは、チームの面々を引き連れて、クソ壺そのものだと思いはじめていたK2を離れられるので、ほっとしていた。真っ赤な不凍液に冷たいコーヒーをこぼしたみたいな色とりどりの汚物が溜って、テントの外でギラギラ光っている。それが最近の雨であふれ出していた。アフガニスタンに侵攻したソ連軍が残していった以前の汚染物質が、文字どおり地表に逆流してきたようだった(その後、司令部の何人かは、その液体の一部は〝放射性物質〟ではないかと考えた。つまり、その場所そのものが放射性物質に汚染されているということだ)。そこで野営するには、一五センチ盛り土し、水はけをよくする必要があった。

マルホランド大佐は兵士たちの目をまっすぐに見つめて、生きてこの野営地に帰ってこられないかもしれないと告げた。ネルソンのチームの兵士たちは、そのことに感謝した。この群長には、これが自殺任務かもしれないとはっきりいう度胸がある、と衛生担当のスコット・ブラックは思った。嘘偽りのない言葉だ。ブラックの祖父は第二次世界大戦中、第一〇一空挺師団のパラシュート兵だった。テレビドラマの《バンド・オブ・ブラザース》で有名になった第一〇一は、その部隊章から〝鋭く鳴く鷲(スクリーミング・イーグルズ)〟と呼ばれている。ブラックがアフガニスタンに発とうとしているころ、フォート・キャンベルのテレビでドラマがちょうど放映されていた。ミシガン州南部に住む祖父もあんな危険なことをやったのだろうか、と思った。長い冬の戦線を行き抜く覚悟で、敵地に小部隊で降下するのだ……やったにちがいないとわかっていた。祖父と話をすると、自分には過去との架け橋があると感じた。自分が綱渡りで未来に向かっているとも感じた。

ヘリコプターの脇に立って、マルホランドはチームに首を垂れて祈るよう求めた。二〇〇一年一〇月一九日。出陣のときが来た。

陸軍聖職者はウェイクフォレスト大学を卒業したばかりの寡黙な長身の若者で、南部なまりでふたことみこと神の加護を願った。敵を打ち破り、この戦いのときにもよき人間として、家に帰れますようにと祈った。陸軍聖職者は、聖書、聖クルアーン、タルムード、仏教の教えを書いたものまで野営地に持ってきていた。自分の担当する兵士たちのあらゆる信仰に対応するためだ。これまでのところ、ベニヤ板で説教壇をこしらえた泥まみれの仮設教会を訪れるものはいなかった。しかし、いま兵士たちは祈っていた。

キャル・スペンサーは、黒いフリースのジャケットの内側に手を入れて、銀のチェーンに付けた大きなメダルを引き出した。パラシュート兵の守護聖人である聖ミカエルのメダルを握って、スペンサーは聖書の好きな一節を唱えた。「人その友のために己の命を棄つる。之よりおおいなる愛はなし」そして、メダルを放してジャケットの前に垂らした。聖職者の祈りが終わると、スペンサーはチームの全員に向かっていった。「それじゃいいな、きょうだい」片手にM‐4カービンを握り、片手でヘリの機体をつかんで後部傾斜板を登った。機内は暗く、古い帆布、ゴムホース、航空燃料のにおいがしていた。頭上で回転しているローターの単調なうなりが、機体の薄い外板を通して金属的な音の波動となって伝わってきた。

狭い機内でスペンサーは立っていた。針金の網に保護されている裸電球がいくつか点っているだけで薄暗かった。頭上には銀色の油圧パイプが縦横に走り、グリーンのコードが前後にのびている。機内は長さ九メートル、幅二・五メートルほどだった。グレーの断熱材がところどころに貼ってある。左右の壁には、テープ編みの座席が六つずつある。断熱材は高まるエンジンの連打音を和らげるのには役に立たない。スペンサーの足もとでヘリの機体が激しく震動し、低いうなりを発していた。

スペンサーは、金属製の床の中央に積まれた装備のまわりを歩いた。厚いプラスティック製の箱には弾薬、予備の食糧、寒冷地用の衣服がはいっていて、それぞれが五五キロ前後ある。胸の高さまで積んであるその物資でまず地上の拠点を準備し、そのあとでアフガニスタン領内への補給品投下を手配する。

スペンサーとそのチームに補給する食糧、衣服、武器は、ドイツの資材補給処にある。そこで空軍の担当が装備や武器をまとめて、フォルクスワーゲン・ビートルほどの大きさの荷物にする。それがトルコのインジルリク基地に空輸され、MC-130コンバット・タロン特殊戦機に積み込まれる。トルコを出発したコンバット・タロンは、山地を越えて七時間飛行し、アフガニスタン領空にはいると、せいぜいフットボール場程度の広さの投下地点の二万フィート上空で貨物扉をあけて物資を投下する。狙ったとおりの場所に物を落とすのに高度二万フィートは高すぎるのではないかとスペンサーは思っていたが、いまはその問題は多数の心配事のひとつとして頭に入れておくほかはなかった。それよりもずっと心配なのは、ヘリコプターで無事にアフガニスタンに潜入できるかどうかだった。

情報が乏しく、予測がつかない。一〇月七日に開始された米軍の空爆は実行ばかりが先走っていたので、作戦の効果について第一六〇SOAR〝ナイトストーカーズ〟のパイロットは、CIAからなにも要旨説明(ブリーフィング)を受けていなかった。タリバンがスティンガー・ミサイルを保有していることはわかっている。スティンガーは、航空機が尾部から発する熱を目指して飛ぶ赤外線追尾方式の地対空ミサイルである。地上でスティンガー・ミサイルを探して、友好的なアフガニスタン人や金に弱い軍閥を買収して買い戻すのもチームの任務のひとつだった。

戦争遂行がはじまったばかりなので、スペンサーやパイロットたちにCIAが教えられるような情報はほとんどなかった。国防総省の参謀たちは、スペンサーのチームが、春の攻勢に備えて厳しい冬のあいだ寄せ集めの北部同盟の兵士を訓練するものと考えている。チームが降下してから攻勢が開始されるまで、七カ月もある。雪融け前に落とせる町は二カ所程度だろうというのが、マルホランドの読みだった。時機も天候もタリバンの味方をしている。冬のあいだにタリバンが多数の敵兵を殺すことができれば、アメリカが戦争をやる気をなくすかもしれない。そうなったら、スペンサーたちは籠城を強いられ、ゆでた山羊の肉を食べ、糞を燃やす焚き火のまわりにうずくまって、冬の猛吹雪に叩きのめされることになる。カーブルが落ちるまで一年半は戦争がつづくだろうというのが、現在のおおかたの予想だった。

スペンサーは、そんな過酷な状況のもとで冬を過ごすのはまっぴらごめんだったが、その可能性が高いのはわかっていた。チームの計画作業テントは、ぬかるんだ道を挟んで、CIAの手入れの行き届いている小屋の向かいにあった。しかし、たとえそこのCIA局員が貴重な情報を握っていたとしても、スペンサーにそれを伝える権限がなかった。要するに、スペンサーの特殊部隊チームは、目隠し状態でアフガニスタンへ潜入するわけだった。周囲の山のどこにドイツ軍の火砲陣地があるのかもわからないままでノルマンディーに上陸するようなものだと、衛生担当のスコット・ブラックは思った。

スティンガーに撃墜されるようなことがあったとしても、なんの手立ても講じられないと、スペンサーは達観していた。心配したからといって、地上から飛んできてウサギを狩る犬よろしく追いかけてくるミサイルを阻止できるわけではない。

傾斜板をあがってくる部下から装備を受け取っているうちに、ポリプロピレンの下着を重ね着しているスペンサーはたちまち汗をかきはじめた。だれも言葉を発しない。怖い顔で調子を合わせて動いている男たちの重い足音やうめきが聞こえるだけだった。

装備の山のてっぺんに載せたダッフルバッグには、ドスタム将軍に献上するウォッカ六本がはいっている。一〇年前に受けた特殊部隊訓練でスペンサーとその部下たちは、自分たちが接する軍閥の歓心を買うのが重要だということを学んだ。また、白いナイロンバッグが十数袋あるが、それにはドスタムの〝動物〟に献上するカラスムギがはいっている。馬だって？　スペンサーは心のなかでつぶやいた。なんてこった。馬とは。

餌のバッグに目を向けたが、それ以上はなにも考えなかった。

スペンサーのチームのパット・エセックス曹長は、降着したときに銃撃か迫撃砲で死ぬことをじゅうぶんに予想していた。危険な潜入作戦には前にも参加したことがある。訓練任務の際に、ナイトストーカーズのパイロットがローター・ブレードを巨大な電動刈り込み機に使って降着地域をこしらえるのを見たことがある。松林におりるところで、ヘリがみずからこしらえた竪穴を降下するのを、驚きに打たれながら見守ったものだった。松の枝や松ぼっくりや樹皮が、キャビンの周囲を舞っていた。死がやがて訪れるのを諦観しているという事実が、逆に今回のヘリコプター降下を生き延びることを意味しているように思えた。深夜のテレビドラマに登場するカンフーの闘士とおなじで、死んだつもりになれば不死身になれる。

とはいえ、降着したときに撃たれて死ぬというのは、エセックスにとって口惜しいことだった。死んだら、国立公園の監視官になるという生涯の大望を果たすことができない。エセックスは、兵隊仕事よりもそれをやりたかった。戦争という仕事への姿勢はしごく単純だった。「食べるものがテーブルにあり、住む家があり、着る服がある」軍人という職業は自分と家族にとってそれだけの意味しかないと説明した。

軍隊にそれ以上の意味があるとは思えなかった。深い解釈は歴史に任せておけばいい。ひとつだけたしかなことがある。子供たちには、陸軍にはいれとはけっしていわない。家庭で過ごす時間がもっと多い仕事についてもらいたかったし。銃を持たずにさまざまな立場から世界を見てほしかった。

この楽天的な態度の蔭には、力量を存分に発揮しようとするエセックスの血のにじむようなすさまじい努力が隠れていた。エセックスには写真のような記憶力がそなわっていて、軍閥それぞれの過去の戦い、家族生活、確執、勝利、複雑な性格を細部まで頭に叩き込んでいた。突き出して角張った顎とまっすぐなブロンドの髪、金縁眼鏡をかけたエセックスは、物知り顔をせずになせばなるという姿勢を発散させている。自分は権威主義者だと思ってはいないが、他人を信じさせる力を持っている。ニュース・レポーターであり、外交官であり、死の使いでもある。地域の地形図を見て、防御陣地のある場所、待ち伏せ攻撃に遭いやすい場所を、直観的に知ることができる。地図は一度見れば頭にはいる。

じつはチームがこの任務を命じられ、このヘリコプターに乗っているのは、エセックスの頑固さのおかげだったともいえる。K2に派遣されたもうひとつのチームがこの仕事をもらい、自分たち――ネルソン、スペンサー、ディラーなど――のチームはフォート・キャンベルにいたときのようにバラバラにされて、連絡担当や事務担当や書類整理をやらされるおそれがあるかもしれないということを、エセックスが耳にした。

　エセックスとそのチームは、K2に到着するとまもなく、シャベルやつるはしで溝を掘り、テントを張り、基地の道路に敷く砂利を運んでいた。やるはずだった戦闘捜索救難任務が中止になった。ある夜、五〇年ぶりというひどい砂嵐が発生し、この世の終わりかと思えるような強風がテントを襲った。それが砂塵を叩きつけていないときには、雨が降り注いだ。人間と装備の重みでくぼんでいるテントのベニヤ板の床を、くるぶしまである水が流れた。コンピュータ、プリンタ、無線機などは、浸水でショートしないように、テーブルの上に載せなければならなかった。高度一万五〇〇〇フィートを飛ぶ空軍機がアフガニスタンのあちこちに爆弾の破片をばらまきながらも、タリバン兵に被害をあたえられずにいるあいだ、自分たちは道路とテントの設営以外のことはなにもできない――そう思える日々がつづいた。

　第一のチームが任務が予測不能で危険であることに不服を唱え、マルホランド大佐とのブリーフィングで戦闘前に能力を示すせっかくの機会をふいにしたときいたエセックスは、大佐の執務室に飛び込み、たどたどしい口調で直談判した。一日ずっとテントの設営で、鉄杭を地面に打ち込み、何キロメートルものロープをほぐす作業をやっていた。エセックスは、そういうクソみたいな仕事にうんざりしていた。

　任務に選抜された第一のチームは、〝任務の通信計画がろくでもない〟とマルホランド大佐に文句をつけた。それは事実だった。チーム全体に行き渡るだけの無線機がなかった。現地で通信できるかどうかは当てにならない——通信できない場合も多いはずだった。窮地に陥っても助けを呼べない可能性が高い。マルホランドは、「そんな通信計画で相手国に潜入するなんて無茶だ」とそのチームは不平をこぼした。即座にその連中をテントの外に追い出した。

エセックスはそこへはいっていってこういった。「通信が問題ですね、群長。おれたちがなんとかします」

先のチームが〝B-52の近接航空支援を要請したことはあるか？〟といわれたことも、エセックスは知っていた。それも考えてあった。馬鹿をいうな。B-52の近接支援などだれも要請したことがない。空軍だってやったことはない。そもそもB-52は戦略爆撃機なのだ。

エセックスは、マルホランドにこう答えた。「ええ、もちろん要請はできますよ。やったことがあるか？ 一度もありませんね。しかし、やれないことはない。できますよ」

マルホランドは、エセックスの姿勢を高く評価した。これまでの航空作戦は効果が薄かったし、アメリカのマスコミは早くも空爆の成果について悲観的な予想を立てている。

米軍機は毎日のように爆弾を落としていたが、タリバンにさしたる被害はあたえていなかった——とにかく人的損害は軽微だった。そのため、アフガニスタン国民は腹を立て、アメリカを馬鹿にするようになっていた。戦死者や負傷者が本国に帰されるようになると、怯えてヴェトナムやソマリアから手を引いたという前例があったからだ。

カルシ-ハナバードの町は基地から三キロメートルほどにある。敵の攻撃を防ぐために、基地の両側には一〇メートル近い高さの土の防壁がある。じつはこの地域にも敵がうようよいる。ＩＭＵ（ウズベキスタン・イスラム運動）というテロ組織が、旧ソ連の共和国だったウズベキスタンをイスラム原理主義国家に変えようとして活動している。アメリカ人は防壁の外に出たり、配達トラックに乗って基地を出入りする地元の業者や作業員と親しくつきあったりすることを禁じられていた。迫撃砲攻撃への恐怖が、基地内では膨れあがっていた。

ものの数週間で、管制塔が盗聴装置の除去作業を経て配線を変更され、病院が建てられ、新設の倉庫に食糧、衣服、弾薬が貯蔵された。通信室のあるテントでは衛星アンテナが林立していた。（一カ月とたたないあいだに、Ｃ－17輸送機のべ六〇機が数千トンの補給物資を運び込んだ。）アメリカのある軍事史家の言葉を借りれば、「ゴールドラッシュ時代の新興都市」のようだった。

宿営地部分のおおよその広さは、長さ八〇〇メートル、幅四〇〇メートルだった。未舗装の道路を五分歩けば、誘導路のチヌーク・ヘリコプターまで行ける。チヌーク数機の横には、ロケット弾やドアの機銃を突き出している護衛のブラックホーク・ヘリコプターが駐機し、朝夕の赤銅色の光を浴びると、艶消しの黒い肢で立ちあがっている古代の昆虫の群れのように見える。

マルホランド大佐の統合作戦センター（ＪＯＣ（ジョック））は、グリーンの厚いビニール製テント二〇張りから成っている。車が二台はいるガレージほどの大きさのテントがつながって、蛍光灯で照らされた長いトンネルと化している。基地の兵士たちはそこに〝蛇（ザ・スネーク）〟という綽名をつけた。衛星通信装置、コンピュータ、ディスプレイ、のべ何キロメートルものコード、数百の明滅する照明など、宇宙時代の最新鋭機器が詰め込まれている。日夜、基地内に轟音を響かせている高く積み上げたディーゼル発電機が、その電源を供給している。

ＪＯＣは、航空機誘導路と第一六〇ＳＯＡＲが宿舎に使っているコンクリートの掩蔽壕の近くにある。スペンサーの考えでは、そこはチームのテントよりもずっと不快な施設だった。

一九七九年のアフガニスタン侵攻時にソ連軍が航空機格納庫に使ったそのコンクリートのかまぼこ型掩蔽壕には、ベルの断面に似た傾斜を持つ屋根があり、兵士もパイロットもそこをジム代わりに利用していた。背嚢に石を三〇キロ近く詰め込んで背負い、休ませてくれと脚が悲鳴をあげるまで屋根を登りおりする。二リットル入りのプラスティックのバケツふたつを箒の柄の両端にくりつけたダンベルをこしらえ、任務計画作業のあいまに数え切れないくらい反復運動をやる。バケツは、ウエイト代わりに使っていないときは、一週間に一度の水浴びに使う。黒く塗ってあるので、日向に置いておくと水がすこしぬるくなる。バケツにホースを取り付け、汚れた頭から生ぬるい水をちょろちょろとかける。共同便所は原野のどまんなかに掘った暗い深い穴で、目隠しになる木立や板切れの塀といったよけいなもののない野外にしゃがんで用を足す。

ナイトストーカーズの任務指揮官ジョン・ガーフィールドがＫ２に着陸しており立ったとき、はじめて目にしたのは、野原にしゃがんでのんきに雑誌を読んでいる兵隊の姿だった。ここは石器時代か、と思った。棍棒で獲物をぶっ叩いて食糧を得ていた時代とほとんど変わらないじゃないか。

その日の早朝に行なわれた飛行前ブリーフィングは、エセックスがこれまで目にしたこともないくらい規則を度外視した自由なものだった。マルホランド大佐は肝心なことをずばりと告げた。諸君の任務は、デヒーという村で軍閥のラシード・ドスタム将軍と合流すること。ドスタムの能力と情報網に通暁するために、CIA局員三名が一週間前からそこへ行っている。任務を無事に達成できた暁には、デヒーの約一〇〇キロメートル北のマザリシャリフを攻略する。どういうふうにそれをやるかは任せる。だれも信用するな、とマルホランドは警告した。ドスタムもほかのアフガニスタン人も。この国には穢れていないやつなどいない、と。

狭いテントのなかでつぎに立ちあがったのはチーム・リーダーのネルソン大尉で、任務計画を説明した。O脚で骨と皮ばかりに痩せたネルソンは、ブロンドの髪を短く刈り詰めていて、甲高いか細い声でしゃべる。いかにも吹きっさらしのアメリカの大草原の若者という風情だが、じっさいそうだった。「群長」ネルソンが切り出した。「われわれは勝利に向けて進みます」

チームの堅実な進軍を表わすために、イーゼルに取り付けた幅の広い巻紙に赤い油性インクの〈シャーピー〉でいくつか矢印を描いた。矢印は砂地、ガレ場、岩場、ザクロの林、チコリの青い花、甘いにおいのアカシア、松やポプラの林を突っ切り、浅瀬を渉り、崖を登り、見捨てられた薄暗い台地を越え、地平に向けて進みつづける。そこでは焼け焦げた大鍋みたいに真っ黒い秋の夜陰から星が昇ってきて、頭上で円運動を描き、古（いにしえ）の淡い光で空を染めている。

ブリーフィングは五分で終わった。そのあとでマルホランド大佐は全員の顔を見つめた。彼らの真摯さと必勝を信じていることに、いたく感動していた。彼らがどういう目に遭うのか、ほんとうのところはわからない。降着したとたんに殺されないともかぎらないのだ。

この戦争にも今回の任務にも、楽勝だという雰囲気が漂っているが、それは危険のにおいでもあった——ネルソンが説明したように机上では簡単に思えるが、一同は第一の鉄則を心得ていた。戦争がはじまったら、その戦争のための計画は真っ先に投げ捨てなければならない。その瞬間から、一分一分をだいじに生きていくしかない。

「あとはきみたちの仕事だ」マルホランドはいった。「幸運を祈る」

四六歳で頑健そのもののマルホランドにとって、長い一日だった。身長一九六センチという長身で、両手はオーブン用手袋ほどもあり、容易に怖気づくような男ではない。しかしながら、午前中ずっと、ドナルド・ラムズフェルド国防長官に電話でこっぴどく叱られていた。

「米軍兵士がアフガニスタンの地上にひとりもいないのはどういうわけだ？」とラムズフェルドは詰問した。

天候のせいだとしか、マルホランドにはいえなかった。腹の底は煮えくり返っていた。

それは事実だった。まるで子供の読むおどろおどろしいお伽ばなしみたいに不気味な天気だった。これでもう三晩、K2の四〇〇キロメートル南にあるドスタム軍の野営地にネルソン、エセックス、スペンサーらのチームを出発させようとしているのだが、米陸軍の天気予報にはなかった突発的な砂嵐や吹雪のために、ヘリコプターが帰投を余儀なくされていた。山を越えてチームを運ぶことになっているナイトストーカーズのパイロットたちも、業を煮やしていた。一夜目は、地上と空が見分けられない完全なホワイトアウトのなかを九時間飛んだあげく、基地に戻ってきた。そういう状態を、パイロットたちは〝ピンポン玉のなかを飛ぶ〟と名付けた。そのあと、飛行列線(フライトライン)から我が家と呼んでいるコウモリのはびこるかまぼこ型掩蔽壕に戻ってきた第一六〇のパイロットたちは、顔面蒼白になっていた。ベッドに腰かけ、恐怖にかられた道化師みたいな顔で床を見つめていた。

「無理なものは無理なんだよ」と、むっつり屋で戦闘に鍛えられているグレッグ・ギブソンはいう。たった一週間前、ニューヨークがテロ攻撃に遭ったことを聞いたギブソンは、ナイトストーカーズ本部へジープで出勤した。そのときは、自分こそ任務に適任だと確信していた。この三〇年間、世界でも最悪の戦争に従事してきた古参兵士として、アルカイダを叩きのめしてやる覚悟だった。いまは、アフガニスタンの山越えが経験したこともないくらい恐ろしい飛行だというのを悟っている。

　そう、アフガニスタンの山地が難関だった。凍った雪の飾りを身にまとい、この世の終わりに干上がった海底を思わせる地表の孤絶した谷間から、標高四八〇〇メートル、五四〇〇メートル、はたまた六〇〇〇メートル以上まで、一気にそそり立っているのだ。

特殊作戦に活躍してきた頑丈な働き者のチヌーク・ヘリコプターを、ギブソンたちがアメリカ本土で飛ばしているのは、せいぜい高度三〇〇〇フィート（約九〇〇メートル）だった。コロラドの訓練任務ではそれがふつうで、一万フィート（約三〇〇〇メートル）を超えると地球のてっぺんまで上昇したような気分になった。アフガニスタンでは、低空でも高度一万フィートはある。ギブソンをはじめとするパイロットたちは、文字どおりヘリコプターを前人未到の空へ上昇させていた。これほどの僻地でこれほどの高度を飛んだものは、アメリカの航空史上にはいまだかつてひとりもいなかった。

しかも、飛ぶのは夜と決まっている。だが、パイロットたちはそれには不安を抱いていなかった。最新鋭の航空機器を使い、機内も機外もいっさい照明を点けない〝灯火管制(ブラックアウト)〟状態で飛ぶのは、安全のためだったからだ。ナイトストーカーズのパイロットたちは、むしろ吸血鬼みたいに昼間の光を怖れていた。見えにくければ被弾の可能性も低い。夜こそナイトストーカーズのものだ！　厄介なのは、まともな夜間天気予報が得られないことだった。

二夜目、ナイトストーカーズはやはり落胆し、雲の層を突き抜けることができなかったことに面食らって、基地に戻ってきた（どこまでもとぎれずにつづいてる……雲の層なんかじゃない……どこもかしこも白い綿毛に覆われてるんだ！）。ギブソンは任務指揮官のジョン・ガーフィールドといっしょになって、哀れな気象予報係の耳をつかみ、ナイトストーカーズの掩蔽壕へひっぱっていった。

「いいか」元デルタ・フォース隊員で三〇〇回以上のパラシュート降下の経験があるガーフ

ィールドは、ふだんは当たりの柔らかな男だが、気象予報係に向かっていった。「高度一万フィートでおれたちが出くわすものの正体を教えろ。またそいつに出くわしたら、おまえもいっしょに連れていく！」

気象予報係はあわててデスクに戻り、天気図や図表やコンピュータ・モデルを調べて、問題点をあらためて考えた。テクノロジーに頼りすぎているのが問題だった。ディスプレイに表示される衛星画像を一枚ずつ抽出して、個々にじっくり見ていくと、発見したあることに愕然とした。連続画像には映っていなかった砂、雪、その他のもろもろが、その静止画像には大量に見られた。そういった異常気象部分が差し渡し数百キロメートルあり、しかも地表から上昇してくるのではなく、高度一万フィート付近で発生していた。また、肉眼で徹底的かつ入念に調べないと察知できない。この異常気象現象を、気象予報係は〝黒い層雲〟と名付けた。

そんなわけで、三夜目に離陸準備をしていたとき、ナイトストーカーズは黒い層雲への備えができていた。自分たちが遭遇するものの正体だけは承知していた。

エセックスは、チヌークの右翼側のテープ編みの座席に座った。膝を抱いた窮屈な格好で、ハイキングブーツが中央の装備に触れていた。脇には背嚢が置いてある。空白地帯への旅は一年に及ぶと思われたが、それが家から離れた新しい家そのものになるはずだった。戦い、撃つ。見知らぬ人間を殺し、あらたな友人を得る。薄茶色のシャツのポケットには、几帳面な人間らしく細かいおまけをあれこれ詰め込んでいる。〈ガーミン〉製のGPSは、フォート・キャンベルからフェデックスで送ってもらってどうにか出発に間に合った。未使用の鉛筆が五本。日誌兼用のノート一冊。〝TA（戦術航空）〟カードと呼ばれるものには、近接航空支援の要請、距離の計算、待ち伏せ攻撃の場所の偵察、迫撃砲射撃などの手順が記されている。あとは認識票、二〇〇ドル分の札、ブラッド・チットと呼ばれるもの。このカードは無事に脱出できたらあとで賞金をあたえるという一種の証明書で、敵地に封じ込められて支援が必要なとき、アフガニスタン人に手渡す。自分たちはいわばゲリラ戦士で、今回の任務ではほとんどが敵前線の後背にいるわけだから、ちょっと馬鹿らしいと思った。ブラッド・チットは危難に陥った米軍兵士への支援に報いるためのものだ。

背嚢にはM-4カービンの弾薬、衣服、五日分の食糧——一日一食のMRE（調理済み糧食）——にくわえ、飲み水をこしらえるための浄水剤がはいっている。ポケットがいっぱいあり、いろいろなものを取り付けられるメッシュのベストは、釣り用のものに似ているが、エセックスのベストには手榴弾や九ミリ口径セミオートマティック・ピストルの弾薬、コンパス、水筒、非常用MRE、チーム間の連絡用携帯無線機の電池などが収まっている。エセックスの背嚢の上には、自称軍閥のドスタム将軍へのプレゼントのウォッカ入りのダッフルバッグが置いてあった。

地上におりてから五分のあいだに死ぬことを強く意識していたエセックスは、スペンサーとならんでチームの装備をせっせと積み込んだ。おれにできることはないんだ、と自分を説得した。おれは荷物のひとつにすぎない。やばいことになったら、そのときにどうにかするしかない。

仲間たちが傾斜板を昇ってきては重い背嚢を床の中央に積み上げるのを、エセックスは見守っていた。

ネルソン大尉は、コクピット右手のアレックス・マッギー機長のうしろの狭い座席についていた。ネルソンは早くも機内通話のヘッドホンを黒いワッチキャップの上から装着していて、マッギーと副操縦士ジム・ジーランドの飛行前チェックリストのやりとりを、落ち着かないそぶりで聞いていた。

そのとなりは態度が横柄で強靭な体つきのサム・ディラー一等軍曹が座っている。情報・作戦係のディラーは四〇歳、チームで最年長だった。その朝、テントでコーヒーを飲んでいると、幕僚が首をつっこんでいった。「おい、今夜出陣だ。晴れだったら出発になる」チームはトラックに装備を積み、四〇〇メートル走ってヘリのところへ行き、地べたに装備をおろして待った。乗員もおなじくらいの時間に出てきた。ディラーは、顎鬚の陽気な先任衛生担当ビル・ベネット一等軍曹のとなりの座席に体を押し込んだ。ディラーとベネットは、サダム・フセインをクウェートから追い出した一九九一年の湾岸戦争のときもおなじチームで、9・11の数日後にベネットがまたチームに戻ってきた。物静かで控え目な美男子のベネットは三三歳で陸軍勤務は一五年、妻とティーンエイジの息子がいて、週末にはテネシーの低山でいっしょにカヤックを漕いだり、ハイキングをするのが好きだった。だが、それもいまは遥か彼方のこととなった。

チームの大半とおなじように、ベネットもアラビア語をしゃべることができ、狙撃、迫撃砲発射、高度二万五〇〇〇フィートからの高高度パラシュート降下の技術を学んでいる。高高度からの降下では、腰に取り付けた小型酸素ボンベによって呼吸する。ベネットとディラーは、平均年齢が三二歳で特殊部隊勤務が約八年という、血気盛んな年下の戦闘員たちに目を配っていた。「これがおまえの最初のロデオだ」と、ディラーは下級兵器担当のショーン・コファーズにいった。コファーズは第一〇一空挺師団から特殊部隊に来た。「おれのそばを離れるな」ほとんど全員が結婚していて、子供もいた。結婚生活に失敗した過去を持つのもすくなくない。ベネットの両どなりは快活な先任通信担当のヴァーン・マイケルズと、下級施設担当のパトリック・レミントン。このネルソン以下六人が、総勢一二人の独立班のA(アルファ・セル)組に相当する。

左翼側に当たる向かいの座席では、キャル・スペンサー上級准尉率いるB(ブラヴォー・セル)組の六人がならんでいる。スペンサーは尾部傾斜板寄りに座り、そのとなりにB組チームリーダー補佐のパット・エセックスがいる。シカゴ郊外出身で体格がよく気さくな三〇歳の兵器担当ベン・マイローと下級施設担当チャールズ・ジョーンズが、その横に窮屈そうに座っている。

マイローはそもそもチーム一のおしゃべりなので、つねにマスコミから遠ざけておかなければならない（マスコミが来ることはほとんどないが、それでも不安はある）。しかしいま、マイローが狭い座席に座ったままひとこともしゃべらないので、殻を割って元気づけるためにジョークでもいおうかと、スペンサーは考えていた。マイローは敬虔なカトリック教徒で、絵を描くのを趣味にしている（ピンク・フロイドやグレートフル・デッドのようなロックバンドの一九七〇年代の貴重なアルバムのジャケットを描くのが好きだった）。肉付きのいい体格に似合わない、たゆまず全速力で突っ走る無類のがんばり屋だった。数週間前、この任務のために海外遠征すると告げると、それが家族のあいだで爆弾みたいに破裂して、マイローの妻カーラが泣き出した。ティーンエイジャーふたりを含む四児の母のカーラは、自分も夜間の看護学校で学んでいる。カーラは夫の出征に心の準備ができていなかった。ふたりは末息子を小学校に迎えにいって、マイローが出発する前にいっしょに過ごした。マイローは義憤にかられていた。テロに関与した連中を素手で殺したいと思った。テロリストがアメリカ本土の一般市民に危害をくわえた理由が理解できなかった。軍事目標を攻撃したのであれば、納得できないこともない。出発の数日前、マイローはチームの兵器担当で親しい間柄の軍曹といっしょに車を走らせているときに、怒りを爆発させた。やつらはおれを怒らせた、おれの女房を怒らせた！　などと、わめきはじめた。聖戦（ジハード）のことや、テロリストをどう痛めつけるかということを、マイローがずっとどなり散らしていたので、その軍曹は車を道端にとめて、笑いが収まってからまた走り出した。

「おい、おれは本気なんだぜ」マイローはつぶやいた。「やつらにおれの心痛を味わわせてやる。こっちはほんとうに腹を立ててるんだ。そうとも、本気だぞ！」だが、ヘリコプターに乗り込んだいま、人間を殺すのがどういうことなのか、どう感じるのだろうかという疑念が沸き起こっていた。神父さんはどう思うだろう？　まったく予想できない。しかし、いざ戦いとなれば、引き金を引きつづけなければいけないということはわかっている。マイローはひそかに十字を切り、離陸に身構えた。

マイローのとなりには、スコット・ブラックがいた。下級衛生担当のブラックは、人間の命を終わらせることよりも延命のほうに不安をおぼえていた。これまで得た情報によれば、ドスタム将軍は肥りすぎだし酒もかなり飲むという（だからウォッカを手土産に持っていく）。糖尿病で、右腕が使えない。疲れやすく、視力も落ちている。この冷酷非情な奇人の軍閥は、いつ死んでもおかしくない状態なのだ。小作人の配管工の息子として生まれた、この饒舌な美食家は、これからブラックの親友となる。しかも、健康面で歩く緊急事態であることはまちがいない。この体が弱っている四七歳のウズベク人の世話をして、死なないように気をつけるというのが、だれにも感謝される見込みがないブラックの仕事だった。面倒をみているあいだに死んだら、どれだけ恥をさらすことになるだろう？　そんなことになったら、ドスタムの配下の武装勢力に殺されるかもしれない。ブラックは、即座に腹ばいになってドスタムの心肺蘇生法をやる心積もりだった。

ブラックの横に座っている下級通信担当のフレッド・フォールズは、チームのコメディアンだった。スペンサーとおなじように、ちょっととぼけた陳腐なユーモアを楽しむ。昨夜、ふたりは自分たちのテントで、チェヴィ・チェイスとダン・エイクロイド主演の一九八五年の映画《スパイ・ライク・アス》を（木挽き台でこしらえたテーブルに蓋をあけたノートパソコンを置いて）見た。無能なアメリカ政府職員ふたりが中央アジアに送り込まれ、アフガニスタンで右も左もわからなくなってムジャーヒディーンに捕らえられるという筋書きのスクリューボールコメディである。チェヴィ・チェイスとダン・エイクロイドが足首を縛られて拷問されようとするときに、相手をいいくるめて解放させるという場面があった。スペンサーとフォールズは、笑いがとまらないくらい可笑しい映画だと思ったが、チームのあとの連中は、あきれて目を剝いただけだった。

銃撃戦で敗勢になっても生きて捕虜にはならないと全員がすでに決意している、というのが現実だった。兵士たちは簡易ベッドに腰かけて、〝死の手紙〟と呼んでいるものを書いた。それが出撃前の思いを妻や家族に書き送る最後の手紙になる。ひとりの兵士は、自分の胸のうちをあらいざらい書いた。二度と家に帰ることはないだろうと、本気で予想していた。「この手紙を読むとしたら」と、家族に向けて書いた。「おれにまちがいがあったことになる。おまえたちといっしょにやりたいことがいっぱいあった。おまえたちを愛しているし、できるだけいつも考えるようにしている。おまえたちのおかげで、おれは世界一幸せな男になった」仲間の兵士にはこういった。「よし、いっしょに取り組もう。帰るという選択肢がほんとうはありえないというのを肝に銘じないといけない。それまでに死ねば、それでおしまいだ。やらなければならないことから逃げるのはまっぴらごめんだ」

手紙を書いた兵士たちは、結婚指輪をはずし、家族や友人の写真など、望ましくないことに使われるおそれがあるものを財布から抜き出す（画像や情報は拷問の際に悪用される可能性がある）。身許がわかるようなものは、用意された大きな茶封筒に入れる。それに封をして、陸軍聖職者に保管してもらう。

ネルソンの独立班のうち、B（ブラヴォー・セル）組のアフガニスタンでの役割は、〝貨物列車〟（兵站（へいたん）のこと）を走らせて、A（アルファ・セル）組を支援することだ。要するに、つぎの一日も戦えるように、〝豆（ビーンズ）、弾丸（バレット）、毛布（ブランケット）〟という三つのBが全員にじゅうぶん行き渡るようにする。A組の仕事ほど派手ではないが、そういう区別に文句をいうものはいない。スペンサーが全員に徹底させたとおり、戦争というビジネスにつまらない仕事などない――自己中心的な人間は死ぬしかない。

今夜、チームは〝独行〟で進発する。つまり、全員がヘリコプター一機に乗り込んでアフガニスタンを目指す。通常は一二人のチームの半分が一機に乗り、あとの半分が二機目に乗って追随する。そうすれば、一機が撃墜されてもチームが全滅することはない。特殊部隊のドクトリンでは、チームはアメーバを真似ることになる。きわめて苛酷な環境でも、分散して増殖してゆく。

だから、チームではすべての担当が重複している。衛生担当がふたり（ベネットとブラック）、通信担当がふたり（マイケルズとフォールズ）――通信担当は無線機を操作し、チーム内およびK2の本部との連絡を行なう。兵器担当ふたり（コファーズとマイロー）は、世界中で使用されている兵器とその弾薬を暗記していて、それらが使えるようにチームを訓練するという、気が遠くなりそうな難題を引き受けている。施設担当のパット・エセックスとチャールズ・ジョーンズは、手工芸で暴力を生産する零細企業よろしく、チームの補給、組織化、運用がすみやかに行なわれるよう気を配る。情報担当のサム・ディラーは、CIA、国防総省、K2本部、A組・B組のあいだを流れる情報をまっさきに把握する。

訓練中に、ネルソンはチームを三人という最小単位に分けた。こうしておけば、一二人のチームを四分できる。「テロリストがやるように訓練をする」ネルソンはくりかえし全員に注意した。「テロリストのように戦う」特殊部隊兵士はひとりひとりが悪党を撃ち、爆弾で吹っ飛ばし、無線機を使って状況を報告し、そして必要な医療を行なえるものだと、サム・ディラーは固く信じている。

ディラーはよくいう。「ひとりですべてをまかなうという考えかただよ」

ディラーはシャツのポケットに、歯ブラシといっしょにページの角の折れた孫子名言集を入れている。その多くを暗記していて、気の向くままにウェストヴァージニアのゆったりしたしゃべりかたで暗唱する。「動くこと雷震のごとく。故に兵は詐を以て立ち」チームの団結心をいい表わすときには、《荒野の七人》のスティーヴ・マックィーンの台詞をいう。

「あんた、おれたちは鉄砲玉で商売してるんだ」

ディラーは軽装の旅を好み、すこしでも軽くするために鉛筆も七、八センチの長さに切る。ウォルマートで買った厚手の鍋つかみをズボンの尻ポケットに入れている。痩せた強靭な体つきで、肩幅が広く、オークから彫り出したみたいな顔の持ち主だった。

一九八六年に陸軍にはいるまで、ディラーはウェストヴァージニアで妻のリーザといっしょにぼろぼろのトレイラーハウスに住んでいた。そこからいままで、長い道のりだった。大学ではフットボールの選手で、歴史学の教師になるための学位を得た。教えるのは好きだったし、若者といっしょに学ぶのも楽しみだった。甲高い大きな声に回転の速い頭というように、ディラーはさまざまな相反する要素をそなえた見本だった。耳付きナットがオイルパンをごろごろ落ちてゆくみたいに、理路整然とゆっくり話をした。銃器の収集を除けば、世間のことにあまり興味がない。これまでの人生の半分、野外で寝泊りしてきたのに、キャンプは好きではない。自分の心の悩みは自分で解決する。砂漠の嵐作戦の最中、上官の軍曹にチームの日誌をつけるよう命じられた。毎日の出来事を書けというのだ。月末にディラーはそっけなく一行だけ書いた。「訓練をした。暑かった。むかむかした」軍曹は日誌をつけるのをやめるよう命じた。

だが、ディラーは狐みたいに荒々しいところがあった。父親はウェストヴァージニアの日刊紙の編集人で、ミュージカル愛好家だった。ディラーは学問の世界で身を立てようとしていたが、荒くれの息子を無条件に愛していた。ディラーは学問の世界で身を立てようとしていたが、学位をとった直後のある晩、人生が思いがけない方向に曲がってしまった。

バーでひどい喧嘩に巻き込まれ、不運な相手はあわれにも敗北を喫した。警官に身柄を拘束された時点で、教師という仕事はもう望めなくなったと、ディラーは悟った。軽罪に有罪の答弁をして、三年の保護観察処分になった。「相手の体にパンチをめり込ませる人間は、どこの学校も教師には雇わないだろう」と判断した。

ディラーはリーザとともに、葛、ニワトリ、車の部品に取り囲まれた山の斜面のトレイラーハウスに引っ越して、見つかった唯一の仕事をした。建築会社に雇われ、一日一二時間、セメントをこねた。骨の折れるつらい仕事だったが、こういう罰を受けるのが当然だと思う気持ちがどこかにあった。ディラーには陸軍に勤務している兄がいて、休暇中の週末に訪ねてきた。休みのあいだも給料はもらえる、と兄が教えた。ディラーには信じられなかった。陸軍にはいることなど、思いもしなかった。一週間とたたないうちに入営した。リーザといっしょにトレイラーハウスを引き払い、二度とふりかえらなかった。

ディラーは、第二装甲騎兵連隊の斥候として勤務をはじめた。敵の後背に忍び込んで観察する訓練を受けた。やがて、思いもよらないことが起きた。退屈したのだ。陸軍にはきまりごとや規則が多く、だれかにこうしろといわれないかぎり両手で自分のケツを見つけることもできないほどだった。ディラーはだんだんみじめになった。ふさぎこんだ。以前は考えられないことだったが、口数がすくなくなった。リーザはディラーのそばにいるのにも耐えられなくなった。ある日、ディラーは特殊部隊の兵士に出会い、こういわれた。「おれのやってることはきっと気に入る。なにもかも、あんたの望んでいることだよ」ディラーは、「もっと詳しく教えてくれ」といった。

ディラーは飽くことを知らない読書家で、戦争の歴史にも通じていたから、ゲリラ戦士になるのは楽しいだろうと思った。数も火力も敵に劣るという、一見勝ち目の薄い戦いも好みに合った。背水の陣で命を懸けて戦うというのも気に入った。自分のことを自分で考えられるのもいい。数週間後には特殊部隊の選抜試験に応募していた。二年間の訓練を終えて、修了のしるしにグリーンベレーを渡され、特殊部隊の兵士だと得意げにいうことができるようになったとき、特殊部隊が肌に合うということに気づいた。それまではリーザに離婚をいい渡されると確信していた。いまは、どうだかわからない。

この人生の変化をディラーは"強兵の掟(ビッグ・ボーイ・ルール)"と呼び、ひとつの節目として記録した。このルールは定義が難しく、具体的にいい表わすのはさらに難しく、従うのはなおいっそう難しい。だが、だいたいこんなことだ。このルールに従うなら、自分がやるといったことはかならずやる。疑問は持たず、言い訳もしない。自分の犯した過ちに代償を払うことに同意する。だが、このルールに従って生きるなら、だれでもひとの指図を受けずに働くことができる。そして、だれもが右と左の同胞のために一途に尽くすことになる。このルールは正当であり、本物であり、宇宙のほんとうの仕組みに似ているように思えた。ディラーはたちまちそれに飛びついた。

チームの若手の訓練を手助けするやりかたひとつ見れば、それがわかる。ディラーは常に先頭を切る。夜が明けると、速いペースで六キロメートル走らせ、オリュンポスの神々ですら反吐をはきそうなくらいたっぷりと腹筋と腕立て伏せをやり、そのあとは武器を使わない白兵戦訓練を三〇分やる。一九九〇年代、ケーブルテレビの血みどろの〈アルティメット・ファイター〉で名をあげたブラジリアン柔術家グレイシー兄弟の格闘技が、この訓練の基本になっている。

特殊部隊員は、こういう戦いかたを〝つかみ合い〟と呼ぶ。できるだけすくない動きで相手の身体能力を奪うか、大怪我を負わせることを意味する——目をえぐる、股間を踏む、腕を折る、首を絞める、なんでもござれだ。訓練では、痛みが激しすぎたり、喉笛をつかまれて意識を失いそうなときには、ギブアップを宣言できる。ついに弾薬が尽きて、銃を敵めがけてぶん投げたようなときに、このつかみ合いをやる。飛びかかって、相手を引きちぎる。卑劣で残忍な戦いかただし、自分が歩く爆破チームになる必要がある。ディラーはそれに抜きん出ていた。

特殊部隊員は常人の頭の回路がショートしてしまうような状況を日々生き延びることができると、ディラーは考えていた。プロとして扱われ、プロらしく訓練される。しかもそれを、レポーターや政治家の注目を浴びることなくやる。まっとうな給料(一五年勤続の古参兵で月四〇〇〇ドル)をもらって〝もっとも凶悪な悪党を向こうにまわし〟、〝地球上でもっとも適性でない人間を訓練して〟兵士に仕立てあげる。〝おれたちは英雄ぶらない。そういうやつは、おれたちのなかにはひとりもいない〟と、ディラーは誇らしげに唱える。

今夜、独行で潜入するのは危険が大きい。だが、マルホランド大佐は一日ずっとラムズフェルド国防長官と電話でやりとりして、危険を冒すしかないと感じた。また、アフガニスタン東部にもべつのチームを進発させるので、南部での米軍の主要先制行動に向けてネルソンのチームを送り込むのに、ヘリコプターが一機しか使えない。不思議なことに、マルホランドが思い切って一か八かに賭けたのは、人を人とも思わない不敵な態度の表われだとディラーは解釈した。たとえヘリコプターが撃墜されても、おれは窮地を脱し、山野で生き延びる。だが、マルホランドはどうなる？　タールを体に塗られ、鳥の羽根で覆われる——吊るしあげを食らう。軍歴はおそらく終わりだ。

前脚が左右二本ずつ、後脚が左右一本ずつ——合計六本のバルーン・タイヤに支えられているチヌークの機体が揺れた。丸っこい機首が下がり、機体全体がブランコみたいに揺れて離昇した。


四〇〇キロメートル南のダラエソフ川の降着地域では、アリ・サルワールがディラー・チームの到着を待っていた。

サルワールはこの見知らぬアメリカ人たちに自分の未来を託していた。巨大なアメリカのマシーンのけたたましい音が近づくのを聞き取ろうと、目を閉じて耳を澄ました。なにも聞こえない。まだだ。辛抱しろ……。

サルワールの人生は、来る日も来る日も戦争だった。二〇世紀のもっとも偉大な戦士だと思っているマスード司令官とともに反撃し、つづいて日和見主義者のドスタムとともに戦っている。サルワールはいま、モハケク将軍が率いるハザラ人武装勢力の尉官だった。肌は白く、目はグリーン、グリーンのスカーフを頭に巻いている。サルワール同様、タリバンを攻撃したくてうずうずしている十数名の兵士とともに降着地域に立っている。小太りのサルワールは、裾のふくらんだ麻のズボンにオイルをたっぷり塗ったブーツといういでたちだった。左肩には、一週間前にサフィードコータルでの熾烈な戦闘で殺したチェチェン人から奪った革の弾薬入れを吊るしている。一カ月におよぶ戦争でＡＫ－47の弾薬がほとんど尽き、疲れ、飢えていた。煙草に火をつけて、空に向けてゆっくりと吐き出した。サルワールの父親は店を持っていて、家族の暮らし向きもよかった。サルワールはできのいい生徒だった。だが、ティーンエイジャーのころに、家を包囲された――最初はソ連軍に、その後は街を支配しようと争うアフガニスタン人のさまざまな派閥によって。朝、学校へ歩いていくとき、パーンパーンという撃ち合いの音があとを追ってくることもしばしばだった。近隣の男や少年たちは、やがて家や家族を護るために銃を手にするようになった。サルワールは足を撃たれ、爆弾の破片が脚に当たったため、寒いときにはぎくしゃくした歩きかたになる。

これまでは、弾薬もジェット戦闘機も兵隊も、タリバンのほうがつねに豊富だった（あまり知られていないが、ＭｉＧ－21五機、Ｓｕ－22戦闘爆撃機一〇機などを保有していた）。降着地域の灰色がかった滑石の地面でそわそわと足踏みをしながら、そういった暗い見通しがようやく逆転することをサルワールは願った。

ＣＩＡの秘密めいた男たち――バーバー・スパン、バーバー・オルソン、白髪まじりの顎鬚を生やした年配のバーバー・Ｊ・Ｊのほうを見やった。サルワールの国の文化では、ああいうごま塩の顎鬚は知恵のあかしだった。あとのふたりが鬚をたくわえない理由が、サルワールには理解できなかった。それは連中の流儀ではないのだろう。どうでもいいと思った。サルワールは狂信的なイスラム教徒ではない。煙草を吸うし、酒も好きだ。聖クルアーンには妻を四人持ってもいいと書いてあるが、ひとりしかいない。だが、四人もの妻に時間を割き、辛抱していられる男がどこにいる。サルワールにしてみれば、女房はひとりでじゅうぶんだった。

サルワールとその部下は一帯を捜索したが、この静寂のなかで安全といい切ることはできない。周囲の岩山や崖にタリバン部隊が潜んでいないともかぎらない。頭上には月がかかり、夜空にほうり投げられた真っ白な角のように見えている。夜露のおりた地面をべたべたと踏む馬のひづめの低い音や、兵士たちのダリー語の小声のやりとりが聞こえる。だれもがアメリカのマシーンの近づく音を聞きつけようと、耳をそばだてていた。引き締まったいかつい顔に無精鬚がのびているバーバー・スパンが、アメリカの野球場ほどの広さ（ニューヨーク・ヤンキースがまばゆい照明のもとでプレイしているのを、サルワールはテレビで見たことがある）の降着地域の縁へ歩いていった。引き締まった体つきのアメリカ人は、トランプ一組ぐらいの大きさのなにか小さなものを地べたに置いた。

それが作動するのをサルワールは待ったが、なにも見えなかった。そこに置かれたままになっていた。未来が訪れたとき、その仕掛けの使い道が理解できるようになるのだろうと思った。見ていると、バーバー・スパンが重そうなゴムの眼鏡をかけて、その仕掛けをじっと見た。満足してうなずいたようだった。眼鏡をはずした。それが闇でも見えるような眼鏡だというのを、サルワールは知っていた。仕組みは理解できないが、それもアメリカ人のすごいところだと見なしていた。ヘリコプターで到着する男たちは、タリバンの戦いに勝利をもたらしてくれるはずだ、と確信していた。サルワールはタリバンを全身全霊で憎悪していた。一九九八年にタリバンがマザリシャリフを占領すると、サルワールは家族の安全をはかろうと、妻、息子ふたり、娘三人をハザラ人の本拠地である中央高地のバーミヤンへ行かせた。（二〇〇一年三月にタリバンが何世紀ものあいだ町を見守ってきた石仏を爆破したとき、サルワールは愕然とした。過去を吹っ飛ばして未来を描く権利がだれにある？）バーミヤンに家族を送ると、サルワールはマザリシャリフに残って戦った。

町には死体が散乱していた。タリバンは捕虜の首を斬り、通りに立てた杭の上でさらした。サルワールはお尋ね者になった。アリ・サルワールを捕らえれば、北部同盟の捕虜をひとり解放すると、タリバンが発表した。どこかの運の悪いあわれな男を村人が捕らえ、犯罪者アリ・サルワールだとしてタリバンに引き渡した。タリバンは捕虜をひとり解放し、サルワールだとされた男を拷問した。斬り落とした首を死体の膝に置き、道端にさらして、おぞましい悪夢のなかを夢遊病者のように歩いている男女や子供一万人の足首を眺めさせた。

降着地域にアリ・サルワールが立ち、アメリカのヘリコプターが轟然とやってくるのを待っているのには、そういう経緯があった。

離陸の際に、ミッチ・ネルソン大尉は考えていた。死闘の末に敗北を喫することもありうる。それを胸に刻んだ。心底理解していた。ヘリが螺旋を描いて夜空へと昇るあいだ、襲いかかる冷気にそなえて気を引き締めた。高度一〇〇〇フィート、二〇〇〇フィート、四〇〇〇フィート、五〇〇〇フィート。これほどすばらしいことはない。じつにすばらしい感覚だった。カンザスの冬麦、モロコシ、カラスノエンドウの広大な畑で、空を飛んで戦いの場に向かうことをずっと夢見ていた。大学ではアマチュアのロデオ大会で荒牛に乗った。大怪我をする危険があっても平気だった。だが、この飛び跳ねるヘリコプターに乗っているのは(いよいよ高度を増し、六〇〇〇フィート、七〇〇〇フィート、八〇〇〇フィートへと昇っている)、かつてない経験だった。それがネルソンを完成させ、まったく新しい人間へと変えた。

コクピットには、カラメルを焼いているような航空燃料のにおいが立ち込めていた。ネルソンは、正副操縦士ふたりのほうを向き、左翼側の席についていた。凍りつく大気を相手にバタバタと大きな音をたてながら、長いローターが頭上で懸命に働いている。すぐそばの席では、ベン・マイローが黙りこくって考えにふけっていた。スペンサーは、松の木みたいにまっすぐな長い脚を曲げて座っている。黒いポリエステルのジャケットの襟を立て、黒いワッチキャップを耳にかぶさるまで引きおろして、冷静そのものに見える。スペンサー、エセックス、ディラーがこちらを注視していることを、ネルソンは知っていた。きびきびと行動しなければならないとわかっていた。

ネルソンは大尉という階級でチームリーダーだが、その三人は四〇間近で、この手の稼業ではご老体といえる。いってみれば高齢もいいところなのだが、幅をきかせている。チームリーダーとして、ネルソンはホームランをかっ飛ばせる力量を示す必要があった。自分にはそれができると信じていた。兵士には二種類あると、ネルソンは考えている。テレビのニュースで見る兵士と、見えない兵士。ネルソンは見えない兵士のほうだった。焦土作戦で敵を苦しめ、つらい冬を耐え忍ばせたあとで、春に攻撃するというのが、タリバンの目論見だ。時間とひどい天候がタリバンに味方している。いまのネルソンにあるのは、米陸軍全体の支援のみだ。米軍すべてが後押ししてくれるかもしれないと思うと肝が縮む……それでも、死んだり、殺されたり、捕らわれたり、拷問されたりしても、ここに来たことを知るものはどこにもいない。カンザスの故郷のひとびとがロデオ競技場の観客席に立って、ひそひそ話をする程度だろう。「ネルソンの小僧を憶えてるか？　ああ、どうなっちまったんだろうな？　たぶん殺されたんだろう」多少噂にのぼっただけで、そのうちにだれも思い出さなくなる。だいいち、いまのこの瞬間のことなど、だれも知りはしない。激しい風が喉の奥に釉薬みたいに凍りつく。傾斜板が半開になり、雪が吹き込んでいる。側面の昇降口ドアははずしてあり、詰め物を張った機内を風がわしづかみにする。背中を丸めてM－4カービンを抱いたまま座っていると、ビリヤードのキューほどの太さの金属の銃身が手袋をはめた手のなかで氷に変わる。

ネルソンは、あたりを見まわした。このヘリコプターに乗っている一二人が、ウサマ・ビンラディンに対する反撃を行なうアメリカの戦闘部隊の全兵力なのだ。おれたちしかいない、と気づいた。しかも孤軍だ。歴史の照準がそっぽを向くまで、迷彩のポンチョライナーをかぶって隠れていたいという気持ちにもなる。ネルソンは、ヘリコプターの風防ごしに前方に目を凝らした。

鋭く尖った黒い岩山が夜の闇からぬっと現われ、チヌーク・ヘリコプターの蛙に似た幅広の腹の下をうしろに流れてゆく。やがて、浅瀬を一瞬にして越えて深海に達したかのように、地表が遠ざかり、目にはいるものは闇だけになった——真っ黒な深い落ち込みが、ネルソンの目には永遠を封じ込めたもののように映った。これほどスリリングなものは、いまだかつて経験したことがなかった。

タジキスタンに向けて東に飛ぶうちに、ある山の上を通過した。〝熊〟と名付けていることを、パイロットたちがネルソンに教えた。九〇〇〇フィート、一万フィート、一万一〇〇〇フィートと上昇するにつれて、気温が急激に下がった。

安全のために、ヘリコプターは暖房を切っていた。K2で任務指揮官ジョン・ガーフィールドが、暖房をつけるとヘリコプターの〝熱による識別特性(サーマル・シグネチャー)〟を変化させてしまうと判断したからだ。暖房をつけると、赤外線追尾方式のミサイルに攻撃された場合にシーカーヘッドが、機体後部のターボシャフト・エンジン二基ではなくコクピットにロック・オンし、パイロットが死亡する可能性が高くなる。

いずれにせよ悲惨な結果になることに変わりはないが、最初の攻撃さえ生き延びれば、ヘリを不時着させることができるかもしれない、とガーフィールドは指摘した。

そうした緊急事態の際にパイロットと兵士たちが掛け金やレバーをまごまごといじくる必要がないように、昇降ロドアははずしてある。後部傾斜板も半開で、肋材で裏打ちされた長さ五メートルの舌が闇に突き出している。乗り込むとき、床も壁も金属がむき出した部分に蜘蛛の巣状の氷が張っているのを、スペンサーは見ていた。

スペンサーはポンチョライナーを頭からかぶって暖をとろうとした。おれはここでは年寄りだし、若いやつらが見ている。おれはやつらの信頼を打ち砕くようなおかしな真似をしてるんじゃないか？　そう思って、ポンチョライナーを脱いだ。雪片や細かい砂塵が宙を舞っていた。キャビンで風がうなっている。たちまち冷気が襲いかかった。そろそろ潮時だと思った——ジーザス・マザー・クリスコ・オイル（クリスコは食用植物油のブランド）、このヘリコプターのなかは寒いったらありゃしねえ！——そろそろジョークでもいわないとやってられない——この寒さは半端じゃねえ！——みんなの気分を、とりわけふさぎこんでいるマイローの気分を明るくしようとして、スペンサーはどなった。「よお、マイロー」

「はい」

「ちょっとばかり涼しいな？」

「なんですか？」

「すっげえ涼しいっていってんだよ！」

頭がどうかしているんじゃないか、という表情で、マイローが見つめた。

「あ、そうですね！　まったくそのとおり」

そして、マイローは目を閉じて眠ろうとした。

ドア機銃はどれも銃口の氷が大きくなっていた。そのそばで陸軍の銃手たちが（スペンサじい速さで飛翔する。

ーは名前を知らなかった）、パーカ、スノーパンツ、手袋、厚いブーツを身につけ、焼物の小鬼よろしく身じろぎもせずに立っている。銃口炎やミサイル発射の炎が見えないかと遠い地表に目を配るとき、ヘルメットをかぶった頭が前後に揺れる……スティンガー・ミサイルが輝きながらくるくると向きを変えて上昇することを、彼らは知っている。その炎は、火がついている煙草をだれかが口に運ぶときのようにさっと動くはずだ……ミサイルは、すさまじい速さで飛翔する。

ドア機銃を担当しているひとりが、カーソン・ミルハウス機上整備員だった。南カリフォルニアの出身で、勤続一〇年になる。まっすぐな黒髪に古めかしい金縁眼鏡という組み合わせで、サザンロック・バンドのレイナード・スキナードのアルバムの裏に載っていそうな風貌だ。パイロットたちはミルハウスに〝ヒッピー〟という綽名をつけた。八人きょうだいのなかで育ったミルハウスは、若いころは〝軍隊を毛嫌い〟していた。やがて、家を出る手っ取り早い方法は陸軍にはいることだと気づいた。〝ヒッピー〟はいまの隊の仲間が気に入っていて、昇級してべつの部隊に異動になるのを怖れている。曹長になると（現在は一等軍曹）、いまの部隊では役職がすくないので、正規軍の部隊に移動するしかなくなる。給料はあがって暮らしやすくなるが、昼間の飛行ばかりだし、日常業務が退屈で死にそうになるだろう。そう思うとぞっとした。

離陸してから約一時間たったいま、ヒッピーは腕を動かすこともできなくなっていた。手袋をして銃把を握っている手は、そのまま固まってしまったみたいだ。眼下の山野を眺めて、よくあんなところで人間が生活できるものだと思った。土でできた家と塀がならんでいるばかりだ。地表には明かりはいっさいなかった。アルマゲドンの深夜。アフガニスタンくんだりに来たのは最悪だったが、後部の兵士たちとはちがって、ヘリをおりてこの地形で戦う必要はない。名前はまったく知らなかったが、帰国したら、金曜の晩にインターステートの四番出口を出たところにある〈チリズ〉か〈アウトバック・ステーキハウス〉で家族連れで食事をしているのにばったり出会うにちがいない。彼らの幸運を祈りながら、パーカを着た背中をこごめて、ヒッピーは地上に銃火はないかと見張りをつづけた。

自分の組の兵士たちが不安げな視線を向けるなかで、スペンサーはふたたび派手な仕種でポンチョをばたつかせ、冷たいナイロンの座席の上ですこしでも居心地よくして眠ろうとした。デヒーまではまだ数百キロメートルあるから、二時間以上かかるはずだと踏んでいた。エセックスはとうに眠っている――どんなときでも眠れる男なのだ。ディラーも正体をなくしていびきをかいている。ごろりと横になって眠るのがいちばん賢明だと、スペンサーは思った。座席に寝そべり、必死で上昇するヘリのけたたましい爆音と、薄くなるいっぽうの空気を切り裂いている頭上のローターの音を聞いていた。

前方の座席では、ネルソンが下に目を向け、パイロットたちがその山を〝熊〟と名付けた理由を見届けていた。

真下に熊の片目があった。深く冷たい湖らしきものが、こちらに向けてまばたきしている。

太い鼻面のような岩山が西にそびえ、風のなかに消えている。急傾斜の高い額は北へと下っている……ネルソンは心のなかでつぶやいた。これが熊か。アーメン。

コクピットではアレックス・マッギー機長が、低酸素症にかかっているか、その寸前ではないかと怖れながら、操縦装置や計器類を注視していた。高度九〇〇〇フィートを超えると酸素が不足するおそれがある。脳が酸素をくれと叫びはじめる。シャンパンをショットガンで撃ったような激しくはじける感覚があり、頭を丸頭ハンマーで殴られたように感じる。そういった症状よりも、それがもたらす結果のほうがずっと恐ろしい。

ナイトストーカーズのパイロットたちは、ドスタム将軍の陣営に補給品やＣＩＡ工作員を運ぶ当初の任務でも、しじゅう低酸素症を経験していた。それが飛行中のあたりまえの出来事になっていた。最近は任務がどえらく〝スポーティ〟になったな、といういいかたをしていた。〝スポーティ〟というのは帰投して機外に出たとたんに、しばらく地べたとキスをしていることを意味する。ヘルメットをとって、目を丸くする。ワーオ。こいつはスポーティ（大瓶のビールを一気飲みして酔っ払ったという感じ）だぜ。

パイロットというのは頑健で元気いっぱいの人種だから、こういう任務で死ぬかもしれないとくよくよ考えることはせず、とびきり馬鹿なことをやる。ウィル・ファーガソンという三六歳の機付長は、ゴルフクラブを持ってきていた。サンドウェッジ、八番アイアン、三番アイアン、それにスポーツバッグにいっぱいのゴルフボール。ある夜、コメディの〈ジョー

・ダート〉を格納庫で見たあとで——部隊の勤務時間後のお気に入りの映画で、何度見たかわからない——退屈でたまらなくなったファーガソンは、基地を囲んでいる防壁に登って、月明かりのなかに立ち、荒地に視線を走らせた。廃棄物の山から毒性の化学物質がにじみ出ている。松林が風でそっと揺れている。

ファーガソンはボールを防壁の上にセットし、基地の外の暗がりめがけて打つ構えをした。イスラム過激派の武装勢力が狙撃銃を持ってひそんでいるといわれている。そいつらなんか知ったことか、とファーガソンは思った。

ボールを打った。

ぐんぐん上昇した白球が、汚い池みたいな夜空に吸い込まれる。よし、おれは来て、戦って、ゴルフをした。ファーガソンはクラブをバッグにしまって、かまぼこ型兵舎に戻った。

パイロットたちの屈折したユーモアのセンスをしのぐものは、任務にともなう危険についての意識だけだった。ことに低酸素症が危険だった。チヌークの酸素供給システムには欠陥があった。改良する必要があったのだが、戦争が急にはじまったので、それをやる時間がなかった。

乗員や整備員は、分解してC‐17輸送機の暗い照明の貨物室に積まれたチヌークやブラックホークとともに、一〇月六日にK２に到着した。組み立てるのに四八時間しかなかった。はらはらさせられるこの混沌とした作業を見ていたある陸軍関係者は、「蟻がスポンジケーキに挑んでいるみたいだ」と表現した。飛行中に睡眠をとれたものはひとりもおらず、最後のボルトとナットを締めたときには、文字どおり生まれたての怪物のそばで気を失って、オイルのしみのできたコンクリートの床に倒れこんだ。ほとんど一週間、ろくに睡眠をとっていなかったのだ。ガーフィールドは格納庫へ行ってどなった。「起きろ！　任務があるんだ！」それから八時間とたたないうちに、アフガニスタン各地に点々とある野営地に補給品とCIA工作員を輸送し、ネルソンのチームの到着にそなえた。

ヘリに備え付けられた呼吸システムは、酸素ボンベ数本と戦闘機パイロットの映画で見るような黒いゴムのマスクにつながったチューブから成っている。酸素が薄くなったら、ゴムのマスクをつけてボンベの酸素を吸う。

ある飛行の際に副操縦士が馬鹿みたいなふるまいをしたのを見て、ガーフィールドはこの呼吸システムに問題があることに気づいた。幻覚を起こした副操縦士が、おかしな顔をして、風防を指差した。そして、コレクティブ・ピッチ・コントロール・レバー（ヘリコプターの浮揚力の増減を制御する）をつかんで操縦しようとしたため、ヘリは墜落の危険にさらされた。ガーフィールドが後部を見ると、あとの乗員の態度も異様だった。やがてひとりまたひとりと気を失って、床に折り重なるように倒れた。ガーフィールドは機長の肩を叩き、機長自身のマスクにだけ酸素を供給するよう指示して、自分もまもなく意識を失うはずだと告げた。あとは機長ひとりで飛ばさなければならない。

意識を失う前に、ガーフィールドはポケットにはいっていた円盤型の〝ウィズ・ホイール〟――円形計算尺になっている航法計算盤――を出した。パイロットが飛行中にさまざまな計算を行なうためのものだ。馬鹿みたいにふるまっている副操縦士にそれを渡し、それが操縦装置なのだといった。ヘリを飛ばしたければそれを使え、と。

副操縦士は、座席に座ったまま〝ウィズ・ホイール〟をいじくりまわし、子供みたいな奇声をあげた。ときどきわれに返って背すじをのばしたかと思うと、〝ウィズ・ホイール〟をガーフィールドに投げつけ、コレクティブ・ピッチ・コントロール・レバーを奪おうとした。ガーフィールドは副操縦士の手をひっぱたいて押しのけ、また〝ウィズ・ホイール〟を渡した。それをくりかえしているうちに副操縦士は気絶し、ガーフィールドも意識を失った。機内で唯一使える酸素マスクを使って、すべての酸素を吸っていた機長が、ひとりで任務をやってのけた。じつに恐ろしい経験だった。高度九〇〇〇フィート以下におりると、催眠術師が手を打ったみたいに、乗員が目を醒ました。何時間かふらふらの状態で、すさまじい頭痛に苦しめられた。そういうことは、その一回だけではなかった——呼吸システムに問題があるというのは、ほんのはじまりでしかなかった。空気漏れはヘリコプターの複雑な構造が原因で、簡単にすぐ直せるものではなかった。それに耐えるしかない。長距離の高高度飛行では、毎回低酸素症にかかった。飛ぶのが拷問のように思えてきた。

アレックス・マッギーは、狭いコクピットで操縦装置や計器類と向き合っていた。手をのばせば届くところにあるコンピュータの画面の海のような輝きを除けば、あたりは漆黒の闇だった。マッギーは、重いヘルメット、ケヴラーの抗弾ベスト、灰色の手袋、暗視ゴーグルをつけていた。その光が目のまわりから漏れて、頬をライム色に染めている。数分ごとにマッギーは手をのばし、菜園の植物みたいにならんでいるスイッチを順序よくはじいていった。

マッギーがスイッチをはじくカチカチという音がするだけで、コクピットは静まり返っている（ターボシャフト・エンジンのむらのある轟音さえ気にならなければ）。コクピットの環境は、パイロットたちが〝無菌〟（機密保全措置が行なわれていること）と呼んでいる状態だった。話をすることは許されない。

飛行のあいだ、肉体への負担はたえまなくつづく。マスタング・スーツと呼ばれる断熱・耐火服も含む装備すべての重さは二七キロ。ただ座席に座ってヘリを操縦するだけでも、たいへんな重圧がかかる。セメント袋を後頭部の脳幹の上に載せたようなものだ。座席に体を押し込むのにも、体操もどきの動きをしなければならない。だから、小便をするなら座ったまま漏らすしかない。操縦と用を足すのを同時にはできない。パイロットが座席に小便をかけることを、機付整備員たちはいつもこぼしている。副操縦士のジム・ジーランドはいくぶんましだ。スクリューキャップの付いた炭酸飲料の一リットル入りペットボトルに小便をすることができる。だが、厄介なことに高高度ではそれが凍る。ガチガチに凍った小便入りのペットボトルが床を転がって、みんなにぶつかる。そこで、ドアを取っ払った昇降口から投げ捨てる決まりになっている。それを〝小便爆弾〟と呼んでいる。

マッギーの顔から九〇センチのところにある計器盤に、六インチ・モニターがある。このチヌークには、マルチモード・レーダー（ＭＭＲ）と称するものが搭載されている。マッギーがいまやっているようにMMRを使うのは、砂地をかすめるようにして地面の二〇フィート（約六メートル）上を一四〇ノットで飛ぶようなときだ。これもかなり急機動を必要とする飛行だ。今夜、マッギーは予期せぬものが闇から出現して前方にそそり立つことのないように、MMRで監視している。飛行高度は一万二〇〇〇フィート近い。

　レーダーが大気を嗅ぎわけて戻ってきた信号が、MMRのモニターにふたつの小さな白い三角形で表示される。ひとつは逆三角形で、もうひとつの三角形の上に重なっている。

　モニターの三角形の位置によって、つぎの山の背や尾根や頂上を越えられるかどうかをマッギーが判断する。つねにそれが問題だ。夜陰から急に岩の塊が現われたとき、この速度、この高度、このローターのピッチでもっと上昇する能力はあるのか？

　ふたつの三角形が触れ合って砂時計の形をこしらえるとき、三角形は〝満足している〟といわれる。三角形が満足しているなら、そのままでつぎの山を越えるのにじゅうぶんなパワー、揚力、速度がある。三角形のアイコンを満足させておくことが、墜落を避ける秘訣だ。

　マッギーは脚のあいだのコレクティブ・ピッチ・コントロール・レバーをほんのすこし動かすか、足もとの銀色の方向舵（ラダー）ペダルを踏んで舵をとることでそれを達成する。あるいは、手袋をはめた右手をのばし、薄暗いコクピットの床から突き出しているレバーを五、六ミリ引く。それにたえず手をのばして、ローターのピッチを変える黒いダイヤルを調節しなければならない。それと同時に、副操縦士のジーランドが、E2ページと呼ばれるものを見ている。このモニターには、前方一〇海里の地形のありさまが映し出される。

ジョン・ガーフィールドの表現を借りれば、ヘリコプターが〝水切りかごに大皿をならべて立てたような〟地形を飛ぶために、複雑な気分を味わう。一万五〇〇〇フィート下までなにもないと思うと、つぎの瞬間には燧石質の山頂の縁からわずか一〇〇フィート上を飛んでいる。また、ヘリコプターがこれほどの高度を飛ぶことはいまだかつてなかったので、マルチモード・レーダー・システムに特有の問題をだれも予期していなかった。具体的にいうと、ヘリの絶対高度が五〇〇〇フィートを超えると、レーダーが作動しなくなるのだ。

レーダーが切れてしまうのは、絶対高度五〇〇〇フィート以上なら、なんの障害物もなく飛行できると想定されているからだ。アフガニスタンの凍った水切りかごの上を飛ぶことになろうとは、設計者たちも夢にも思っていなかっただろう。そんなわけで、尾根から尾根へと渡るあいだレーダーが切れてはまた作動して、〝データ異常〟という赤い警告灯が計器盤で明滅し、いらだたしい思いをする。しかも、レーダーが切れて再起動するまで数分かかる。そのあいだはまったくの盲目飛行で、しじゅう急機動で対応しなければならなくなる。戦闘中に攻撃されるよりもずっと、パイロットにとっては落ち着かない。戦闘なら応戦できる。

三〇分ほど飛んだところで、マッギーはチヌークの凍った機首を高度一万二〇〇〇フィートの山頂の狭間に向けた。狭間の左右の峰は夜空のほうへ五、六〇〇〇フィート盛りあがっている。その山を越えるには、そこを縫って飛ぶしかない。これ以上高度をあげると低酸素症を起こす領域にいよいよ深くはいり込むことになる。気温も急激に下がって、氷点下二〇度を超えるだろう。今夜、運よくこの狭間を抜けられれば、危険地帯をうろちょろしなくてすむ――せいぜい二〇分も飛べば、高度を下げられるかもしれない。

　マッギーは、オーバーヘッド・コンソールのバックミラーを見上げた。後部の兵士たちの輪郭がどうにかわかる。黒い布の塊のようになって、身じろぎせず横たわっている。眠っているようだと、ジーランドが報告した。そのほうがありがたい。

　マッギーが手をのばしてスイッチをひとつはじくと、機体の両側に固定されている金属のソーセージみたいな増槽の航空燃料が投棄された。燃料を捨てて荷重が減ると、ローターのうなりが軽快になった。この山を越えるには、燃料を投棄するしかなかった。高度一万二〇〇〇フィートでは、ほんのすこしの重量でも大きく影響する。雪に覆われた谷間を昇ってゆくうちに、エンジンのパワーやブレードの揚力が不足して、それ以上は上昇できないという事態になるかもしれない。実質的に、物理学の方程式では計算しきれない状況に飛び込もうとしているのだ。運がよければホバリングして方向転換し、空の見えない階段をK2に向けておりていけるかもしれないが。

　貨物列車を思わせる細長いヘリコプターは、山頂の切れ目にはいり込み、そこを飛翔して向こう側に抜けた。そして、凍った甲羅のようなぎざぎざの世界をゆっくりと滑りおりて、アフガニスタン国境を目指した。

　離陸の約三時間後（二二〇海里遠回りしている）、国境を越えて一〇海里飛んだところで、マッギー機長は空中給油にそなえた。途中で燃料を投棄したので、不足しはじめていた。

〝熊〟を越えたあとでKC-130空中給油機をあらかじめ無線で呼び、配置につくよう頼んでいた。いまその空中給油機が轟然と接近していた。

チヌークがローターをバタバタ鳴らして高度五〇〇〇フィートを飛んでいると、空中給油機が後方から近づいてきて、上を通過した。闇のなかでも、それが影を落とした——存在感のある巨大な姿だった。だれかに見つめられているように感じて、エセックスはたちどころに目を醒ました。窓の外を見ると、凹凸のある冷たい機体側面が見えた。空中給油機がチヌークを追い抜くとき、闇で主翼が音もなく上下していた。排気ガスがキャビンに渦巻き、壁をなでて、不完全燃焼の燃料の油煙が顔にかかるのがわかった。それを吸ったせいで頭がくらくらした。

空中給油機が速度を落とし、まるで大きな船のように、チヌークの機首の先に位置を占めた。依然として灯火をすべて消したまま、マッギーが操縦装置を操った。暗視ゴーグルをかけているせいで、奥行きや距離感をつかみづらい。KC-130が空に貼り付けた飛行機の影絵みたいに見えた。見あげると、空中給油機のすぐうしろの大気をローターが切り裂いていた。対気速度計に目を向ける——一四〇ノットで飛んでいる。ひとつあやまちを犯せば墜落する。マッギーのチヌークには護衛のブラックホーク二機が追躡(ついじょう)しており、そのパイロットたちのやりとりから、不安をつのらせているのがうかがえた。黒い層雲と呼ばれる砂嵐と吹雪の入り混じったものに突入する前に、空中給油を終えなければならない。

K2の気象予報係にはいまだに原因がつかめないのだが、黒い層雲はずっと国境付近を徘徊し、アムダリヤ川（アフガニスタンとウズベキスタンの国境をなしている）からマザリシャリフまで五〇キロメートルほどのびている砂の平地の上に居座っている。そこは人骨累々たる中間地帯で、砂また砂の世界だった。ぼろぼろのケープをまとった遊牧民の群れがときどき通り、長ったらしい筆記体の文字みたいな線を地べたに描く。疲れ果てた家畜、うつろな目の山羊、いうことをきかない臆病なラバが、列に従っている。家畜の首につけた真鍮の鈴が陰気な音をたて、昼間の陽光がしだいに古代の薄暗がりへと変わる。チヌークが飛んでいたのはこうした土地の上空で、まるで時間が逆戻りしているかのようだった。エセックスが下に目を向けると、ぼやけた地面のひと区切りが流れてゆくのが見えた。

後続のブラックホークは速度はチヌークをしのぐが、ずっと小型で、MMRのような高性能レーダーが備わっていない。だから、K2をあとにしてからずっと、前方のチヌークのエンジンの輝きを追って山を越えてきた。横にならんだターボシャフト・エンジン二基の排気口それぞれから炎の輪が吐き出される――それが幌馬車の車輪が燃えているように見えた。その輪があがったりさがったり、左右に動くたびに、ブラックホークはそれについていった。パイロットの航法の手がかりがそれだけだということが、エセックスには信じられなかった。

空中給油機の左翼からくりだされる長い黒いホースが、風防の向こうに見えていた。植物の黒い巻きひげみたいに、にょきにょきとのびている。それが風を受けて硬くまっすぐになった。先端に灰色のゴムの花に似たものがある。ちょうど自転車のタイヤほどの大きさで、ドローグ（空中給油口）と呼ばれている。後流のなかで上下にばたつかないように、そういう形状をしている。そのドローグが宙に浮かび、チヌークの金属製のプローブ（受油パイプ）が差し込まれるのを待っている。機体下から前方に突き出たプローブは長さが一二メートルある。

マッギーが操縦装置を操り、エセックスはチヌークの横滑りと揺れを感じた。ヘリが軽く飛びあがって、プローブがドローグと接続した。吸い込まれる音は小さく、爆音にまぎれてしまった。

ホースを燃料が流れはじめて、プローブを通り、チヌークの機体側面の増槽に注入された。満タンになるとマッギーはプローブを抜き、ドローグが離れていって、空中給油機に収納された。おつぎは手早く高度を下げなければならない。高空を飛ぶターゲットよりも、地上近くを高速で動くターゲットのほうが、被弾の危険が小さい。アル・マックことマッギーは、砂漠の地面に向けてチヌークを急降下させた。

降下中、かなりの角度がついていた。エンジンのうなりが激しくなるなかで、ネルソンは座席にしがみついた。降下はなおもつづいた。胃が喉もとまであがってくる。かすかに鉱物のにおいが混じった温かな空気を嗅いだ。銃の氷が融けてしたたりはじめる。床に溜った水が銀色の糸の束となって颪に舞う。ネルソンが下を見ると、地表まで一〇〇メートル足らずだった。インターステートを疾走する車の窓から舗装道路を見ている感じだった。そうやって飛んでいるときに、黒い層雲に飛び込んだ。層雲は予想に反して高度を下げて新しい場所に移動していた。

黒い層雲がヘリ全体を呑み込んだ。「見えない。なにも見えない」うしろのブラックホークのパイロットが叫んだ。「帰投しなければならないかもしれない。くりかえす、RTB（帰投）の可能性あり！」

できればついてきてほしいと、マッギーが応答した。「こっちのコーンは見えないのか？」機体後部のエンジンが発する円形の排気炎のことだ。

「了解、だが、くりかえすが、かなり難しくなってる」

マッギーは、〝地形追随〟と呼ばれるモードに切り替えていた。モニターのアイコンを頼りに、地表すれすれを飛び、砂山や岩山や尾根を飛び越えることになる。前方を見ると、空中給油用のプローブが嵐のなかで火花を発していた。大気中に細かい砂埃が大量にあるために粒子の摩擦による火花が出て、プローブが輝きはじめた。じきにトーチランプで熱せられた焼き串よろしく赤熱するだろう。ローターの先端からも火花が出ていて、まぶしい金色の後光がふたつ、上で輝いていた。機体全体が文字どおり闇のなかで光っていた。ブラックホークのパイロットたちはいよいよチヌークを目視できなくなり、とうとう腹立たしげに呼びかけた。「シルヴァー・チーム」――マッギーのコールサインだ――「われわれは帰投する」そして編隊から離脱し、層雲のなかで方向転換して姿を消した。マッギー、ネルソン、エセックス、スペンサー、ディラー、その他の兵士たちは、完全な孤軍になった。

上下も左右もわからないような状態だった。旋回すれば内耳の器官がそれを脳に伝えるが、目はまったく利かず、前方は白一色だった。風防の上を文字どおり白いものが流れている。

動いているという感覚はあるのだが、視覚がその感覚を裏切っていた。においのない煙でいっぱいの球体のなかで浮かんでいるみたいだった。

高度一〇〇フィートでようやくマッギーは層雲を抜けた。柱のような岩山のかたわらを轟然と通過し、午後の太陽に一万年灼かれてドラムヘッドみたいに硬くなった冷たい地面の上を飛んだ。ぴんと張ったロープのような形の砂塵をあとに残し、地上すれすれを突進して、やがて砂漠へとおりていった。山地の曲がり角をまわったところで、マッギーはチヌークを直進に戻し、降着地域へと急いだ。

マイク・スパンは、接近するヘリコプターのバタバタという音を聞いた。降着地域の周辺に置いた赤外線位置標識のストロボを見やった。暗視ゴーグルを通して、まぶしい光の明滅が見えた。その長方形の小さな標識灯の光は、裸眼では見えない。ヘリコプターのパイロットは、ストロボを見て、降着地域におりても危険はないことを知るはずだ。

マイク・スパンは生真面目な三二歳の若者で、戦場に配置されるという人生の目標をきわめたところだった。タリバンの首をあげたいと思っていた。デイヴ・オルソンやJ・Jとおなじように、スパンはCIAの秘密本部（NCS）に属する特殊活動部（SAD）の一員だった。CIAではスパン、オルソン、J・Jのような局員を軍補助工作員（パラミリタリー・オフィサー）と呼んでいる。ヴェトナム戦争中に発展した特殊作戦群（SOG）の衣鉢を継ぐ組織である。SOGはOSS（戦略事務局）から生まれた。OSSは第二次世界大戦中、ヨーロッパで敵地にスパイを潜入させ、レジスタンスを支援した組織である。スパンの仕事は国家機密で、完全な秘密扱いになっている。そういう仕事が存在することすら、アメリカ国民は知らない。ヴァージニア州マナッサスの近所のひとびとは、スパン家の玄関の上にときどき〈おかえりなさい、パパ！〉というのぼりが出ているのを目にして、よく仕事で出張をするのだろうと思っている。隠密に行動するために、SADの人間は私服しか着ない。ジーンズ、ネルのシャツ、テニスシューズかハイキングブーツといったものを好む。携行するのはAK－47や九ミリ口径のブローニング・セミオートマティック・ピストルなど、アメリカ製ではない武器で、ブリーフケースぐらいの大きさの衛星電話機、GPS、コンパスを持っている。現場で数百件の情報報告を集め、世界各地の人里はなれた洞窟やカフェやホテルで、蓋をあけたノートパソコンを膝に置いて入力する。スパンは、CIAが収集した情報をもとにテロリストを殺したり、捕らえたりする訓練を受けている。スパンが捕らえられたり、死体で見つかっても、衣服や体からは、アメリカの秘密部隊に属していることがわかるような手がかりは見つからない。ましてCIA局員であることを示すものはなにもない。

こうした厄介な任務に対し、スパンは五万ドルの年俸をもらっている。ラングレーのCIA本部には追悼の碑があり、七八の星が刻まれている。その半数が、任務中に死んだ特殊工作員の栄誉を称えるものだ。

CIA軍補助工作員は、一九五三年にイランのモハンマド・モサッデク政権を転覆させて皇帝モハンマド・レザー・シャー・パフラヴィーを権力の座に戻すのに関わった。一九五四年にはグアテマラでクーデターを起こして政府を転覆し、親米政権を打ち立てた。一九六一年のピッグズ湾事件に関わった亡命キューバ人一四〇〇人は、CIAによって訓練されていた。一九八一年、SOGはニカラグアのコントラがサンディニスタ政府と戦うのを支援した。一九七〇年代からレバノン、イラン、シリア、リビア、ラテンアメリカ、バルカン半島、ソマリアなどで活動をつづけてきた。正しい行為もあれば邪悪な行為もあった。政治家が狙いをつけた場所へ行かされた。

SOG将校がヴェトナム国民に対して行なった人道に反する行為について、一九七五年に議会が聴聞会を行ない、それが国民にひろく知られるようになると、ジェラルド・フォード大統領がCIAのこうした作戦を監視する仕組みをこしらえて、軍事行動に近い任務に携わるスパイの活動を制約した。CIAはホワイトカラー風のスパイに専念し、外交官の身分の工作担当官に頼るようになった。国際援助機関の職員や政府の一般職員を使って、SIGINT（信号情報）と呼ばれる通信情報を収集した。外国の市民を説得してアメリカのためにスパイ活動をやってもらうのが、そういったCIAの手先の仕事だった。拳銃使いのスパイが暗躍する黄金時代は終わった。

それが9・11同時多発テロまでつづいた。じつは、テネットCIA長官は、ボスニアのセルビア人指導者で戦争犯罪人のラドヴァン・カラジッチの捜索と捕縛のために、一九九七年にこの特殊工作課を増強していた（実りはなかったが）。スパンは、海軍SEAL（海・空・陸特殊作戦チーム）、陸軍レインジャー部隊、海兵隊、陸軍特殊部隊の兵士たちから成るそういった数百人の秘密戦士の一翼に属している。（二〇〇二年にはＣＩＡの対テロ部隊は飛躍的に増員され、約九〇〇人を擁していた。「やるとは思ってもいなかったようなことを、われわれはやっているし、殺人も犯している」と、ある情報担当官は述べている。）

スパンは、新しいＣＩＡで新しい任務についている。

一六のときから、スパンは飛行機から飛びおりて悪党を追いかけたいという思いにとらわれていた（一七歳でパイロット・ライセンスを取得している）。アラバマ州ウィンフィールドでは若者が土曜の晩に遊べるようなものはほとんどない。メイン・ストリートにあるゲームセンターの〈ＢＪ〉へ行ってドンキー・コングをやるか、町外れまで車で行ってバッティングケージでボールを打つぐらいのものだった。バットがじっとりした空気を切り、照明に蛾がたかる。地平線に見える近くの町には、プル・タイト、ロック・シティ、ヤンパータウン、グ・ウィンといった名前がついている。スパンの家族は三世代にわたってウィンフィールドに住んでいる（祖父が近くの綿紡績工場で働いていた）。町で最大の年間行事はラバの日フェスティバルで、ケーキの競売、七面鳥撃ち、ラバの品評会がある（〝あらゆる格好と大きさのラバ歓迎〟）。ある日、スパンはフットボール・チームの仲間と《トップガン》を見ているときに、一同に向かって宣言した。「おれもいつかこういうことをやる」

ウィンフィールド・ハイスクールを一九八七年に卒業したスパンは、オーバーン大学で法執行を学び、刑事裁判法で学位を得た。そして海兵隊にはいった。同級生の目から見るスパンは、きわめて規律正しく、独立独歩だった。「酔っ払ったのを見たことがない」とひとりがいう。「牧師に育てられたのかといつも思っていた」オタクと体育マニアが入り混じったようなところもあり（百科事典を読み漁り、ハイスクールの最終学年では花形のランニングバックだった）、戦闘を経験したいと願っていた。海兵隊に八年勤務して大尉になっても、失望が胸にあった。三〇歳になったときには、ハイスクール時代の恋人だった地元出身のキャサリン・ウェブと結婚して娘をふたりもうけていた。人生の目的にたどりつけないと思いはじめたスパンは、CIAの仕事をやろうと決意した。

出願の際の数千語の小論文に、秘密戦士の世界にどうしてもはいりたい理由をありったけの思いで書き綴った。「自分はごくふつうの人間です」と書いた。「天与の才能と大きな自信をそなえています。とても高い目標を抱いている夢想家でもあります。行動の人であり、自分の持てる力でこの世界を変革する個人的な責任があると思っています。自分がやらなければ、他人がそれをやるでしょうから」

採用されると、スパンは妻子とともにヴァージニアに移り住み、〝養成所〟とも呼ばれるキャンプ・ピアリーで訓練を開始した。一九九九年夏のことだった。

CIAの高等訓練施設である〝ザ・ファーム〟は、ヴァージニア州ウィリアムズバーグ郊外の原野で、九〇〇〇エーカー（約一一〇〇万坪）の広大な敷地を通電している鉄条網で囲んでいる。訓練は過酷で、爆破、射撃、運転、白兵戦を一八カ月間にわたって叩き込まれる。外国の市民をアメリカのスパイになるよう説得する工作担当官になるために、スパンは訓練を受けていた。修了後に特殊活動部（SAD）に配属された。だが、訓練を開始してから六カ月後、ようやく新しい仕事で羽ばたけるかと思われたころに、スパンの家庭生活はほころびはじめた。

ヘリコプターが着陸するのを待ちながら、忠実な工作員としてそういう心を乱す思いは意識から追い出さなければならないとスパンは思った。

アレックス・マッギーは、操縦装置や計器盤から目をあげて、真正面のＨＬＺ（ヘリコプター降着地域）を見た。なにもない開豁地（かいかっち）が、暗視ゴーグルを通して灰色の丸い地面に見えている。眩暈（めまい）をおぼえる黒い層雲の濃霧を脱してから、三〇分が過ぎていた。渓谷の斜面が突然左右にせりあがるなかで、川の一五メートル上という超低空を、機体を傾けてくねくねと曲がりながら飛んでいた。ヘリのタンデムローターのシュバシュバシュバという音が岩壁から跳ね返り、キャビン内はすさまじい音の嵐だった。凍えながらうとうと眠っていたネルソンが騒音で目を醒まし、体を起こした。

暗視ゴーグルで前方を見ると、野球場ほどの広さのＨＬＺが見えた。数秒間隔でその向こう端のまぶしい光が明滅し、漆黒の闇に鋭い光線を放っていた。先ほどマイク・スパンが地面に設置した赤外線位置標識だ。

マッギーは、その光に機首を向けた。

「あと一分」と告げた。

ヘッドホンでずっと聞いていたネルソンがふりむいて、指を一本立て、それをチームの面々に伝えた。そのとき、なにかが目に留まった。まんなかに積みあげてある馬の飼料の袋の口があいていて、カラスムギやトウモロコシが動いているように見えた。ネルソンは、スペンサーに向けてどなった。「おい、ちょっと見てくれ！」スペンサーが手をのばして、掌にすくった。

カラスムギとトウモロコシに蛆虫がついていた。「こいつはいいや！」ヘリの爆音に負けない大声で、スペンサーがどなった。「軍閥どもにお似合いだ！　蛆虫ときた！」

兵士たちは顔を見合わせて大笑いし、粗暴だというアフガンの将軍にユーモアのセンスがあるといいのだがと思った。

全員が立ちあがって背嚢を背負った。装備はそれぞれ四五キロ前後ある。黒いワッチキャップを耳の上に引きおろし、武器を念入りに点検した。そして、無表情で闇に立っていた。足もとでは機体が激しく揺れている。

「三〇秒」マッギーは告げた。

前方のHLZが三方を高い崖に囲まれているのが見えた。

進入路はただひとつ——直線侵入だ。ヘリはその隘路を目指した。

マッギーの視界の外では、飢えて寒さにふるえているモハケク将軍と十数名の北部同盟の兵士が小さな土塁の蔭に隠れ、ヘリの到着をいまかいまかと待っていた。

そのうち数人は、アメリカ人の到着を待ちかねて、眠ることもできずにいた。モハケクのそばには、バーバー・デイヴィッド（オルソン）、バーバー・マイク（スパン）、バーバー・J・J（ソーヤー）がいた。

白髪まじりの顎鬚を生やしている眼光鋭いバーバー・J・Jが、CIAチームのリーダーだった。このチームの助けを借りて、モハケクはいそいそと特殊工作チームのための隠れ家を用意した。

周囲の山にタリバンが斥候を配置していて戦車や砲兵の砲撃を呼ぶのではないかと、モハケクの部隊は懸念していた。確認のしようがなかった。それどころか、ヘリコプターが降着地域に接近し、着陸しはじめるまで、なんともいえない。

いずれにせよ、着陸したとたんにアメリカ人が殺されるようなことがあれば、きわめて由々しい事態になる。アメリカはタリバンと戦っている勢力を見捨てるにちがいない。アフガニスタンを去り、二度と戻ってこないだろう。

これほど長い歳月やってくるのを待っていたアメリカ人が去ってしまうというのは、モハケクには耐えられないことだった。

ヨーロッパと東への貿易路を確保しようとして一九七九年にソ連がアフガニスタンに侵攻したとき、モハケクなどの部族は滅亡の危機に瀕した。

ソ連軍はモハケクのハザラ人勢力、マスードのタジク人勢力、ドスタムのウズベク人勢力、ヘクマティヤールのパシュトゥーン族勢力（ヘクマティヤールも軍閥で、ドスタムと共闘し、あるいは激しく戦ってきた）を叩き潰そうとした。ソ連はアフガニスタンを属国にすることをもくろんでいた。だが、アフガニスタンの諸民族を打ち負かすことはできなかった。アフガニスタンのゲリラは山に潜み、電撃的な急襲を行なった。まるで幽霊のようににわかに陽光のなかに現われたり、火線から逃れたりした。ソ連軍は五〇万人の地上軍で侵攻し、一〇年におよぶ戦闘で五万人を失った。アフガニスタン国民一〇〇万人が死に、五〇〇万人がイラン、パキスタン、ソ連の各共和国に逃れた。戦争が終わると、こんどはハザラ人、タジク人、ウズベク人、パシュトゥーン族による内乱がはじまった。

マスードの率いるタジク人武装勢力が、ヘクマティヤールのパシュトゥーン族とともにカーブルをロケット弾で攻撃し、何千人もの男女と子供が殺された。ドスタムのウズベク人武装勢力は、戦いながらレイプ、拷問、強奪を行なっているといわれていた。最低の階層であるハザラ人は、それらすべての勢力と戦っていた。一九九四年には原始的なテロが日常生活であたりまえの事象になっていた。カンダハールの豊かな泉や肥沃な果樹園、カーブルの昔ながらのアーモンド林や、ムルガ通りにあるエアコンのきいた映画館や、夜明けの便でパリに帰る騒々しい観光客の笑い声で活気づいている夜中のレストラン――すべて廃墟と化して、国中のあちこちにある無数のひと気のない部屋に残る無数の弾痕の、透かし模様みたいな穴を、風がうなりをあげて吹き抜けている。

爆弾の漏斗孔（クレーター）だらけの幹線道路を追いはぎが徘徊し、ハイジャック犯、子供に性的いたずらをするやから、反社会的な連中、暴力的な男たちが横行（えぐ）する。一七年も戦争がつづいたため、国や国家や故郷という観念が、彼らの意識から抉り取られてしまったのだ。そこに宇宙のような死の空虚が、冬のように音もなくはいり込んだ。絨毯を積んだトラックがカンダハールからパキスタンに向けて出発し、国道を走ったとしよう。数時間にして絨毯はすべて奪われる。灼けてひびわれたアスファルトの道路には、数キロメートルごとににわか作りの〝料金所〟がある。そういった検問所ごとに、にやにや笑っている武装した男たちがいて、商品、金、ときにはそれ以上のものを要求する。たとえば、一九九四年のある日には、徘徊する武装勢力が一三歳の少女ふたりを拉致してレイプした。そして道端に捨てて死なせた。このアフガニスタンの崩壊した建物や折れ曲がった骨組みばかりの町並みや銃や短剣による暴力のはびこる混沌からタリバンが登場し、国際社会の注目を浴びる。宇宙の無秩序への退化を、タリバンが食い止めたのである。秩序、平和、沈黙。イン・シャーァ・アッラーフ――もし神がお望みになるのなら。

カンダハールの近くの村人たちが、くだんの少女のレイプのことを知り、反撃を決意する。この無法にだれかが取り組むことを願った。生活が立つように、また道路を自由に通れるようにしたかった。

村人たちは、カンダハールに住む隠者のような片目の尊師ムハンマド・オマールに訴えた。オマール師は、ソ連軍と戦った戦士たちを集めて自分の軍隊を編成したばかりだった。数百年にわたってアフガニスタンの正統な支配者と見なされてきたパシュトゥーン族を中心とするこの武装勢力は、ソ連軍を撃退したあと、アフガニスタンを聖クルアーンの法に導かれた純粋なイスラム国家にしようと夢見ていた。彼らにしてみれば、モハケク、ドスタム、マスード、アッタ・ムハンマド・ヌールなどは、世俗的な堕落した連中で、そういう不信心者は改宗しないかぎり死んで当然だと見なしていた。大規模な歩兵部隊を率いているドスタムのことは、ことに苦々しく思っていた。ドスタムは売春婦を乗せた幌馬車隊を引き連れていて、町から町へと移動しながら、女たちに兵隊の相手をさせているといわれていた。

オマール師は戦士三〇人を派遣して、幹線道路で少女ふたりをレイプした一団を突き止めた。犯人ふたりを捕らえたあと、迅速に裁きを下した。旧ソ連軍の戦車の砲身から吊るし首にし、そのあとで死体を切り刻んで、野良犬に食わせた。

夏のあいだにオマール師の地位は高まり、それとともにタリバンが〝善行〟と唱える活動も拡大した。一〇〇〇人をパキスタンへの道路に配置して治安を維持する、とオマール師は宣言した。五年もつづいた内戦で疲れ果て、恐怖におののいていたアフガニスタンの一般市民は、タリバンの注意深い目に保護されるのをよろこんだ。諸手をあげて歓迎した。翌春には、オマール軍は二万五〇〇〇人に膨れあがっていた。

戦士たちは、パキスタンのマドラサから群れをなしてやってきた。マドラサとは一一世紀起源のイスラム学校で、イスラム法学を中心に青少年に無料教育をほどこしている。父親がソ連軍によって吹き飛ばされたり手足をうしなったり殺されたりしたティーンエイジの少年や若者が、息の詰まるようなひと部屋の教室で学ぶ。こうした孤児たちは、果てしない内戦に煽られるように粗末な机に縛りつけられて、神の真の言葉である聖クルアーンの六六六六節（数については諸説あるが、信仰の基の六信を尊んだ数字かもしれない）を暗記する。三年間こうして学べば故郷の村ではいっぱしのイスラム法学者になって、信心深い法務官として尊敬を受け、民事の争いに裁定を下し、結婚式や葬式を司ることができる。そういった仕事で現金か、牛、羊、食糧などの贈り物を報酬として受け取る。彼らはほどなくタリバン――知を求めるもの、すなわち学生のこと――と名乗るようになる。

彼らの世界は完璧そのものだった。一九九六年にカーブルを支配すると、タリバンは音曲、凧揚げ、写真、映画、香水すら禁じた。屋内の妻をひとに見られないように、夫たちは窓を黒く塗るよう命じられた。女性は男性の親類の付き添いなしに外出することを禁じられた。女性は家畜のように従順で、石のように寡黙でなければならないとされた。一〇万人の少女が学校に行くことを禁じられた。識字率は五パーセントにまで低下した。産科医の助けを借りられないために、妊婦の三人にひとりが出産時に死んだ。男性の平均余命は四二歳に落ちた。生活必需品の欠乏で絶望した女性の自殺率が急上昇した。

女性が公の場でブルカと呼ばれる全身を覆う服を着なかったときには、ゴムホースで打たれた。密通は石打ちの刑に遭った。タリバンは女たちを家畜のように揺れるピックアップの荷台に載せて混雑したサッカー場へ運び、試合がはじまる前にひざまずかせた。濃紺のブルカのせいで蒸し焼きになっている女たちはあえぎ、うしろから近づく重い足音を聞く。

ふるえながら女たちがひざまずいていると、その足音をたてている男がライフルを構え、布に覆われた揺れるドームのような頭部を至近距離から撃つ。

盗人の両手を切り落とすのが最後の見世物で、血の気を失った人差し指を細い布切れで結んで高々と掲げる。それが二本の蠟燭の芯を結び合わせて持ちあげ、検査しているように見える。手は白く、切り口は真っ赤だった。

こうした処刑が終わると、サッカーの試合がはじまる。恐ろしい時代だった。じつに恐ろしい。

いま、モハケクはそうしたことをよく憶えていた。

土塁の蔭にうずくまるモハケクとその兵士たちは、空を見あげて、ようやく聞いた――ヘリコプターのシュバシュバシュバというローターの音。

アメリカ人が無事に着陸しますようにと、モハケクは祈った。


マッギーはヘリの速度を落とし、降着地域の真上でホバリングした。ローターの吹きおろしが地面をこすり、土煙が濛々と湧きあがって機体を呑み込む。ネルソンには目の前の手も見えなかった。息がしづらい。コクピットのマッギーにも地表が見えなかった。飛行前ブリーフィングでは、HLZは砂利なので視界はいいはずだと教えられていた。灯火を消したままだし、高度二〇フィートではレーダーは役に立たない。

地上のモハケクたちからも、砂塵のなかのヘリコプターはほとんど見えなかった。

尾部傾斜板では機銃に取り付いた銃手が銃口を左右に動かし、降着地域の周辺に砲口炎が見えればただちに撃てるように身構えていた。右の昇降口と左の緊急脱出用窓にもそれぞれ銃手がいて、やはりいつでも撃てる構えをとっていた。

モハケクが見ていると、ヘリはずいぶん長く思えるあいだ、頭上でホバリングしていた。

と、なんの前触れもなく、釣り合い錘にひっぱられるみたいに、ほとんど垂直に上昇した。そして見えなくなった。

土塁の縁にかがんでいたモハケクの部隊指揮官のひとり、獰猛な戦士のアリ・サルワールは、凶暴なマシーンが川上に向かう音を聞いた。落胆がこみあげた。

四〇〇メートルほど飛ぶと、マッギーはチヌークを旋回させ、二度目の進入を開始した。最初の進入は、敵の銃火をおびき出すためのフェイントだった。

着陸して数百キロの装備を運び出しているときに攻撃されるのが、最悪の事態だということを、マッギーは訓練で学んでいた。ホバリング中に攻撃されるほうがずっとましだ。エンジンのパワーをあげるだけで容易に離脱できる。

ふたたびHLZ上空でホバリングしながら、マッギーは身を乗り出してインターコムで報告する銃手の声を聞いていた。土煙で銃手にもほとんどなにも見えない。ヘリが機体を傾けた状態で着陸し、前後合わせて四本の脚の片側二本が先に着地すると、横転するおそれがある。

「三メートル、二メートル……着地する」銃手が告げた。

そのとたんにヘリが接地して、激しくはずんだ。

「行け！」スペンサーが叫んだ。サム・ディラーが先頭を切り、ダッフルバッグを傾斜板から蹴り落とした。つぎがマイロー、それからあとの面々がつづいた。おりるついでになにかしらを持った。飼料の袋、ダッフルバッグ、さまざまな装備のバッグなどをつかんで機外におりた。

チームが出てゆくとき、後部銃手がひとりひとりをぎゅっと引き寄せて耳もとで叫んだ。

「幸運を祈る！」

スペンサーと衛生担当のスコット・ブラックが、忘れ物はないかと最後にもう一度調べてから跳びおりた。

スペンサーは高さを見誤っていた。地面はすぐ近くにあり、勢いあまってどさりと着地した。地面まで六〇センチもなかった。

よろけてしゃがんでしまい、とっさに前方の闇にM－4カービンの銃口を向けた。

チヌーク・ヘリコプターの機付長ウィル・ファーガソンが傾斜板に立ち、兵士たちが周辺防御の陣形を組むのを見ていた。一二人が円弧を描き、ネルソン大尉が先端に位置する。

チヌークが地面を離れると、ファーガソンは傾斜板を離れ、地上の兵士たちは見えなくなった。地上にいた時間は一分に満たなかった。チヌークは旋回してK2へとひきかえした。

土煙が晴れると、地上は異様な静けさに包まれた。スペンサーは自分の息遣いを聞き、乾燥した冷たい夜気を味わった。

夜明けまで数時間、砂漠にいて、一一人の仲間に命を預けているという立場の重大な意味を、スペンサーはひしひしと感じていた。これから数週間、この銃で運命を切り拓いていった前途に故郷の家があるのだと思った。いまは立ちあがって戦うことだけを考えなければならない。

そのとき奇妙な影が見えた……ふたつ……いや、三つ、のろのろと降着地域を近づいてくる影がある。それが身を起こすと人影になった。長いマントのようなものをまとい、揺れる布地から銃口が突き出している。

その連中が懐中電灯をつけて、べらべらまくしたてた――スペンサーにはちんぷんかんぷんだった。チームの兵士たちは凍りついた。

その言葉は、スペンサーにはこの世のものとも思われなかった。やがて、《スター・ウォーズ》に出てくるサンドピープルの言葉に似ていると気づいた。

スペンサーはアラビア語に堪能で、ロシア語もすこしできる。これはペルシア語の方言のダリー語にちがいないと思った。ダリー語はアフガニスタンの言語のひとつだ。フォート・キャンベルではだれもダリー語の動詞と名詞の辞書をチームに渡して、「いつかこれが必要になるかもしれない」などといってくれなかった。

この手落ちでスペンサーはあらためて思い知らされた。この任務ははじめから準備不足を承知のうえで準備したのだ。生き延びるには知恵をふり絞るしかない。

「サンドピープルの土地に来ちまった」とジョークをいった。

そのとき、不意に肩を叩かれた。

スペンサーはびっくり仰天して、さっとふりむいた。北部同盟の兵士が目の前に立っていた。気がつかないうちに忍び寄られたのが信じられなかった。

そのサンドピープルが見おろして、スペンサーの背中の背嚢を興奮気味に指差した。「いや、いい。おれが持ってやるといっているようで、手をのばし、背嚢を取ろうとした。

おれが運ぶ」スペンサーは英語でそういうしかなかった。

だが、相手はその返事を受け入れず、ひっぱりつづけたので、しまいにはスペンサーは立ちあがり、「運べるといってるんだ」といい放った。

北部同盟の兵士は肩をすくめて歩み去った。

スペンサーはいくらか緊張を解き、周囲に目を配った。チームの面々は立ちあがっていた。CIAの歓迎陣が出迎えるとK2で説明されている。その連中はどこだ？

やがて、闇からいくつか大きな人影が出てきた。近づくと、ひとりはK2で見かけたことがある顔だとわかった。

その男が手を差し出した。

「J・Jだ。アフガニスタンにようこそ」

スペンサーやほかの兵士たちを、J・Jがオルソンとスパンに紹介した。

「来られてよかった」スペンサーはほっとしてそういった。

CIA工作員たちのほうも、アフガニスタンに米軍兵士が到着したのを見て安堵していた。

マイク・スパンは、あとのふたり同様、早くタリバンと戦いたくてうずうずしていた。戦闘を生き延びられるかどうかには不安をおぼえていたが、死ぬ可能性とは折り合いをつけていた。先ごろ、めったにないアラモでの自由時間を使い、結婚して四カ月にしかならないヴァージニアの新妻に、会えなくてとても淋しいと手紙を書いたばかりだった。ふたりは熱烈な恋愛の末に結婚した。前の結婚生活が崩壊しつつあるときに、新しい結婚生活がはじまろうとしていた。

一年半前の二〇〇〇年四月、ザ・ファームでCIAの訓練を受けている最中に、スパンは最初の妻のキャサリンと別居した。その約二カ月後、独立記念日にCIA局員のピクニックがあり、スパンは仲間の訓練生と恋に落ちた。

シャノンというその女性は、スパンとおなじようにスパイの訓練を受けて新しい人生のスタートを切ろうとしていた。数カ月前にはカリフォルニアのカトリック系大学の学生部長で、失敗した結婚生活の衝撃波を乗り切ろうとしていた。なぜ壊れたのだろうと不思議がるとともに、大きな困惑を味わっていた。その結婚は、シャノンの信心深いキリスト教徒の分別とあらゆる面で反りが合わなかった。そしてある日、《エコノミスト》を読んで、CIA局員募集の広告を目にした。〝それに必要な資質があなたにあるか？〟と、広告は問いかけていた。もちろん必要な資質はある、とシャノンは心のなかでつぶやいた。やってみよう。そんなわけで、バーベキューのそばにスパンとならんで立っていた。スパンは神経質に見えたが、なかなかいい男だった。ザ・ファームでの綽名は〝無口なマイク〟。まったくそのとおりね、とシャノンは思った。ハローというのにも、ひどく時間がかかるように見えた。

だから、スパンが重い口をひらいて付き合ってほしいといったとき、怖くなって断ってしまった。信じられなかった。手で口を押さえて逃げ出したい気分だった。なんてことをしてしまったんだろう？　離婚してから三年間、デートは一度もしていない。それどころか、一生独身を守るだろうと思いはじめていたところだった。ガーターに九ミリ口径のブローニングを挟んだ老嬢。だれにも愛されないスパイ。せっかくのチャンスをだめにしたと思った。

そんなわけで、スパンがもう一度デートを申し込んだときには、ほっとして承諾した。

二〇〇〇年一二月、いろいろなことが起きて、厄介なこともあった。スパンが苦手な細かい後始末が残っていた。シャノンはあとで、その年の秋に妊娠してしまったのは、キリスト教徒の女性が子供をもつのにふさわしいやりかたではなかったといった。それでも、〝そのときは自分たちに精いっぱいのことをやった〟と思っていた。その一二月、スパンとシャノンは訓練を終え、キャサリンとの離婚も成立した。ところが、キャサリンは癌にかかっていることがわかり、離婚協定への署名を拒んだ。

スパンは弁護士を雇い、娘ふたりの監護権（養育権）を得ようとした。弁護士の事務所に行ったとき、顔に痣ができていた。訓練降下のときにパラシュートのストラップにぶつけたのだ。ウォルター・ヴォン・クレンパーという弁護士は、首をふるしかなかった。家庭を生活の中心にする男もいれば、世界を自分の家にする男もいる。だが、この一見粗野に見える男が子供の監護権を得るように、どうやって法廷を説得すればいいのか？　スパンは世界を黒か白というように絶対的に区別する人間のように見える――だが、戦いに際しては背後を守ってもらいたいような人間でもある。スクールバスの停留所が半ブロックしか離れていなくても、小学生の娘たちを停留所まで車で送っていくような父親でもある。戦士の面とひどくやさしい面がある。法廷は娘たちの監護権をスパンにあたえた。

それから数ヵ月後の六月、シャノンとスパンの息子が生まれた。その数日後にふたりは結婚した。離婚や新しい仕事という荒波のなかで、船の針路がようやく定まったかと思えた。

そこへ9・11同時多発テロが起きた。事件の数日後、スパンはヴァージニアの自宅でコンピュータに向かい、ウィンフィールドに住む母ゲイルと成功している不動産業者の父ジョニー・スパン・シニアに、自分の思いを伝えようとしていた。自分の仕事の内容やどこへ行くかを教えることはできない。特殊工作員八人がすでにウズベキスタンのタシケントに派遣され、米軍のアフガニスタン侵攻の準備を行なっていることを、スパンはCIA本部で聞き知っていた。シャノンは家計簿をつけるのにコンピュータを使っていたが、スパンはもっぱらスクリーンの壁紙として海兵隊の隊是(モットー)〝センパー・ファイ〟――つねに忠実――を表示していた。スパンは両親にきっぱりと告げた。「こいつらがこっちを憎悪しているというのを、みんな理解する必要がある。アメリカ人だから憎んでいるんだ。

アメリカがヴェトナムで戦争に負けたのは、本国の国民の支援がなかったからだ。戦争をやればひとが死ぬ。アメリカ国民は国旗をふって、自分たちの政府を支援し、議員たちに手紙を書くべきだ。アメリカに神の加護がありますように」

アフガニスタンに向けて発つ日に、スパンは自宅の庭で子供たちといっしょに写真を撮った。下見板張りに黒い鎧戸というコロニアル式のこぢんまりした家だった。ジーンズ、黒いシャツ、テニスシューズというでたちで、戦いに赴こうとしている秘密工作員などではなく、ガレージを掃除して整理しようとしている父親のように見える。生まれたばかりの息子が両腕に抱かれ、カメラのレンズでは捉えきれない一点を見つめている。九歳の姉娘は半ズボンにストライプのシャツ、足首までの白い靴下、テニスシューズ。四歳の妹は手をうしろで組んでにこにこ笑っている。それまでの数週間、ぎりぎりになって用事が増えて、とてつもなく忙しかった。今回の任務で死ぬのではないかと心配になったスパンは、アリグザンドリアの郡庁舎に新しい遺書を提出したばかりだった。万一のことがあった場合、シャノンはやっていけるだろうかと不安になった。

「どれほど心から愛しているかということを完全に伝えられる言葉が見つからない」スパンは手紙にそう書いた。「きみにふさわしい言葉などどこにもないというのが、単純明快な事実だ。きみは、情感を失って壊れていた心がほんとうに必要とするときに神があたえてくれた贈り物だ」

シャノンのことで特別に頼みたいことがある、と同僚に打ち明けた。「なにも大げさにするつもりはないんだ。簡単だと思う。おれの身になにかが起きたときには、あんたからシャノンに伝えてほしい。シャノンが知らない人間から聞くのではなく」

スパンがネルソンやそのチームとともに降着地帯に立っていたころ、ヴァージニアでは風邪をひいているシャノンが椅子で背を丸めて、紙とペンを持ち、日記形式の手紙を書いていた。「早くみんないっしょになりたい」と書き出した。「うちは静かだから、ここで好きなひとと話をしています」

　スパンは現地入りしてからシャノンに電話し、日記を書くつもりだと告げた。いろいろと考えることがあって、うちに帰ったときに思い出せるようにしたい。自分も思い出せるように書き付けようと、シャノンは決心した。「あなたがいなくてとても淋しい。ことに暗くなると。娘たちのひとりが木の絵を描く宿題をもらったの。それを家系図にするんですって。それで、家族全員の写真をプリントアウトして、それを葉っぱにしたの。一枚の紙に家族全員がそろっているというのはうれしいわね。またいっしょになるのが待ち遠しい。

　幸運な女の子のわたしはこれから寝て、こういうことや、あなたといっしょになれた幸せについていろいろ考え、あなたが無事に戻ってくることを願います」


　ヘリコプター降下から五、六分が過ぎると、スペンサーや兵士たちは狭い山道を歩いていた。北部同盟の兵士たちが先導し、ヘリコプターからおろした大量の装備のバッグや馬の飼料の袋を背負っているにもかかわらず、しっかりした着実な歩みで進んでいた。

　しんがりのミッチ・ネルソン大尉は、ウォッカの壜がぶつかる音を聞いた。ドスタム将軍に渡す前に割れなければいいのだがと思った。

「将軍はどこにいる?」ならんで歩いていた男に聞いた。ネルソンはロシア語ができる。ソ連軍が占領していた時期におぼえた戦士もいるはずだ。

　将軍は野営地にはいない、と男が答えた。じきにやってくる。朝になれば。

いちおう納得した顔で、ネルソンはそれ以上追及しなかった。内心では、ドスタムが迎えに来なかったことに失望していた。元気いっぱいで、堅忍不抜で、集中しているように見られるのが肝心だ。これからやること、食べかた、話しぶり、どういう質問をするか――すべて現地の人間に事細かに吟味される。ネルソンは同行している北部同盟の兵士十数名に目を向けた。どいつもこいつも信用できない。しかし、この連中との協力が成否を左右することはわかっていた。

ドスタム将軍にどう受け入れられるだろうか、と考えた。K2にいるときにマルホランド大佐が、ドスタムがチーム全員を拉致して身代金代わりに多大な要求をするのではないかという異見を唱えた。ネルソンはチーム・リーダーとして、ドスタムの頭のなかにはいり込み、ドスタム本人が考えを決める前になにをするかを予測しなければならない。ここにいる兵力だけでも戦って勝てるというのを、ドスタムに納得させる必要がある。ほんとうのことをいえば、逆にドスタムがいなかったら、チームは圧倒的に優勢なタリバン軍によって全滅するだろう。

ドスタムを味方につければ、わずかではあるが勝ち目はある。

三〇〇メートルほど歩いたところで、夜空にシルエットとなっている土の砦が目にはいった。ネルソンは立ちどまった。なんとなく、長い夜の行軍になるものと思っていた。汗をかき、重い背嚢を背負っているために疲れていたが、自分たちは罠か待ち伏せ攻撃のまっただなかに踏み込もうとしているのかもしれないと思った。

J・Jは北部同盟軍の人質にとられているおそれがある。砦のなかにはいったとたんに攻撃されるのではないか。

「ここはなんていう場所だ？」ネルソンはJ・Jにきいた。

「アラモ」

ここなら安全だと確信できるような呼び名ではない（一八三六年、テキサス独立戦争のさなかにアラモの砦は陥落、米側はほとんど全滅した）。

そこがチームの隠れ家になると、J・Jが説明した。J・Jはくつろいでいるように見えた。おかしなふしはなさそうだ。

まるでアメリカの大西部時代の砦みたいだった。三日月がその壁を鈍い銀色に染めている。壁はいずれもなめらかな土だった。長さ六〇メートル、高さは二・五メートル。正面には一定の間隔を置いて木の扉が五カ所にある。中央は牛や馬車が何台も通れそうな幅の木の門だった――戦車も通れそうだ。門の外に馬をつなぐ杭がある。その左右の出入口は低く、扉は一メートル五〇センチほどの高さだった。

北部同盟の兵士たちが身をかがめて、ぞろぞろとはいっていった。ネルソンとそのチームの兵士たちは、銃を胸から吊るして引き金に指をかけ、その小さな出入口をじっと見た。

ネルソンがまずはいっていった。そのうしろで、スペンサーやマイローのような長身の人間が、装備をいっぱい詰めた背嚢を背負っているため、狭い出入口をはいるのに苦労していた。

なかにはいったネルソンは、六〇メートルほどの幅の中庭を見渡した。片側に掘ったばかりの大きな穴があり、その脇に一八〇センチぐらいの土の山ができていた。てっぺんにシャベルが突き立ててある。

中庭の右側の壁を利用して、井戸を掘ったのだろうとネルソンは当たりをつけた。いったいいつからある砦なのか、判断がつかなかった。いくつか部屋がこしらえてあった。この手の砦は一九世紀に、英軍の駐屯地もしくは反乱分子のアフガニスタン人の防御拠点として建設されたはずだ。古びて乾燥し、埃っぽいにおいがしていた。飲料水用の五ガロン（一八・九リットル）のプラスティック製容器と、CIAチームの装備を入れた黒いナイロン袋がいくつか転がっていた。

米軍チームが到着したという知らせが砦にたちまちひろがって、暗がりから出てきた北部同盟の兵士五〇人ほどが、ネルソンとチームの前に現われた。重い弾薬帯を肩にかけているものもいた。こんな荒くれの戦闘員は見たことがないと、ネルソンは思った。弾薬帯を吊っている男たちなどは、メキシコ革命時のパンチョ・ビリャ将軍の配下そのものといった感じだった。

裸足のものもいれば、サンダル、町で履くような革靴、あるいは紐のないテニスシューズをはいているものもいる。もっとも若い戦闘員は一七、八、最年長者は五〇代のようだった。ひびのできている顔の上には色とりどりの被り物――牡丹みたいに派手な色のスカーフを頭に巻いている。濃い鬚をもじゃもじゃにのばしている。

ネルソンが英語で簡単に挨拶をすると、CIAのデイヴ・オルソンが通訳をつとめてダリー語でそれを伝えた。〝なんだ（チエ）！〟とか〝ジュフ・ザイ！〟といったような強い子音の多い言葉が、激しい抑揚をともなって発せられた。興奮しただれかが柔らかな石を刻んでいるような音だった。

ネルソンは北部同盟の兵士たちに、自分たちはタリバンを攻撃するために来た、それをやるための装備はなんでも供給する、と説明した。「これはあなたがたの戦争だ。あなたがたが戦うのを手伝うために来た」

北部同盟の兵士たちは、にやにや笑いながらじっと聞いていた。ネルソンの言葉を信じているのか信じていないのか、まったくわからない。空に向けてしゃべるようなものだ。そこにあるとわかっているが、聞いているのかどうかは定かでない。ネルソンの話が終わると、北部同盟の兵士たちは地面の小さなくぼみへと散っていって、露天で眠った。

J・Jがネルソンたちを連れて中庭を通り、長い正面の壁を進んで、部屋へと案内した。ふた部屋あった。ひと部屋は装備の倉庫、もうひと部屋が宿舎だった。

部屋はきれいに掃除されていた。天井は低い――一八〇センチぐらいしかない――動きまわるには、腰をかがめないといけなかった。糞と動物の毛のにおいがしていた。ネルソンがヘッドランプをつけて見ると、そこは厩だったとわかった。平らな土間にこぎれいな絨毯が敷いてある。パステル色の大きなクッションがあちこちに置いてあった。部屋がすぐに使えるようにこまやかに気配りされていることに、ネルソンは感激した。

背嚢をおろすと、チームは夜間の警備計画を立てた。ベン・マイローとサム・ディラーが、砦の向かいにある部屋の屋根にそれぞれ登ることになった。無線機で連絡をとりながら、二人ひと組が二時間交替で見張る。

マイローが持ち場に向けて歩いていると、北部同盟の兵士がひとりついてくるのに気づいた。マイローは便所を探していた。ふりむいて小便がしたいのだと英語でいい、身ぶりで伝えた。兵士は肩をすくめて、なおもあとをついてきた。

正面の門に近い砦の一角に穴がふたつ掘ってあるのを見つけた。薄い木の仕切りがあいだにある。ドアなどはない。マイローがズボンのチャックをおろすと、兵士はうしろを向いて待った。それから、マイローにつづいて屋根に登った。マイローはきつい口調で――陸軍では〝棘のある話法〟といっている――あっちへ行けといった。自分たちの警備は自分たちでやるという方針をチームは決定していた。マイローは兵士を軽く押したが、相手はびくとも動かなかった。

マイローが警備の位置についても、兵士はそばを離れなかった。地平線を監視して異変がないかどうかを確認するのが、マイローの仕事だった。光や動きなどがないかどうかに目を配る。砦の壁の外をドスタム軍の兵士が行き来する足音が聞こえた。やはり歩哨をつとめているのだ。この兵士はなにを心配しているのだろうと、マイローは首をかしげた。おれを殺すつもりでいるのか。マイローは腰を落ち着け、不安な夜にそなえた。

中庭ではJ・Jとネルソンが、掘りかけの井戸のそばで絨毯に座っていた。ドスタムについてネルソンが根掘り葉掘りきいていた。ドスタム軍が馬でアフガニスタン中を移動していると知ってびっくりしたと、J・Jが語った。実質的に一九世紀の私兵が現代の戦争をやっている。

ドスタム軍は弾薬が不足し、毛布や食糧が欠乏していた。これまでの二週間におよぶタリバン軍陣地への米軍の空爆は、ドスタム軍の士気を阻喪させただけだった。アメリカのプロパガンダ機能のほうがよっぽど組織だっている。電子傍受機器やラジオ放送のための機材をしこたま積んだ輸送機が上空を旋回し、アフガニスタン国民に「侵略者タリバンは降伏しろ！　アフガニスタンをその国民に返せ！」といったメッセージを発信していたが、タリバンはそれをお笑い種だと見ていた。

しかし、それでもドスタムは功利的かつ精力的に活動をつづけていた。

それがネルソンには意外だった。なにはともあれ、ドスタムは糖尿病で弱っていて、視力も落ちているとばかり思っていた。戦いがはじまったとたんに倒れるのではないかと心配していた。

9・11同時多発テロの前には、だれもドスタムに注意を払っていなかったというのが事実だったと、ネルソンは気づいた。じつのところ、ドスタムは馬みたいに強健だった。前年四月まで、家族とともにトルコで快適な亡命生活を送っていた（結婚していて、息子がふたりいる）。マスードがパンジシール谷で敗勢が濃くなり、モハケクがその西南（いまネルソンとJ・Jがいるダラエソフ川の谷間一帯）で苦戦していた春に、ドスタムはアフガニスタンに戻ってきた。大団円で勝利を収めようという魂胆だった。

つまり、帰国後に勝利が期待されていた。ドスタムにとって一九九七年の亡命は、不名誉なものだった。アブドゥル・マリクという自分の部隊の指揮官に裏切られ、拠点であるマザリシャリフから放逐された。マリクは、ドスタムが弟の死に関与していたのではないかと疑っていた(証明はできなかった)。復讐のためにタリバンと取り引きしてマザリシャリフに引き込み、占領させた。自分がタリバンと権力を分かち合い、ドスタムを国外に追放するというのが、取り引きの条件だった。

タリバン軍がマザリシャリフになだれ込み、ドスタムは命からがら逃げ出した。支援者たちの残党と小規模な車列を組み、マザリシャリフの六〇キロメートル北に当たる国境の町ハイラターンを目指した。オクサス川(アムダリヤ川)の橋を渡れば、安全な隣国ウズベキスタンに逃れられる。

橋に着いたところで、ドスタムは銃を突きつけられて車からおろされた。国境検問所を護っていた警備兵たちは、マリクの配下だった。絶大な権力を握っていた軍閥のドスタムに一転してそういう屈辱を味わわせるのを、警備兵たちは楽しんでいた。マザリシャリフのドスタムの邸宅はさながら宮殿で、フランスから輸入した孔雀の群れが庭を歩きまわり、マホガニーのバーカウンターにはクリスタルのデキャンタに入れたアメリカの酒があった。

ドスタムとその部下たちは、武器を捨て、ポケットのなかの現金や貴重品をすべて出し、橋を歩いて渡るというみっともない真似を強いられた。去ってゆく一行を、橋の警備兵たちはあざ笑った。

だが、ドスタムを追い出してしまうと、マリクは不意に翻意して、タリバンと権力を分かち合うのをやめることにした。タリバンが勝利者として入場したところへ、マリクは攻撃を仕掛けた。

マリクを支援していたハザラ人五〇〇〇人は、アフガニスタンの昔からの支配階級であるパシュトゥーン族が多数を占めるタリバン軍に対して、何百年も積もり積もった恨みを晴らそうと奮い立っていた。

指揮官は獰猛な軍閥イスマイル・カーン（モハケクの前任者）で、マリクの部隊と協働し、数週間のうちにタリバン兵六〇〇〇人ないし八〇〇〇人を殺した。

その一年後、陣容を立て直して装備を調えたタリバン軍が戻ってきて、猛攻を開始した。一九九八年八月八日、空に向けてめったやたらに発砲しながら、タリバン軍がマザリシャリフに入場した。町の中心部にいた住民は、また派閥抗争の銃撃戦が起きているのだろうと思った。仕事の手を休めて見あげると、例によって黒いターバンを巻いたタリバン兵が乗るトラック数百台が、舗装していない通りを疾走していた。それが恐ろしい大事が起きる最初の兆候だった。

機関銃を後部に取り付けてあるトラックもあり、銃座に取り付いたタリバン兵がやみくもに撃ちはじめ、通りや家や姿をさらけだしていた住民に銃弾を浴びせた。

ひとりの住民は、そのときのことを語っている。「店を出たら、おおぜいが逃げているのが見えた。走っている人間が車に轢かれる。市場の屋台がひっくりかえされる。銃弾がバラバラ降っていたので、〝雹（ひょう）だ！〟と叫んでいるものがいた」

午後になると、タリバンは一軒一軒、ハザラ人を探しはじめた。ドアを破り、テレビを叩き壊し、壁の絵を引きちぎり、男たちを通りに引きずり出して射殺した。病院に押し入り、ハザラ人の患者の喉をかっさばいた。タリバンにレイプされたハザラ人の女性は、貞節を踏みにじられたまま恥をさらして生きるよりは死んだほうがましだと考えて、殺鼠剤を飲んだ。

町のあちこちのラウドスピーカーから、イスラム教シーア派（ハザラ人の宗派）からタリバンの属するスンニ派に即刻改宗することを促す放送が流れた。

「去年、おまえたちはわれわれに対する叛乱を起こし、われわれを殺した」タリバンのアナウンサーが告げた。「すべての家からわれわれに向けて発砲した。こんどはわれわれがおまえたちを始末するために来た」

車は検問所でとめられ、武器を持っていると逮捕された。「おまえはマザリシャリフで何人タリバンを殺した？」とあざけられた。

逮捕された人間は、スンニ派の流儀に乗っ取って礼拝するか宗派が記されている身分証明書を見せてパシュトゥーン族（もしくはその地域の主要民族であるタジク人）だとわかった場合には解放された。

そうでないときは処刑された。

町の住民はどこにいようと、トランジスター・ラジオで不気味な警告を聞かされた。「どこへ行ってもわれわれが捕らえる。上に登ろうとしたら足をつかんで引きずりおろす。下に隠れれば髪をつかんで引きずりあげる」

死者の埋葬は禁じられた。死体は通りに積みあげられた。町から逃げようとした住民は、幹線道路でジェット戦闘機の機銃掃射によって薙ぎ倒された。ソ連軍占領時代の遺物をタリバンが飛ばしていたのだ。道路に死体が散乱しているため、車はそれを乗り越えて走らなければならなかった。

マザリシャリフがこれほど早く陥落するとは、だれも予想していなかった。とりわけマリクにとっては予想外で、自分の手を血で汚した身でお尋ね者になった。

マリクの同盟者だったハザラ人軍閥アリ・マザーリーは、アフガニスタンで〝死者の踊り〟と呼ばれるようになるものを編み出した。捕虜のタリバン兵の首を斬り、切り口からガソリンを注ぎ込んで火をつけるというおぞましい行為である。死体が炎をあげて燃えながら、まるで生きているように身もだえする。等身大の操り人形がガソリンの炎に包まれてはじけるような感じだった。マリクはそういう目に遭わずにすみ、マザリシャリフを脱出した（一時的にイランに避難した）。アリ・マザーリーは一九九九年にタリバンに捕らえられ、拷問されて、ヘリコプターから投げ落とされた。

ドスタムはといえば、自分の側が負けそうになるときにはつねに寝返ることで、それまで死をまぬがれてきた。激しやすい暴君だったが、愛想をつかうのがうまい日和見主義者でもあった。同盟者にした場合、融通がきくのは利点になる。

こういった話を聞いていたネルソンが顔をあげると、もう夜明け近かった。J・Jと三時間近く話し込んでいたのだ。ドスタムは午前八時に馬で砦に来ると、J・Jが説明した。ネルソンは時計を見た。早く会いたくてうずうずしていた。まだ何時間かある。

地形や位置関係を把握するために、ネルソンは敷地を見下ろせる屋根に登った。砦は谷の東側にあり、一五〇メートルほどの高さの山頂に位置していた。幹が崖の上までまっすぐにのびている高いポプラの森を背負うように立っている。旗竿ほどの太さで、朝の風がつのりはじめているなかで、枝がぶつかってカタカタ音を立てていた。八〇〇メートルほど先で川が朝の陽光を浴びて瞬いている——あれがアムダリヤ川だ。チヌークはあの急流に沿って南下してきた。動きの速い薄茶色の影がいくつか谷底から川へ向かって飛び、向かいの崖のまぎわで上昇して見えなくなった。

谷の下流では、一万五〇〇〇人規模のタリバン部隊が無数の隠れ穴、山頂、数百人を収容できる強化した掩蔽壕にこもっているにちがいない。

背後は人間の支配の及ばないアフガニスタンの原野がひろがっている。その荒涼とした山地は、ロバか馬でないと通れない。

平野は薄茶色の硬い土の地面で、川沿いに牧草が縞模様をなして生えている。雄鶏が時をつくるのを聞いて、ジョン・フォードの西部劇映画に出てきそうな地形だとネルソンは思った。子供のころにそういう映画を見たのを思い出した。大学のときは寮の部屋の壁にジョン・ウェインのポスターを貼っていた。

砦に隣接する馬場で馬がいななき、脚を踏み鳴らすのが聞こえた。自分たちもじきにあの原野へ馬で乗り入れることになるのだろうか、と思った。

ミッチ・ネルソンがパット・エセックスとならんで砦の門の近くに立っていると、壁の外にいたスペンサーが叫ぶのが聞こえた。「パット、ミッチ、こっちへ来てくれ！」

スペンサーがコーヒーのカップを手に外へ出たところへ、ドスタムが到着した。突然ひづめの音が聞こえ、新品のハイキングブーツで踏んでいる温かな地面が震動した。周囲の山を見あげると、ぼろぼろのゆったりしたズボンをはいて頭にスカーフを巻いた男たちがしゃがんでいるのが目にはいった。明るくなったために、不意に姿が見えるようになったのだ。見張りにちがいないと思ったとき、なにかが、あるいはだれかが谷を近づいてくるのを報せるために、その連中がAK‐47を空に向けて撃ちはじめた。鋭い銃声が朝のしじまに響き、その音が谷間づたいにスペンサーのほうに近づいてきた。と、七騎がこちらに突進しながら叫んだ。「来るぞ！　将軍の到着だ！」そして、グリーンの水が陽光を浴び、白い岩の川底を下流へとちょろちょろ流れている後方を手で示した。

スペンサーは、金属製のカップのコーヒーを飲み干すと、ズボンにこすりつけて水気を取り、肩ごしにネルソンとエセックスを呼んだ。

砦内ではエセックスがマイロー、ディラー、ブラックに向かって指示していた。「おれたちは表に出る。おまえたちはここにいろ。万一の場合に備えろ。任せたぞ」

ディラーとほかの面々がうなずき、砦の四隅の屋根の上に陣取った。

エセックスとネルソンが門を出て、スペンサーのほうへ行った。

「やっこさんが来た」スペンサーがいった。

「どこだ？」エセックスがきいた。

「あっちだ」スペンサーが、川上を指差した。

土煙の幕から白馬が現われた。鞍にまたがっているのは肩ががっしりした大男で、片手で手綱を持ち、反対の手はそっと脚に置いて、前方をまっすぐ見据えている。馬が地面をひっかくように脚を動かし、男はそのうえに浮かんでいるという風情だった。

さらに五〇騎ほどが、装備や武器をじゃらつかせながら川沿いを進んでいた。

砦の防御陣地内に達すると、騎馬隊はアメリカ人たちの前で停止した。高い馬の上から見おろしていた。

さてここからが正念場だ、とエセックスは思った。これは新しい友人の群れなのか、それともおれたちは包囲されたのか。

先頭の一騎が手綱を絞ってとめると、馬はまるで石像みたいにじっとしていた。

だれも身動きしない。ネルソン、エセックス、スペンサーには、この先なにが起きるのか、皆目見当がつかなかった。

北部同盟の兵士ふたりが駆け出してきて、手綱を持ち、長身の黒髪の男が軽やかに鞍からおりた。左右に切れ込みのある長いグレーのウールのマント、赤いスモック、ターバン、革の乗馬靴といういでたちだった。

「わたしがドスタム将軍だ」割れ鐘のような声の英語でいった。「よく来てくれた！」

ネルソン、エセックス、スペンサーは、胸にM‐4カービンを吊って両手を脇につけ、横一列になっていた。ドスタムの部下たちが不意に銃を構えはしないかと見張っていた。服従と信頼とともにすぐに戦えることを示す、ゆったりした姿勢だった。

ドスタムと名乗った大男が近づいてきて、ネルソンの前に立った。身長が一八〇センチ以上あり、体重は一一〇キロ近いだろう。短い顎鬚には白髪がまじり、澄んだ黒い目の焦点を絞って、ネルソンを凝視した。

「光栄です」ネルソンはいった。右手を胸に当てる。「アッサラーム・アライクム。あなたの上に平安がありますように、同胞よ」

「ワ・アライクム・アッサラーム。あなたの上にこそ平安がありますように、友よ」とドスタムが返した。「さて、タリバンを殺しに行こうじゃないか」

ネルソンはほっと安堵の息を漏らした。殺されず、誘拐されることもなかった。いまのところは。

砦に突進していったドスタム将軍が、命令や指示をがなり、たちまち数人の従者が井戸に近い土の防壁に絨毯を二枚ひろげた。

明るくなってからネルソンがよく見ると、井戸の穴がかなり大きいことがわかった。差し渡し一〇メートルほどあり、グリーンの粉を吹いているような水が溜まっている。底から湧いているのだろう。アフガニスタンのこの地域では年間降雨量が一〇センチに満たないが、雨水も溜められるはずだ。この雑に掘った穴が、砦に飲み水を供給している。フォート・キャンベルの快適なチーム・ルームから登山用品店に電話して、浄水器を買ったことを思い出した。それが遠い昔のように思える。

ドスタム将軍の従者が、ピスタチオ、アーモンド、杏、チョコレートを入れてある派手なデザインのガラス鉢を絨毯に置いた。従者はネルソンとは目を合わせず、すばやいお辞儀をして出ていった。中庭の隅にある野外の調理場で年配のアフガニスタン人が真鍮の薬缶を火からおろすのを、ネルソンは眺めていた。腹ぺこで、手をのばして食べ物をつかみ取りたかった。無作法だと気づいて、それを我慢した。薬缶を持った年寄りが、湯気をたなびかせて火のほうからよたよたと歩いてきて、絨毯にひざまずくのを見ていた。年寄りがひどく儀式ばった仕種で、ソーサーに置いた欠けている茶碗に、薄い黄色のお茶を注いだ。

その儀式がこの国の戦争とおなじくらい古くからつづいていることに、ネルソンは思い至った。自分たちはゲリラの野営地にいるのだし、いまからはゲリラ戦士になる。そして、軍閥の領袖(りょうしゅう)とこれから会見しようとしている。

ドスタムが先に、赤とグリーンの絨毯の上座に座った。防壁は一五〇センチほどの高さなので、四七歳の将軍は周囲を睥睨(へいげい)することができる。

ネルソンはその円座でドスタムの左隣に当たる貴賓席に座り、スペンサーはその横でひざまずいた。グリーンの迷彩ズボンとグリーンのシャツ、ハイキングブーツといういでたちのJ・Jが、ドスタムのうしろでぶらぶらしている。ネルソンとスペンサーは、仰々しくM－4カービンをおろして、ぶっそうなその銃口を一同に向けないようにして自分の脇に置いた。右太腿のホルスターに収めてある九ミリ口径の拳銃はそのままにした。チヌーク・ヘリコプターに乗り込んだときのままの米陸軍の砂漠用迷彩戦闘服には、部隊章や名札などがいっさい付いていない。任務が極秘であることをそれが示している。砦の北部同盟の兵士を含めても、それを知るものはアフガニスタンにはほとんどいない。米本土でも、選ばれたごく少数の軍幹部だけが、彼らがここにいることを知っている。

ネルソンは、黒と白のコットンのスカーフをシャツの下にたくし込んでいた。土地の服装にすこしでも似せようとしているのだ。ネルソンとスペンサーは、K2に到着するとすぐに顎鬚をのばしはじめた。蒼白い肌が日焼けし、睡眠不足のせいで目がとろんとしている。ネルソンはつばの広い〝ブーニー〟・ハットを目深にかぶり、いっぽうスペンサーは正装用の固いつばの制帽を小粋にあみだかぶりしている。黒い金属縁の眼鏡をかけ、顎鬚をきちんと刈り込んでいる学者風のがっしりした補佐官がドスタムの右隣に座るまで、ふたりは辛抱強く待った。補佐官のとなり、スペンサーの真向かいに、キャンプファイアでも囲んでいるように、片膝を立ててそこに腕を載せたオルソンが座った。グリーンの迷彩ズボンの上に、アフガニスタンの伝統的な服装である黒いカミース――長いシャツ――を着ている。補佐官の語彙が不足したときには、オルソンが通訳することになっていた。

全員が席につくと、話し合いをはじめる支度が調った。

ネルソンは咳払いをして、贈り物があることをドスタム将軍に説明した。アメリカ国民全員からの贈り物で、それを自分が渡すことができるのは光栄です。近くの庭に積んである馬の飼料を手で示した（チームのだれかが穀物をふるって蛆虫をつまみ出した）。

ドスタムが袋を見て、ネルソンに視線を戻した。オルソンが通訳した。

「飼料などいらん」ドスタムが鼻であしらった。「部下は飢えている。毛布も足りない」

ネルソンがたじろぐのを、スペンサーは見てとった。経験の浅いネルソンには注意しようと、エセックスと打ち合わせてあった。こういう気詰まりな瞬間には、うっかり口にしたことから不吉な結果がもたらされることがある。ドスタム将軍は機嫌を損ねたのか？　それは判断がつかなかった。

「将軍」スペンサーは口を挟んだ。「ほかにも贈り物があります」ヘリコプターからおろしたバッグのひとつに手を入れて、ロシアのウォッカを一本取り出した。

ドスタムが目を丸くした。スペンサーはネルソンに目顔で、こういうふうにやるんだ、と伝えた。

「たいへん結構だ」ドスタムがいった。「すばらしい」

ウォッカを脇に置いてから、アメリカ人ふたりの顔をしげしげと見た。

ドスタムが指を一本立てた。「だが、ほんとうに必要なのは、爆弾だ」

「将軍」ネルソンがいった。「われわれにはあらゆる種類の爆弾があります。そちらが必要とする以上の量があります」

「そいつがぜんぶ必要だ」ドスタムがいった。その問題はそれ以上追及せず、座り直した。ネルソンの目を、相手が居心地悪くなるような目つきで覗き込んだ。「その爆弾を落とすのに、あんたらはなにが必要なんだ？」

「そうですね」ネルソンは答えた。「まず、敵を見る必要があります。近づかなければならない。かなり近くに」

ドスタムは考えていた。「山の司令部に来てもらおう」ドスタムはそこから砦に来たのだ。その吹きさらしの前哨地は、谷の一〇キロメートル奥にある。その地域ではタリバンがさかんに活動している。ドスタムが横に手をのばし、巻いた筒を出した。それを絨毯の上にさっとひろげた。

地形図だった――ネルソンが見たこともないような大型のアフガニスタン地図だ。幅が一八〇センチ近くあり、しわくちゃで、鉛筆の点やインクの線があちこちにあり、汗と料理の火の煤（すす）で汚れていた。傷んだ紙のいたるところに、タリバン軍陣地を示す矢印が無数に描かれている。

先月、サフィードコータルの戦いの最中に持ち歩いていた地図だと、ドスタムが説明した。午前のきつい陽光がいま照らしている尾根の向こう、五・五キロメートル北東に、その峠がある。

ネルソンの地図は小さく、ドスタムの地図と比べるとほとんど役に立たない。二〇年以上前の地図で、印刷も薄れ、ロシア語で表記されている。じつはソ連が占領時代に使っていた地図だった。Ｋ２ではそれしか手にはいらなかったのだ。

敗軍の地図を持っているのは縁起が悪いと、ネルソンはそのときに思った。

ドスタムがピスタチオをひと握りすくって、むしゃむしゃと食べた。考えにふけるようすで地図を見ている。指差してべらべらとまくしたてた。

この国を支配するには、カーブルを奪取しなければならない、とドスタムが説明した。カーブルを奪うには、マザリシャリフを落とさなければならない。

ネルソンとスペンサーは、同意のしるしにうなずいた。

ドスタムがつづける。マザリシャリフを奪うには、ダラエソフ川の谷間を占領確保しなければならない。そして、マザリシャリフを奪えば、タリバンの北部戦線は崩壊する。六州を掌中に収められる。それはまちがいない。

つぎはカーブルだ。北部を支配すれば、南部のカンダハールを落とせる。そういうふうにしてアフガニスタン全土を奪回する。

ドスタムが座りなおして、ネルソンとスペンサーの顔を探るように見た。つぎに、チャプチャルという村の近くを大きな親指で押さえた。砦の一三キロメートル北にある、禿山の逆巻く海に囲まれているちっぽけな村で、土埃の立つ通りと日干し煉瓦の低い小屋で住民五〇〇人がうごめいている。

「タリバンはいまここにいる」親指で村のまわりに円を描きながら、ドスタムがいった。サフィードコータルで敗北を喫したあと、タリバン軍はそこまで撤退していた。道路は数本あるが、山羊のけもの道程度の道が数本、村から蜘蛛の巣状にのびている――ドスタムの地図には赤い点が記されていた。

ネルソンが、べつの村を指差した。砦の三キロメートル北のデヒー。やはり谷の奥にある。デヒーは安全かどうかと、ドスタムに質問した。

ドスタムがにんまり笑った。「むろんだ。われわれが先週奪った」タリバン軍との激しい衝突の末に、馬で村に乗り込んだドスタムは、家々の前で馬にまたがったまま、出てきていっしょに戦うようにと村人に命じた。報酬は支払うといった。われわれを怖れるには及ばない。タリバンを怖れるべきだ、と説いた。

「ひとつ話しておきたい」ドスタムが、ネルソンにいった。「アメリカが攻撃されたと聞いて、わたしはとても心を痛めた」

ドスタムは、チャプチャルの南、砦から一九キロメートルのところにあるコバーキーという村の一室にずっと住んでいた。その仮司令部で双眼鏡を覗けば、わずか二・五キロメートル先のタリバンの前線が見える。ドスタムは首をふった。かつてはそこまで自分たちの前線が北へ突出していたのだ。それ以来、二カ月ほどのあいだに、どんどん版図を失っている。

その司令部でラジオを聞いていたときに、突如として9・11同時多発テロのニュースが流れた。ドスタムは、アメリカの駐アフガニスタン大使でワシントン在住の友人ザルマイ・ハリールザードに電話をかけた。

「ザルマイ」ドスタムはいった。「アメリカの友人たちに、手強い敵がいるときには、強力な味方もいると伝えてくれ。味方とはわれわれのことだ」

そして電話を切り、タリバンとの戦いを再開した。だが、それから五週間のあいだ、タリバン軍はドスタム軍を下流へと徐々に追い落としていった。

「そしてここにいるわけだ」ドスタムはいった。車ほどもある大岩の河床を越えて三つ編みよろしく流れるダラエソフ川に沿って南に親指でなぞり、デヒーの近くを押さえた。

「チャプチャルを見おろす山の司令部まで、きょうのうちに移動したい。そこからタリバンを空爆させよう。空爆がはじまったら離脱する」そして、藪から棒に、「すぐに出発する」と宣言した。

ネルソンは、作戦計画にそこまで自信を持っている理由をたずねた。

「タリバン兵は奴隷のようなものだ」ドスタムがいった。「戦うよう無理強いされている。戦わなかったら家族を殺すと脅されている」

五万人のタリバン軍に加わっているアフガニスタン人の大多数は、農民、教師、店主だと説明した。徴集兵だ。タリバンを怖れているから戦っている。いっぽう、パキスタン人、サウジアラビア人、チェチェン人、さらには中国人までいるタリバンの中核部隊は、獰猛かつ凶暴な戦士だ。急進的な思想を吹き込むパキスタンのマドラサで駆り集められた連中が、アフガニスタンで跋扈（ばっこ）している。そこへビンラディンのアルカイダ軍が加わることもある。ビンラディンの兵士たちは、捕虜になるのを拒んで手榴弾で自爆する。五〇〇人ないし六〇〇人の突撃隊員から成る精兵で、〇五五旅団と自称している。タリバン軍はそれらの兵士を〝外国人〟と見なし、受け入れない。野営地でも交わることはない。それぞれの集団に分かれている。アルカイダはアフガニスタンのために戦っているのではない。全世界をイスラム一色に塗り替えるべく戦っている。いっぽうタリバンは、アフガニスタンを変えるために戦っている。

「タリバン軍のアフガニスタン人が捕虜になると」ドスタムがなおも説明する。「寝返ってわれわれのために戦う。だから生かしておく。タリバン軍のアラブ人、外国人は死を選ぶ。捕虜にはできない。殺すしかない。ぜったいに降伏しないからだ」

先ごろ、マザリシャリフに住むドスタムのスパイが、衛星電話機で連絡してきて、トヨタのトラックに乗って通りに集まるタリバン兵が増えていると報告していた。古ぼけたAK-47、ショットガン、RPG、PK機関銃、山刀、棍棒、剣など、あらゆる武器を携帯し、戦いに備えているように見えるというのだ。

ドスタムは、衛星電話機一五台を西のヘラートから東のクンドゥズに至る北部各地のスパイにあたえている。スパイにはたんまり報酬を払っている。電話でドスタムと話をすることで、そのスパイはとてつもない危険を冒していた。それより前にタリバン兵が家にやってきて「いっしょに来い」といった。命を奪われないために、スパイはやむなくタリバン軍に加わった。

そして、何カ月か無理やりドスタム軍と戦わされてきたが、いま情報を伝えることでその意趣返しができたわけだった。スパイがドスタムに報告したところによると、数百人がソ連製のT－55戦車やBMP歩兵戦闘車（ビンピーと呼ばれる）に乗り込んでいるという。マザリシャリフの数カ所の城門を出てゆく車輛のディーゼル・エンジンの轟音が、電話から聞こえた。タリバンの車列は、轍の残る道をマザリシャリフとアフガニスタン中央部を隔てる壁のような山地に刻まれた隘路(ギャップ)に向かっていた。

タリバン部隊はまもなく雪崩のようにその隘路——タンギー峠（タンギーは峠や細い山道のことで、固有名詞ではないが、事実上、この峠を指す名称になっている）——を通過し、ダラエソフ川の谷間のドスタム軍に向けて進軍するはずだった。数千人規模の部隊が、嵐のごとく襲いかかってくる。

「あんたたちの首には賞金が懸かっている」ドスタムがなおもいった。「死体ひとつに一〇万ドル。中身の吹っ飛んだ戦闘服に五万ドル」反応を見ようとしているのか、感情のこもらない声でにべもなくいった。

なぜ急にこの不吉な情報を教えるのだろうと、ネルソンは怪しんだ。タリバンから金をもらって引き渡さないのを感謝しろとでもいっているのだろうか。

ドスタムが血に飢え、戦いたくてうずうずしていることに、ネルソンとスペンサーは衝撃を受けていた（じつはドスタムは部下たちに注意していた。〝アメリカ人をぜったいに護れ。失敗したら命はないぞ〟と）。ネルソンもスペンサーも中東のいくつかの国で軍の訓練に携わったことがあり、戦うのを嫌がる兵士をさんざん見てきた。だから、ドスタムが口実を並べ立て、自分の部隊は戦う用意ができていないというのではないかと思っていた（そうすれば、米軍の駐留を長引かせ、援助で暮らしを立てることができる）。

　スペンサーは、ネルソンのほうに身をかがめた。「たまげたな。やっこさん、進軍するつもりだ。勝ちたいと思っている」

「すぐに出発だ」ドスタムがなおもいった。「山の司令部へ案内する」

「どう思う？」ネルソンがきいた。

「いっしょに行ったほうがいい」スペンサーが答えた。

「危険が大きい」

「わかっている」

「ここに着いたばかりだ」

「まあ、なんとかなるだろう」

　ネルソンは、ドスタムのほうを向いた。「部下もいっしょに行ってかまいませんね？」

　ドスタムがうなずいた。

「全員で行きます」ネルソンは念を押した。「全員いっしょに行きますよ」

　ドスタムが首をふった。「それはだめだ。馬の数が足りない」

「全員いっしょでなければ行かない」ネルソンはスペンサーにいった。

　ドスタムにきいた。「馬でどれぐらいの距離ですか？」

「二、三時間だと」ドスタムが答えた。

「チームを分ければいい」スペンサーがいった。

「無線機はあるな?」

「なんとか足りるだけ。でもある」

「なにか企んでいると思わないか?」ネルソンはいった。

「どうですかね」

「何人連れていけますか?」ネルソンはきいた。

「六人」ドスタムがいった。「六人連れていける」

「この国では馬が足りないみたいですね」ネルソンはいった。

ドスタムにはその皮肉がわからないようだった。

砦の門のあたりで辛抱強く待っている馬の群れを、ネルソンはちらりと見た。どれもみすぼらしい馬で、脚が細く、背が低い。糟毛、白、灰色などまちまちだ。この国では馬の数が富の尺度になることを、ネルソンは知っていた。一頭買えば年間一〇〇ドルかかるが、それは平均的な年収にほぼひとしい。あの馬は、チンギス・ハーンがはるか北のモンゴルからウズベキスタンに遠征してきたときに乗っていた馬の末裔(まつえい)だ。太い胸と短い脚は、山を歩くのに適している。

ネルソンがざっと数えると、つながれた馬は五〇頭ほどだった。砦の兵士全員に行き渡る数だ。戦いに加わるために家から連れてきた馬なのだろう。

「出発はいつ?」ネルソンはきいた。

それを聞いたドスタムが、にわかに立ちあがった。「一五分後!」

　ネルソンが静止するいとまもなく、喜び勇んだ将軍は砦のあちこちでさまざまな作業に余念のない部下たちに命令をがなった。兵士たちがやっていることを中断して、馬のほうへ歩いてゆき、鞍をつけはじめた。

　数分後にはそれぞれの乗馬にまたがって、出発の準備ができていた。

　ネルソンはチームのA組を大声で招集した。サム・ディラー、ヴァーン・マイケルズ、ビル・ベネット、ショーン・コファーズ、パトリック・レミントン。「みんなこっちへ集まれ！」

　五人が宿舎から出てきた。すみやかに防壁のまわりに集合する。

「荷物を持て」

「出発ですね？」ディラーがきいた。

「これから前線へ行く」

　五人は装備倉庫のそれぞれの背嚢のところへ走ってゆき、衣服、食糧、弾薬、水を取り出して、必要最小限のものをグリーンのデイパックに入れた。それをぶらさげて中庭の中央に戻った。

　カービンを肩から吊り、太い黒のゴムバンドで拳銃を太腿に固定して、無表情で立っていた。あたりを見ると、北部同盟の兵士たちがじっと見守っていた。A組の面々は、脂ぎってもつれた髪に黒いワッチキャップを引きおろした。首にアフガニスタン風のスカーフを巻いているものもいる。ヘルメットをかぶっているものはいない。かさばるし重いからだ。おなじ理由から、だれも抗弾ベストをつけていなかった――ケヴラーの抗弾ベストは重さが一八キロもある。

「どうやって行くんですか？」ディラーがきいた。

「馬だ」

「馬？」

「そうだ。そこまで乗っていく」

ふたりが話をしているあいだに、ドスタムが中庭を横切って鞍にまたがった。

ふたりはそっちを向いた。

ドスタムの乗る白い牡馬は、琥珀色の粗いたてがみを玉房に編んであった。やわらかなグリーンの毛布と赤い絨毯が鞍の後橋（こうきょう）にくくりつけてある。

ドスタムの横に配下一二人が並んでいた。その乗馬が地を踏み、首を金槌のように上下にふっている。いずれも去勢していない牡馬だった。

「おれたちを置いて出発する準備をしている」ネルソンがいった。「急いだほうがいい」

ドスタムがブーツで白馬の脇腹を軽くつつき、ネルソンのほうへ近づいてきて停止した。遠くの山を見やってから、視線を戻してネルソンの顔を見た。「デヒーではあんたたちの安全は保証できない。あんたたちが来たのを快く思っていない連中がいる」

神の声がそう告げた。

べつの時間、イスラム暦一四一八年に、ジョン・ウォーカー・リンドは、ミル・ヴァレーのモスクのガラス戸を押しあけて、夜の闇に出た。右手にはユーカリの木が並ぶ駐車場がある。ナトリウム灯の黄色い光の届く範囲にとまっている車は数台だった。高い金網の上には蛇腹形鉄条網がある。質素な住宅、ディスカウント・ショップ、自動車部品店などがある界隈で、前の通りは車の往来がすくない。その先では海岸沿いのインターステートを南や北へ向かう車の轟音が波のようにうねっている。改宗して生まれ変わったリンドは、マウンテンバイクにまたがると家を目指した。

たっぷり一時間かかるきつい道のりだった。サンアンセルモにある両親の家の前にマウンテンバイクをとめると、無言で家にはいっていった。そのまま二階のバスルームへ行った。なかに手をのばして、シャワーの栓をひねる。服を脱ぐ。父親の信仰するキリスト教の暦である西暦では一九九七年九月二七日にあたる。母親は仏教徒だといっている。リンドと父親は、離れゆくふたつの大陸だった。その土曜日は、忘れられない日になる。リンドは一六歳だった。

モスクでリンドは、礼拝用の絨毯の上でより固まっている数人の信者の前に立った。友人のナーナ・ブラウンが会衆に向き合っていた。全員男だった。パキスタン人やアラブ人もいたが、ほとんどがインドネシア人だった。巡礼の地の巡礼。ジョン・ウォーカー・リンドは、そのなかで途方に暮れていた。

ナーナはリンドの熱意にほだされていた。〝ビートのある音楽〟はみだらだと思うとナーナがいうと、リンドは賛成した。ムハンマドがフォークを使わなかったからおれも使わないとナーナがいうと、リンドは手で食べた。

モスクの勉強会では、ムハンマドの言葉、じっさいになした行為、黙認をムハンマドの時代の人間が書き記したスンナ（聖行）を学んでいた。イスラムは聖クルアーンの厳密な解釈に立ち戻らなければならないと考えた一八世紀のイスラム宗教指導者アブドゥ・ル・ワッハーブの教えを、リンドは積極的に身につけた。勉強会のあと、リンドと五人のティーンエイジャーは近くの遊園地でミニゴルフをして遊んだ。白い長い寛衣を着て、蒼白い顔にコットンのスカルキャップをかぶったリンドは、独りぼっちに見えた。みんながバスケットボールをやるときには、公の場で衣を脱ぐのはふさわしくないと思っていたので、サイドラインで見ているしかなかった。

リンドがなによりもやりたかったのは、アラビア語を学ぶことだった。そうすれば英語圏の人間にイスラムについて教えられる。聖クルアーンを英訳したいと思っていた。

モスクでリンドはシャハーダ（信仰告白）を行ない、「アッラーのほかに神はなく、ムハンマドは神の使徒である」と証言した。

よろしい、といわれた。おまえはいまからイスラム教徒だ。

家に帰り、シャワーを浴びなければならない。沐浴で身を清めるのだ。水から出たとき、おまえは改宗者となる。

神の言葉は以上。

われわれを置いていかないでくれとネルソンが抗議する間もなく、ドスタムが拍車を入れた。ドスタムとその騎馬隊が音も高く門を出てゆくのを、ネルソンは見守った。砦を出た騎馬隊は喚声をあげた。ネルソンはひづめの響きに耳を凝らした。やがてなにも聞こえなくなった。

北部同盟の兵士がひとり、馬六頭を曳いて中庭にやってきた。

ネルソンは、ドスタムの警告を意識から追い出そうとした。注意を集中しろ。やつはおれをなぶろうとしている。「馬に乗ったことがあるものは？」ネルソンはチームの面々にきいた。ヴァーン・マイケルズとビル・ベネットだけがうなずいた。「サマーキャンプで」ふたりがいった。「ガキのころに」

米陸軍は〝馬に乗る一〇一の方法〟を必修課程として提供してはいない。コロラドのロッキー山脈で〝土埃立つ踏み分け道（ダスティ・トレイル）〟というプログラムを実施してはいるが、教えるのは山地で荷物を運ぶラバの使いかただけだ。国防総省ではだれも現代の米兵が馬に乗って戦争に行くなどとは思っていなかった。

ネルソンは、馬のなかでもっとも見栄えがよくて背が高いのを選ぼうとした。茶色い額に真っ白な星のある馬にした。粗い毛の生えた脚は膝がごつごつしていて、足首は糸杉の根みたいに先細になっていた。ひづめは割れ、薄茶色で、蹄鉄は打ってなかった。背の高さは大き目の小型馬（ポニー）というところか。郡共進会（カウンティー・フェア）でおがくずを敷いた丸馬場で子供たちが乗る馬と、たいして変わりがない。馬を曳いてきた兵士が、名前はスマンだと教えてから、ネルソンに手綱を渡した。

ネルソンが近づいてまっすぐ目を覗き込めるほど、ちっちゃな馬だった。どういう血統だろうと思った。クォーターホースの血が混じったアラブ種を謎の動物とかけあわせ、ふつうの馬の三分の一にしたのかもしれない。とにかく、ネルソンがこれまで乗ってきたのを基準にすると、それぐらい小さく思えた。二ヵ月前、出発するときに、カンザスにある父親の牧場で大きな栗毛のクォーターホースに乗った。暖かな夏の日で、麦畑を通ると、高くのびた麦が馬の脚に当たって、ささやくような音をたてた。鞍壺でふりかえって両親の家を見た。最初の子供をみごもっている妻のジーンがそこで待っている。

留守中にジーンが子供を産むのではないかと、ネルソンは心配していた。軍人はそんなことを気に病まないものだと、たいがいの人間が思っている。だが、ネルソンはそうではなかった。長時間かかるソノグラム検査や胎児の健康診断に立ち会った。海外に派遣される前にスペンサーの妻のマーチャがジーンの出産指導係を買ってでてくれたので、ネルソンはほっとした。あらゆる悲嘆とこの世の悲嘆への忍耐を秘めているような馬の目を見ながら、この先、薄氷を踏む思いで毎日を生き延びるしかないのだとひしひしと感じた。いっぽう、自分たちの身に万一のことがあれば、妻たちはこれからの一生をどうするかという心配を抱え込むことになる。

鐙（あぶみ）に足をかけようとしたとき、高すぎると気づいた。鐙は鉄の輪で、鞍から短い鐙革でぶらさがっていて、長さを調節できない。

アフガニスタン人が勢いをつけて鞍に跳び乗っていたのを思い出した。ネルソンは、鞍にかけたしみだらけの毛布に左手を置いた。毛布は悪臭を放っていた。鞍は三枚の板を蝶番でつないで山羊革をかぶせたものだった。右手をのばして毛布の下で厚い板のへりをつかみ、右足の爪先をできるだけ高くふりあげて跳び乗った。股から着地した。

鞍は小柄な人間向けに作られていて、ひどく小さかった。アフガニスタン人の平均体重は六四キロ程度だ。ネルソンのチームはみんな九〇キロ以上ある。その鞍には、バランスをとるときにつかむことができる前橋（ぜんきょう）のホーン（カウボーイなどが使うウェスタン鞍に特有のグリップ。手綱を巻きつけるのにも使う）がなかった。たてがみを片手でつかみ、反対の手で手綱を握った。片方のブーツを持ちあげて鐙にかける。もういっぽうのブーツも鐙にかけた。爪先だけちょっとかけるようにした。膝を耳まで持ちあげて乗っているような感じになった。

滑稽（こっけい）に見えるのはわかっていた。こんな馬をどうやれば乗りこなせるのだろうと思った。

「よく聞け」ネルソンはかすれた声でいった。「こういうふうにやるんだ」馬の脇を踵でつつくと、馬が数歩進んだ。「向きを変えるにはこうやる」手綱のいっぽうを引いて、短い馬面をまわした。「停止はこうだ」手綱を二本ともまっすぐに引いてみせ、一同の顔を見た。

「わかったか？」

チームの面々はうなずいただけだった。

「よし、馬が勝手に走り出し、ブーツが鐙にひっかかったままで落馬したら、ひきずられて死ぬ。そういうときには」きっぱりといった。「馬を撃ち殺すしかない。手をのばして頭を撃て」

頭がどうかしたんじゃないかという顔で、部下たちがネルソンを見た。

「冗談じゃないぞ」ネルソンはいった。「この岩だらけの地面を引きずられたいのか」

北部同盟の兵士数人が近寄ってきて、ネルソンのチームが馬に乗るのを手伝った。左手で手綱を持ち、右手で鐙を握って、ブーツをかけられるようにした。馬はどれも時計と逆まわりにあるきはじめた。左だけ鐙にブーツをかけ、右足が地べたをぴょんぴょん跳ねていたからだ。だいたい三まわりしたところで、どうにか跳びあがって鞍にまたがれた。数分後には、全員がなんとか乗っていた。

スペンサーが、馬にまたがっているネルソンのところへ歩いていった。とてつもなく乗り心地が悪いにちがいないと思った。若い大尉は、ちっちゃな鞍にむりやり尻を押し込んでいる。

「B組（ブラヴォー・セル）はここに残る」スペンサーは説明した。パット・エセックス、チャールズ・ジョーンズ、スコット・ブラック、ベン・マイロー、フレッド・フォールズを従えていた。B組はネルソン組の出陣の兵站面を執り行なうことになる。

「補給品の空中投下は今夜の予定だ」スペンサーはいった。「医療品です。ドスタム軍用の毛布も頼んでる」

ネルソンはうなずいた。

「まったく」スペンサーはいった。「その馬に乗ってると、おかしな格好だ」

ネルソンはなにもいわなかった。

「一時間ごとに連絡しよう」スペンサーはいった。

「PRC（携帯無線機）で連絡する」ネルソンがいった。チーム内の連絡に使う小型無線機のことだ。「K2でヴァーンが通信網を設置してくれるだろう」

「ミッチ？」

「なんだ？」

「幸運を」

「運ではどうにもならない」

「わかってる」

ネルソンは、馬の脇腹を蹴った。

「チョッ！」走り去るときにアフガニスタン人たちが発した掛け声を思い出し、そう叫んだ。ダリー語で〝ハイッ（進め）〟を意味する言葉なのだろう。

「チョッ！　チョッ！」

ネルソンの馬が体を揺すり、門を目指して歩きはじめた。じきに騎馬の五人がネルソンにつづいた。門の外に目を向けると、ドスタムの進んでいった狭い荒れた踏み分け道が北へとのびているのが見えた。

ネルソンは肩ごしに叫んだ。「追いつくぞ！」

騎馬隊は拍車を入れて、門を出ていった。

米軍特殊騎馬隊のマザリシャリフ攻略

2001 年 10 月 19 日 - 11 月 10 日

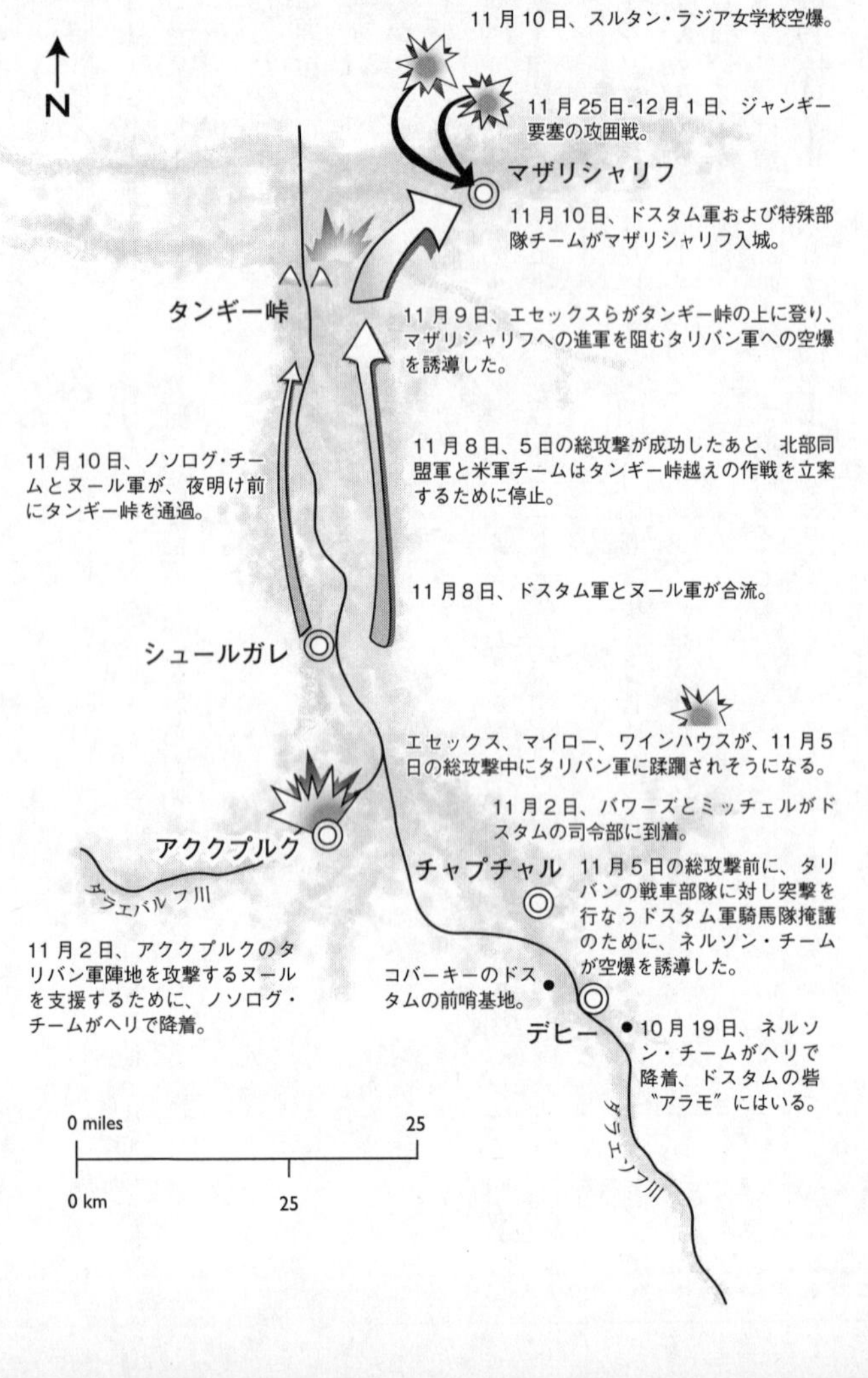

11 月 10 日、スルタン・ラジア女学校空爆。
N
11 月 25 日-12 月 1 日、ジャンギー要塞の攻囲戦。
マザリシャリフ
11 月 10 日、ドスタム軍および特殊部隊チームがマザリシャリフ入城。
タンギー峠
11 月 9 日、エセックスらがタンギー峠の上に登り、マザリシャリフへの進軍を阻むタリバン軍への空爆を誘導した。
11 月 10 日、ノソログ・チームとヌール軍が、夜明け前にタンギー峠を通過。
11 月 8 日、5 日の総攻撃が成功したあと、北部同盟軍と米軍チームはタンギー峠越えの作戦を立案するために停止。
11 月 8 日、ドスタム軍とヌール軍が合流。
シュールガレ
エセックス、マイロー、ワインハウスが、11 月 5 日の総攻撃中にタリバン軍に蹂躙されそうになる。
11 月 2 日、バワーズとミッチェルがドスタムの司令部に到着。
アククプルク
チャプチャル
11 月 5 日の総攻撃前に、タリバンの戦車部隊に対し突撃を行なうドスタム軍騎馬隊掩護のために、ネルソン・チームが空爆を誘導した。
ダラエバルフ川
11 月 2 日、アククプルクのタリバン軍陣地を攻撃するヌールを支援するために、ノソログ・チームがヘリで降着。
コバーキーのドスタムの前哨基地。
デヒー
10 月 19 日、ネルソン・チームがヘリで降着、ドスタムの砦“アラモ”にはいる。
ダラエ・ソフ川
0 miles
25
0 km
25

第三部　近接危険

アフガニスタン　チャプチャル
二〇〇一年一〇月二〇日

ネルソンとそのチームを攻撃するためにマザリシャリフから南に向けて驀進しているタリバンの戦車部隊に、ナジーブ・ファリシイは呪いの言葉を浴びせた。

タリバンがマザリシャリフを支配しているこの七年間、ナジーブは逮捕されて殴打される恐怖とともに毎日を生きてきた。

二一歳で、ずんぐりして、機知に富み、よく笑うナジーブは、マザリシャリフの繁華街にある荒れ果てたオフィスビルで語学学校を経営して成功している。英語を学ぶために階段をとぼとぼと昇ってくる生徒たちが二〇〇人いる。学校を閉鎖しろとたえずタリバンに脅されていた。不信心者の言語である英語など、だれにも習わせたくないのだ。

ある日、ナジーブは〝善の促進と悪の防止のための省〟に属するタリバンの警察官と通りで喧嘩をした。ナジーブは顎鬚を生やさず、髪を短く刈っていた。警官は乗馬用鞭をふるってナジーブに襲いかかり、頭と肩を打って、なぜ善良なイスラム教徒にならないのかと詰問した。

ナジーブはどなりつけた。タリバンの警官を殴りつづけ、驚いたことにそいつがこちらの強力なパンチから逃げようとする弱虫でしかないことを知った。

そのあとでナジーブは通りに立ち、自分のやったことが信じられずにふるえていた。自分の死刑執行令状にサインしたも同然だと思った。タリバンに拷問されれば、何年も足腰が立たなくなるだろう。近所では逮捕されて性器を殴打された男がいた。その男は体が不自由になった。

ナジーブは父親の家へ逃げた。怯えた父親は、急いでパキスタンへ行き、タリバンから身を隠すようにと哀願した。ラジオや台所用品が買える裕福な少数のアフガニスタン人向けにそういった商品を輸入して家族に安楽な暮らしをさせている父親を、ナジーブは尊敬していた。父親は不動産にも手を出していた。ソ連との長い戦争のときにムジャーヒディーンだったという経歴により、一家はマザリシャリフで高い地位を得ていた。だが、タリバンの治世では、そんなものはなんの意味も持たない。そこでナジーブは町を出た。数カ月離れていて、気づかれないようにひそかに戻った。それが四年前のことで、潜伏生活に近いものをつづけつつ、語学学校を閉鎖することは拒んでいた。

先月、アメリカ本土がテロ攻撃に遭ったというニュースを聞いて、よろこびと悲しみの混じり合った不思議な気持ちにとらわれた。アメリカがタリバンをやっつけにくるはずだと思った。その夜、こっそり屋根に登って、ブラックマーケットで買った手作りの衛星テレビ受信用ディッシュ・アンテナを立てた。つぶしたペプシの缶を粘着テープでつなぎ、廃品から取った部品と組み合わせた不格好なアンテナだった。

ナジーブは夜を徹して、アメリカで繰り広げられている出来事の報道を見た。朝になるとアンテナを分解し、タリバンに見つからないように防水布の下に隠した。恨みはつのるばかりで、それが不愉快でたまらなかった。

苦難の日々は、ナジーブを若いうちから思索的な人間に育てた。だから、憤怒を胸に抱いていたら明るい未来は望めないということがわかっていた。何事でも復讐しようとすれば、いい結果にはならない。

不思議なのは、だれもタリバンにどうしてそんなに残虐なのかと問いただださないことだった。なぜ人を狩っては殺すのか？　自分たちの信念によって生きることのみが人生だと、タリバンは考えている。村の長老は、昔から住民にとって指導的な立場にあり、土地をめぐる紛争や隣人同士のいさかいを調停してきた。それをタリバンは尊敬しない。それでは自分たちのためにもならない——タリバンはだれもかれも殺そうとしている。

ネルソンは、それほど進まないうちに、前方のドスタム隊のたてる土埃を目にした。ドスタム隊はずっと先行したままで、だいぶ距離があいていた。なぜだろうと思った。踏み分け道がわからなくなるのを怖れ、ネルソンは速度をあげて追いつこうとした。これまでのところ、人っ子ひとり見ていない。

タリバンのために壊滅した無人の集落をいくつか通過した。家族が皆殺しにされ、若い男や少年は無理やり徴兵された。井戸には毒が投げ込まれた。戦車でやってきたタリバン軍が窓から砲身を突き入れて発砲したところでは、盛り土のあいまに家の骨組みだけが残っている。

ほどなく十字路に差しかかった。ネルソンは片手をあげて、騎馬隊に停止を命じた。ふりむいた。一〇人編成の騎馬隊が、あとにつづいていた。その一〇人はネルソン隊につづいて砦を出てきたドスタムの配下で、ネルソン隊を警護する役目を担っていた。チームの背嚢を必死で運んでいるらしきラバ二頭を曳いている。飲料水を運ぶラバがさらに二頭いる。ラバの背中のこぶから水のプラスティック容器がぶらさがっていた。ラバ一頭が数十個のプラスティック容器を運んでいる。ラバがとぼとぼと歩くとき、濡れた毛皮にそれが当たって鈍い旋律をかなでていた。

警護の騎馬隊は、ネルソン隊を追い抜いてまた踏み分け道に戻り、とまらずに進んでいった。一行は左手の西行きの道をとり、ネルソン隊は捲きあがる土埃のなかを進んだ。ほどなく米兵たちは首に巻いたスカーフで口を覆い、機械油のにおいのする織り目の詰んだ生地を通して呼吸していた。何人かのドスタム軍兵士はスカーフの端を口に含んで吸いながら馬を進め、唾液に濡れたスカーフが顎から下に向けて徐々に黒ずんでいった。数キロメートル進むと、デヒーの村に接近した。ネルソンはチームを停止させた。

「みんな用心しろ。ここではわれわれは歓迎されないと、ドスタムがいっていた」

チームの面々は不安にかられ、村にはいったあと、どうすればいいのかと質問した。

「とにかく用心を怠るな」ネルソンはいった。「いつでも発砲できる状態で、安全装置をかけておけ。どうしても撃たなければならないときには、かなりしっかりした理由が必要だ。それから、女子供はぜったいに撃つな」

接近する騎馬隊を村はずれで見守り、がやがや騒いでいる村人の一団が目にはいった。なめし皮のような顔の男たちが、茶色の毛布にくるまって身をかがめている。ダークスーツのジャケットを着た男たちが、見えない前の建物のドアがあくのを待っているような風情で、手をうしろで組んで立っている。

大通りは燃え殻のようなどす黒い色だった。縁には拳大の石がならんでいる。ずんぐりした山の背がいくつも遠くにそびえている。

通りには商店が建ち並んでいたが、いったい売るものがあるのだろうかと、ネルソンはいぶかった。馬をつなぐ杭が店の前にあるが、馬はいない。店の屋根は垂れ下がって、樹皮を剝いたポプラの丸太が硬い地面に打ち込まれ、そこに低い屋根を載せてある。生木の板の歩道が店の前を通っていて、屋根の下から牛や羊のあばら肉がぶらさがり、オルゴールがまわるようにゆっくりと回転している。裏の横丁かどこかから、料理の火がいぶっているにおいが漂ってくる。

ネルソン隊は進みつづけた。三〇メートル間隔をあけ、二個縦隊に分かれた。ネルソンは村人の群れに銃口を向けるようにして、鞍の上でM－4カービンを横抱きにしていた。片手をそれにかけて、もういっぽうの手をふった。隊が通るときに村人の群れが割れ、汚い手をのばして兵士たちの脚に触れ、そのうしろでまた群れがひとつにまとまった。ドスタムの姿はどこにも見えない。

「この連中は閲兵式を見にきたんだ」ネルソンはいった。「見せてやろうじゃないか」

いまや道路の左右には、二〇〇人以上の武装した男たちが集まっていた。どこの国のものやら、さまざまな系統の戦闘服や迷彩ズボンを身につけている男もいた。ぼろぼろのAK-47や筒形のRPGを持っている。古物で軍務に服する見捨てられた人々の軍隊だった。一九八九年のソ連軍撤退後、もはや冷戦の代理戦争をやらせる必要がなくなったために、アメリカはこの人々のことを忘れ去った。またあんたたちが必要になったんだよ、とネルソンは心のなかでつぶやいた。

気をまぎらすための数珠を胼胝のできた指や大きな親指でまさぐりながら、声を殺して祈っている男もいた。男たちは手をつないでネルソンたちに近づいてきた。べつにゲイではないと、ネルソンにはわかっていた。公の場では、男と女が触れ合うのは禁じられている。だが、男は好意をこういうふうに示してもかまわない。ほんとうはかまわず進むべきだと思った。昨夜ヘリコプターが着陸するのを聞いて、村人たちはアメリカ人の姿を見にきたのだろう。それとも、ドスタムがこの村を通るときに、アメリカ人が来ると触れまわったのかもしれない。

ネルソンは、チームの面々に向かって叫んだ。「みんな、引き金に指をかけておけ」

なんの前触れもなく、前方の警護部隊が道ばたに寄って停止した。

ネルソン隊は緊張して停止した。ディラーが、太腿のホルスターの拳銃に手をかけた。他のものもおなじようにした。

「どうなってるんだ？」

「さあ」ネルソンは、きいてくるといった。ロシア語でひとりに質問すると、補給品調達のために停止したのだという。

補給品？　怪しい感じがした。警護の兵士たちが店にはいっていってそのまま戻らず、チームが道路に足どめされるような事態になっては困る。

馬をおりた兵士たちが、店のほうへ行き、なかにはいっていった。姿の見えない店主に向かって興奮気味にしゃべっているのが聞こえる。

村人たちはまわりから押し寄せてきて、馬の脚を押すようにして、ネルソンたちを見あげていた。

「銃から手を離さずにっこりしろ」ネルソンは命じた。K2で資料のコピー数枚を勉強し、やりとりをいくつか憶えていた。

片手を胸に当てて挨拶をした。「アッサラーム・アライクム！」

村人たちがにっこり笑って、それにおなじ言葉で返事をした。

「チェトゥル・ハスティド？」ネルソンはいった。元気ですか？

「ナーム・チースト？」相手がいった。名前は？

群集と店の正面に目を配りつづけた。前方の道路左手の屋根に、警衛詰所のような形の哨所がある。それにも注意していた。依然としてドスタムのいる気配はない。

ネルソンは憶えている言葉をすべて出しつくし、名前（本名ではない）も村人に教えていた。お菓子は好きかとたずね、元気です、ありがとうといっているときに、兵士たちが、馬の飼料の袋をかつぎ、水がはいった五ガロンのプラスティック容器を提げて出てきた。あれだけ水が必要だということは、長期戦の備えをしているにちがいない、とネルソンは思った。ドスタム軍の兵士たちが、それらの荷物をラバの背に乗せた。その重荷にラバは脚をふるわせてふんばっていた。一頭がじっとしていられなかったので、真鍮の柄に飾りのある革鞭で兵士が叩いた。ネルソンは――チームの他の五人もおなじだっただろうが――ラバを叩くなといいたかったが、我慢した。ここにいながら、ここにはいない、それが自分たちの仕事だ。

「準備はいいか？」ロシア語で、ネルソンはドスタム軍の兵士たちに呼びかけた。

無視されたが、兵士たちが馬に乗って手綱を操り、通りの中央に戻って進みはじめたところを見ると、指示は通じたようだった。

ネルソンは警護の騎馬隊に追いつくと、日干し煉瓦の小屋のあいだの横丁を指差した。道端の木の枝にブルーとグリーンの防水布をかけてある。濃紺のブルカ姿の女が、子供を抱いていた。母子の物乞い。父親はタリバンに殺されたか、あるいは兵隊にするために連れていかれたのだろう。陽光をかき乱すふたつの日時計のそばを通っているような心地。終わりのない沈黙。

ネルソンは先頭に出て、二軒の小屋のあいだの横道を進んだ。大通りをはずれて、裏道を速く走り、ドスタム隊の足跡を見つけたかった。一行は村を抜けた。前方はふたたびひらけた地形になった。谷間の崖に沿って、黒い氷堆石（ひょうたいせき）が積み重なっている。

ネルソンは馬をとめた。騎馬隊が停止した。「将軍はどこだ？」ネルソンはきいた。

警護の兵士たちが、ひらけた地形と対岸にあたる左手の山地を指差した。あと四時間だ、といった。ネルソンは空を見た。正午近い。あと六時間は明るいだろう。

ドスタムのやったことに感心するほかはないと、ネルソンは気づいた。ドスタムが先頭に立ち、つづいてネルソンのチームが村を通って、タリバンに対抗する兵力を見せつけた。さあアメリカ人が来たぞ、というメッセージをひろめるためだろう。おまえらのことなどアメリカ人は怖れていないし、われわれの味方についたのだ。ネルソンたちが殺されなかったのは、ドスタムにとってはおまけのようなものだったにちがいない。

一行は見通しのよい地形に出た。かさばるディパックを背負っているうえに、予備の弾倉やら手榴弾やらを詰め込んだ重いベストが腹を圧迫して、ディラーはほとんど身動きもできなかった。鞍ずれができかけているのは想像がつく。いつもの流儀で、ディラーは嫌なことは忘れようと決めた。

水が冷たいダラエソフ川を渉った。馬が川に跳び込んで、胸まで濡れて水からあがったときには、兵士たちのズボンは膝まで黒くなっていた。ネルソンたちは大きく揺さぶられてうめいた。ディラーは、尻から血が出ているのを感じた。陶器みたいに硬い洲を越えて、おなじ川の向こうの流れを渉り、ひづめを鳴らして岸に上がると、山を登りはじめた。山の肩というべきかもしれない――川の狭い岸から一八〇〇メートル近い高さまでそそり立っていた。

岩場に刻まれた踏み分け道に分け入り、登っていった。馬は首を垂れたままだった。一五分ほど横方向に進むと、踏み分け道は終わっていた。馬はその突き当たりをまたぐようにして切り返し、こんどは逆方向へと乗り手を運んでいった。ずんずん高く登っていった。ビル・ベネットの右手には山の岩壁が立ちはだかっていて、落石がそのまま凍りついていた。左手は高さ三〇〇メートルの絶壁だった。左手をのばすとその下は谷底までなにもなく、眼下の川はグリーンの蠟引きの紐みたいにくねっていた。踏み分け道は六〇センチの幅しかない。よく馬が脚を踏みはずさないものだ。一歩ごとに馬は歯噛みし、脚の管骨が打ち込まれている杭みたいに地面を打つ。ズン、ズン、ズン。

斜面の最後の部分を登ったところで、馬は平らな地面をしっかりと踏みしめた。

ネルソンは鞍の上から周囲を見霽(みはる)かし、見渡す限り四方へひろがっている景色を眺めた。赤味がかった山がどこまでもつづいている。何キロメートルも離れたところで湧き起こった風に捲きあげられた黄土色の土煙が、大気にひろがっている。いま体を覆っている土埃ははるか彼方から飛んできたものだろうと思いながら、ネルソンは部下たちのとろんとした顔を眺めた。いずれも体がこわばり、喉が渇き、身動きもままならず、彫像のように鞍にまたがっている。

依然としてドスタムの姿は見えない。

ジョン・ウォーカー・リンドは、カーブルからヘリコプターでクンドゥズへ行った。古代の貿易拠点。薄汚い街。腫れ物のできた唇の薄い少年が、香がくすぶっている銀の盆を掲げ、街を練り歩く。人間の魂を盗む悪霊（ジン）を追い払うために香を焚くのだ。公園には気が触れたものがいる。わけのわからないことをまくしたてている。頭がおかしくなっても収容する病院がないので、糞尿にまみれた寛衣を着てどこでもうろついている。シャーマンの能力があり、真実を語ると思われている男たちもいる。予言者というわけだ。昼日中、公園に立って叫んでいる。そのまわりで仕事に精出しているものもいる。

クンドゥズから、リンドはバスに乗った。平地を北へのびている未舗装路は、意識が混濁した作業員たちが建設したみたいにやたらと曲がっている。かつて道路は直線だった。しかし、戦争があって、地雷が敷設された。広い街道を走る乗用車やトラックや戦車が、地雷のあるところや、残っている怖れがあるところを避けて通るうちに、抵抗のすくないところを流れる川のように曲がりくねってしまった。その道路を通って、リンドはチーチケフの村に到着した。

タリバンの攻囲戦によって破壊された村の残骸は、アムダリヤ川のほとりにあった。ひらひらするシャルワール・カミース姿にコットンのスカルキャップという姿でバスをおりたリンドは、生白い顔に黒い皮をくっつけたみたいな顎鬚を生やしていた。これからどうすればいいんですか？　あの山に登って座れ。ほら、ライフルだ。手榴弾も一発。リンドはとぼとぼと山を登った。

前方の対岸には三〇〇〇メートル以上あるタジキスタンの山々のごつごつした急斜面。谷間には雪。明るい太陽。塹壕に座っているリンドの柔らかな足の裏が触れる地面は、ざらざらしていた。

遊牧民の群れの侵略に備えろ。不信心者。ドスタム軍。そいつらが北からやってくるはずだ。アフガニスタンの敵。イスラムの敵。酒を飲み、姦淫を犯すやから。アッラーのほかに神はいない。

二〇〇一年九月六日だった。

神の声がそう告げた。

ネルソンが馬に乗ったまま見ると、山の下の斜面に塹壕が三本あるのがわかった。北に面している塹壕の前方に土を盛った胸墻（きょうしょう）がある。塹壕の長さは一〇メートル、深さは一五〇センチ。踏垜（とうだ）（段になっている塹壕内の足場の最上部）に立つと、ちょうど腰から上が塹壕から出て、胸墻のほうへ身を乗り出し、固めた土にライフルを載せて射撃ができる。格好の射撃位置になると、ネルソンは察した。

山の頂上に洞窟が三カ所あるのを見てとった。ドスタムが、そのうちのもっとも大きい洞窟から現われた。ネルソンに近づき、両手を大きくひろげていった。「山の司令部にようこそ！」

　山頂の向こうでチームのあとのものたちが下馬していた。鞍から滑りおりて、自分たちの通ってきた道に立ち、凍りついたように動かない。歩けないのだ。なかにはしゃがんで息を整えているものもいる。ネルソンだけはべつだった。馬での行軍で元気づいていた。ディラーはズボンの尻から血がにじんでいるのを感じていた。鞍ずれで皮がべろんと剝けていた。いまはどっちがおかしな格好に見えるかな、とネルソンが上機嫌に皮肉ったが、無視された。チームの面々は腰のうしろに手を当てて、まっすぐに立とうとした。ドスタム軍の兵士たちに優秀な騎馬隊員ではないと思われないように、うめき声を押し殺しながらそうした。もちろん、そんな目論見はみじめについえた。ディラーは自分の馬を見て、即座に〝頓馬（ダム・アス）〟と名付けた。ドスタム軍の兵士数人がこちらを見て冷笑しているのがわかった。

「よう、頓馬」ディラーはいった。「ラバから背嚢を取ってくる。戻ってきたときには死んでてくれるとありがたいんだがね」

　ディラーはおかしな歩きかたで、ドスタム軍の兵士たちが疲れ切ったラバから荷物をおろすのを手伝いにいった。一頭が一三〇キロ以上を運んできた。ふつうならせいぜいその三分の一だろう。アフガニスタンでラバになるのはごめんだな、とディラーは思った。アフガニスタン人になるのだって願い下げだ。

　ドスタム軍の兵士の指示に従って、ディラーやチームの面々は背嚢を持って、ドスタムの洞窟のとなりの洞窟へ行った。そこも山の斜面に入口があり、その上に数百メートルの高さの岩壁がそそり立っていた。そんな高みの下に司令部をもうけるのはあまり賢明ではないとディラーは思ったが、上の崖っぷちから覗いている武装した兵士の顔が目に留まった。洞窟のなかに背嚢を運び込んで、地面におろした。予想していたよりもずっと快適そうな場所だった。クリーニング屋に積みあげてある毛皮みたいな不思議なにおいがしている。暖かく、湿り気がある。洞窟の中央に立つと、頭の上に一二〇センチほど余裕があった。差し渡しは七、八メートル。壁をじっくりと見た。奇妙な物質に覆われている。手をのばしてなでると、粗い毛のような手触りだった。

毛皮ではなく、馬糞かラバの糞だろうと思った。断熱効果があるのだ。その糞の毛布は乾燥していて、触れると薄片がほんのすこし剝がれた。どうやって塗りつけて剝離しないようにしたのかは、まるで見当がつかない。だが、すばらしい設営作業だと思った。装備をおろしながら歩きまわるとき、壁をこすらないように気をつけた。

表では、谷を見おろす場所に赤い毛布を敷いて、ドスタムとネルソンが胡坐を組んでいた。そばに高い木の柱があり、てっぺんに無線アンテナが結び付けてある。無線機と分解してラバに積むことのできる携帯用太陽電池が、ドスタムの横に置いてあった。流行の最先端をいっているじゃないか、とネルソンは思った。ドスタムは太陽光発電を利用して、この地域の反タリバン活動を率いている。世界初の快挙だ。

標高は二五〇〇メートル弱、谷の向こうの山地までは約一五キロメートル、そうネルソンは目測した。アフガニスタンの山の例に漏れず、そこも禿山だった。南の下流——デヒー——でドスタムと戦っているあいだに、タリバンはこの高地を奪うことができなかった。さぞかし過酷な戦闘だったにちがいない。この地域は旱魃が三年つづいており、兵士の飲料水はトラックで輸送してきて、ラバの背に積んで戦場へ運ぶしかない。ドスタム軍はダラエソフ川を堰き止め、馬の飲み水の池をこしらえていた。

夜になるとドスタムは兵士たちをランタンのまわりに集めて地図をひろげ、翌日の攻撃を立案する。二、三人ずつにわけて広い範囲に散開させ、待ち伏せ攻撃のために待機させるという戦術だった。そんな小人数なので、たとえ発見されても、よもや近くに五〇〇人以上が野営しているとは思われない。

日中の戦闘が終わると、ドスタムとその兵士たちは岩場の踏み分け道を馬でひきかえして、川沿いを進み、拠点となっている開豁地に逃れる。道路がほとんどないので、そこなら安全だった。戦車もBMP歩兵戦闘車もそこまでは来られない。歩くか馬に乗るしかないが、タリバン軍に騎馬隊がないことはわかっている。いっぽう、タリバン軍が谷間で歩兵による攻撃を行なえば自滅を招く。ドスタム軍は岩山に射撃陣地を設置し、銃を構えて黒い寛衣を揺らしながら川を進む敵軍を狙い撃ちすればいい。ひとり残らず殺すことができるはずだ。いま、ドスタムはこの高地を利用して、タリバン軍を爆撃するつもりでいる。

ファイサル師と称する顎鬚を生やした長身のタリバン指揮官を、ドスタムはもっとも憎悪していた。ファイサルは、ドスタムのかつての司令部であるマザリシャリフの要塞を占領している。タリバン軍第一八軍団約一万人を指揮し、鋭い眼光と底の知れない笑みの持ち主として怖れられている。

その指揮権上の次級者はラッザーク師で、タリバン軍第五軍団三〇〇〇人ないし五〇〇〇人が、ダラエソフ川流域とそのすぐ西のバルフ谷を支配している。バルフ谷では、タリバン軍はヌール軍とも戦っている。バルフ谷のラッザーク軍は、隻脚の恐るべきダドゥッラー師（ソ連軍との戦いで片脚を失い、木の義肢をつけている）の支援を得た。この上級部隊指揮官三人を、アフガニスタン中の数十の下級部隊指揮官が支えている。

ドスタムが谷間の向こうを指差した。「やつらがあそこにいる。タリバン軍が。ラッザークの部隊だ」

ネルソンは双眼鏡を持ち、人差し指で焦点リングをまわしながら、手を安定させてはっきり見ようとした。ゴムの防水加工がなされた重くて高倍率の双眼鏡だったが、遠くの敵兵は目視できなかった。それを認めたくなかった。鹿狩りや釣りと似ている。野営地での立場は、獲物を見つける技倆に左右されるところがある。ふつうはそこにいないはずのものを探さないといけない。

ネルソンは双眼鏡をおろした。「すみませんが、将軍。将軍に見えているものが見えません」

ドスタムが、遠い尾根の突き出た岩山を指差した。ずいぶん遠いじゃないか、とネルソンは思った。あそこを空爆するのにここから誘導できると思っているのか？

「なるほど。わかりました」ネルソンはその黒い部分に焦点を絞った。「あれがタリバンの陣地だ」ドスタムがいった。「掩蔽壕がある。それがわかっているのは、やつらとずっと戦ってきたからだ。あれを爆撃できるか？」

「前にも申しあげたように、爆撃できますが、もっと近づかないといけない。ここからでは精確に目標を指定できません」

「だめだ」ドスタムがいった。「これ以上は近づけない。あんたたちが殺されては困る。あんたたちがかすり傷を負うくらいなら、わたしの部下が五〇〇人殺されたほうがましだ」

「それはよくわかりますが、こんな距離から空爆を呼ぶのは無理です。掩蔽壕の位置を標定し、パイロットに座標を教える必要があります」

ドスタムの副官のチャーリが通訳をつとめていた。ちゃんと伝えているのだろうかと、ネルソンはいぶかった。

自分の作業の手順についてドスタムと論争したくはなかった。デヒーに置き去りにされた理由をききたかったが、なぜか思いとどまった。ふと感じた。山の司令部へ到達したことで自分たちは試験に合格したのだから、試される理由をきくのは無意味だ。問えば、未知の物事をやるのが不安だというのを認めることになる。

空爆についての議論も試験なのだろうと気づいた。ドスタム軍の兵士はドスタムの一挙一動をうやうやしく受けとめているし、ドスタムがこの地域の大立者であることははっきりしている。どういう仕組みになるのか、ネルソンには察しがついた。ドスタムはこの先も采配をふるつもりでいる。じっさいそうなのだとドスタムが思い込むよう仕向ける必要がある。

「わかりました」ネルソンはいった。「爆撃できます。手配しましょう」

ドスタムがにっこり笑った。おおいに満足したようだった。

それどころか、ドスタムはほっとしていた。アメリカ人の能力に疑いを持っていたのだ。米軍の空爆は一度も見たことがなかった。どこへでも命じられたところへ飛んでいくと聞いている。自分たちだけで。鉄の鳥のように。ソ連軍との戦いや、そのあとの内戦のころには、そういったテクノロジーは存在していなかった。あればむろん利用していたはずだ。昨夜、アメリカ人は真っ暗ななかで狭い未舗装の降着場にみごとに着陸してドスタムの度肝を抜いた。ふたたびそういう驚異を見せてほしいと、ドスタムは思った。夜間に明かりなしでヘリコプターが飛べるとは信じられなかった。ありえないことだった。

ネルソンはきいた。「あれはまちがいなくタリバン軍の陣地なんですね？」

ターゲットが敵陣地だと明確に確認できない場合、なんとしても誤爆を避けるのはネルソンの責任だった。それがネルソンの従う交戦規則だった。

それを守らないと、さまざまな軍閥が敵対する派閥を葬るのに米軍とその〝奇跡の爆弾〟を利用しかねない。これだけ距離があると、ターゲットがなんなのかはっきりとはわからなかったが、ネルソンは確認しようと決意していた。その掩蔽壕はかなり北のタリバン支配地域にあるので、ドスタムの宿敵のモハケクやヌールの陣地ではないはずだ。

だが、ネルソンはさらに情報を求めた。「ぜったいにタリバンなんですね？」

むっとしたドスタムが、モトローラ製のウォーキイトーキイを手にした。

「応答しろ、応答しろ、応答しろ」ダリー語で早口にいった。「こちらはドスタム将軍だ」

小さなスピーカーが息を吹き返した。ドスタムは無線でタリバンに呼びかけていた。

叫び声や話し声がネルソンの耳に届いた。とうてい友好的とはいえない声ばかりだった。

「わたしはここにアメリカ人といっしょにいる」ドスタムがいった。「アメリカ人はおまえたちを殺すためにやってきた。おまえたちの言い分は？」

無線機から聞こえる声が、気のせいかさらにやかましくなった。ドスタムがにやりと笑った。「ほら」ネルソンにいった。「やつら、わたしの話を聞いているよ」

「いってみろ」ドスタムが、ふたたび無線機に向かっていった。「おまえたちの位置は？」

ネルソンには信じられなかった。ドスタムは、敵が当然答えるものと確信して、そんな質問をしている。

タリバンの話し声が、一段とやかましくなった。

ドスタムがネルソンのほうを向き、まちがいない、自分たちが見ている掩蔽壕は事実タリバン軍の陣地だと説明した。疑いの余地はまったくない、と。

そのときネルソンは気づいた。タリバンはどういう攻撃を受けるか、まったくわかっていないのだ。胸がむかむかするとともに、高揚感と恐怖がこみあげた。戦闘では自信過剰になると、ついやりすぎることがある。

タリバンは、自分たちは無敵だと信じている。それ自体が、信じがたい発見だった。その時点で、ネルソンはそれを悟った世界でただひとりの人間であるかもしれなかった。タリバンもドスタムとおなじで、それほど高価ではないGPSを内蔵した一基二万ドルの爆弾になにができるかを見たことがない。それがどういう場所を飛べるかを知らないのだ。

どちらもその手の戦争をやったことがないからだ。

ドスタムが、「ありがとうよ。用はそれだけだ」といって無線を切った。

タリバンとはしじゅう交信していると、ドスタムがネルソンに説明した。兄弟や従兄弟が向こうにいる兵士も何人かいる。自主的にタリバンに加わったものもいれば、徴募されたものもいる。そういう兵士がドスタムのところへ来て頼む。「将軍、きょうは、このあたりだけあまり激しく攻撃しないということはできますか？」ドスタムが「なぜだ？」ときく。兵士が答える。「弟がいるんですよ。いいやつなんです。死なせたくないので」手加減をする余裕があり、その陣地がたいして重要ではない場合、ドスタムはそこの攻撃を手加減する。それがこの戦争のやりかただと、ドスタムは説明した。なんでもありだ。交渉しだいで、死を未然に防げる。

9・11同時多発テロのあともタリバン軍はモトローラに送信してきたという。「アメリカ人が来るぞ」と、ドスタムに告げた。「おまえはだれのために戦うんだ？」

そのとき、ドスタムは笑い飛ばした。タリバンは愚かで女々しいというのがドスタムの見かただった。おまけに面白みがない。酒を飲まない。女を憎む。社会の害悪でしかない。

数週間前、将来について話し合うためにタリバン軍の幹部数人と会ったときのことを、ドスタムは語った。殺されるのを怖れなかったのですか？　怖れるはずがない。わたしは殺すよりも生かしておいたほうが価値がある人間だ。どこをどうつつけば交渉できるかを、タリバン側も知っている。取引相手になる。

わたしを殺した場合、だれが後釜に座るかわからない。たぶんヌールのような人間だろう。重大な局面では冷酷非情になるし、杓子定規で融通がきかない。

「おまえはイスラム教徒だろうが」タリバン幹部はドスタムをなじった。「不信心者に協力してはいかん」ウサマ・ビンラディン本人がアメリカに対する聖戦を宣言した、と告げた。

ドスタムは居住まいを正し、タリバン幹部の目をまっすぐに見た。そしてこういった。「おまえらの聖戦は無意味だ。わたしにおまえらの聖戦の話をするんじゃない」吐き捨てるように言葉を発した。

ドスタムは怒りをつのらせた。「おまえらはイスラム教徒にも毛嫌いされている。おまえらの犯している人道に反する罪は許しがたい」

タリバン兵に向かって、何人の女を石打ちの刑で殺したのかときいた。「何百人か？　何千人か？」とどなった。

タリバン幹部に恥辱を味わわせたかった。だが、相手には恥を知る心などなかった。

「わたしがこれからなにをやるかを話して聞かせよう」ドスタムはタリバンの面々に向かっていった。「〝ふるさとに帰す〟というやつだよ。荷物をまとめ、トラックをまとめさせて、おまえらを北部から追い出す。マザリシャリフから出ていってもらう。おまえらはふるさとに帰れ。二度とわたしの前に顔を出すな。わたしをわずらわせるな。

おまえたちのために、わたしがそれをやる」

なおもいった。「だが、踏みとどまって戦うようなら、おまえたちを殺す。狩り出して殺す」

タリバン幹部は、ドスタムの強がりに面食らった。どう受け止めればいいのかわからなかった。相手はタリバンのことなどまったく怖れていないように見える。

風が山のあちこちで塵旋風を起こし、それが渦巻いて谷間におりてゆき、宙で派手にはじけて消える。ネルソンは、自分がこれから恐ろしいことをやろうとしているのを意識していた。両手を腰に当てて塹壕の縁に立ち、谷間とその向こうのタリバン軍陣地を見やった。塹壕内の踏垜に跳びおりると、その細い溝はちょうど腰の高さになった。タリバン軍陣地は川の対岸にある。川は南北に流れているが、この部分では左手――つまり西に曲がっているので、タリバン軍陣地は川の北岸にあたる。前方約五キロメートルにベシュカムの村が見える。日干し煉瓦の家が数十軒あるが、人の姿はない。その向こうにも村があり、双眼鏡を覗くと、地平線の小さな茶色いぼやけた揺らめきのように見える。

タリバン軍の戦車が近づく音を聞いて、それらの村の住民は山に避難し、身を隠しているのだ。はるか北にチャプチャルがある。ネルソンのチームがタリバンを北に押し戻し、チャプチャルに到達できれば、タリバン軍をバルフ州に追い込むことができる。そうなると、タリバン軍は川下のシュールガレに撤退するしかない。そういうやりかたで、タリバン軍をさらに六五キロメートル下流のマザリシャリフまで敗走させることができるはずだった。

まずはベシュカムからはじめる。

ドスタム軍の兵士が進み出て、塹壕の胸墻に毛布をひろげたので、ネルソンはふりむいて「タシャクル」(ありがとう)といった。毛布に肘を突いて身を乗り出し、双眼鏡でなおも地形を観察した。

ひとつ息を吐き、像が落ち着いて焦点を結ぶのを待った。透明な水を覗いているような深みのある映像に、タリバンのピックアップ・トラック八台がぬっと現われた。ほんの四〇〇メートル先の光景を見るようだった。でこぼこの黒いドアまで見分けられる。埃をかぶった鏡よろしく、フロントウィンドウが鈍く光る。トヨタ・ハイラックス。狭い荷台に一台あたり十数名のタリバン兵が向き合って座り、寛衣に覆われた膝をまんなかで突き合わせている。ライフルを肩にかついでいる。ネルソンがはじめてはっきりと見たタリバン兵だった。焦点リングをまさぐって、画像をくっきりさせようとした。ターバンが鴉(からす)の羽みたいに真っ黒い。

「もっと近づかないといけない」ドスタムが折れるのを期待して、ネルソンはいった。

ドスタムがにべもなくいった。「ここから爆撃する」

ネルソンは肩をすくめた。しかたがない。そうするしかない。

シャツの前身頃に手を入れて、首から紐で吊るしているGPSを出し、グレーの液晶画面に表示されている数字を読んだ。それが現在位置の緯度と経度を表わしている。陽射しのなかで読むのに、小さな画面に手をかざさなければならなかった。まちがえないように、数字を二度たしかめた。

シャツの袖の大きなポケットにはいっていた表紙の硬いグリーンの手帳に、その数字を書き留め、これから書く数字と区別するために丸で囲んだ。まちがってそれをパイロットに教えるようなことがあってはならない。そんなことをしたら、敵陣地と思われて誤爆されてしまう。

ネルソンはドスタムに、大きな地図をひろげてほしいと頼んだ。勇み立っているドスタムがすぐに応じた。

「われわれはここだ」ネルソンは無数の等高線のうちの一本を指差して、自分たちのいる尾根の頂上の位置を示した。背嚢に手を入れて、船員が使う望遠鏡に似た測遠器を目に当て、ピックアップとの距離を測った。目盛りの数字を読み、書き留める。距離は約八キロメートル。それから地図を見おろし、座標軸を数えて、自分のいる尾根の頂上から指で八枡（ひと枡が一キロメートルに等しい）を計り、遠い山にあるタリバンの陣地のおおよその位置をつかんだ。

測遠器を脇の地面に置き、谷の向こうの陣地を裸眼で見た。黄色い太陽。遠くの山々は、小さな口でしつこく食いちぎられたみたいにギザギザだった。タリバン軍は山の斜面を掘って掩蔽壕を建設し、その一〇〇メートルほど下に何台ものトラックをとめていた。狭い山道が掩蔽壕の出入口に通じている。出入口は、太い丸太の枠と天井を支える頑丈な横木から成っていた。ネルソンはその光景をとっくりと眺めた。裸眼で見た映像を頭に叩き込みたかった。それができたと思うと、地図を見て、紙面にひろがる等高線にその映像を重ね合わせようとした。その作業を何度かくりかえして、裸眼で見たものと地図を見比べ、谷間の向こうの岩山や斜面の特徴と一致する部分を地図上で捉えたと判断した。これでタリバンの陣地の射撃諸点が得られた。

その位置の座標を手帳に書き留め、その横に〝敵CP（指揮所）〟と走り書きした。上空を飛ぶB‐52爆撃機に、無線でその数字を伝えることになるはずだった。

目を細くして上を見た。果たせるかな、B‐52がかなりの高高度を飛んでいるのがどうにか見える。子供用のお絵描きボード〈エッチ・ア・スケッチ〉の銀色の描点のようだ。その点が長径三〇キロメートル、短径一五キロメートルの楕円軌道を描いている。パイロットたちはその楕円軌道を〝競馬場（レーストラック）〟と呼んでいる。B‐52は上空で待機している。ネルソンは無線機を手にして、数字を伝えればいいだけだった。

ぜったいにしくじりは許されない、と思った。

衛星電話機は重く、ステレオのチューナーつきアンプみたいに角張っている。電源は二リットル入りアイスクリームの容器ほどもあるグリーンのバッテリーだった。無線機から出ているケーブルが地面を這い、黒い華奢な装置につながっている。ネルソンがタリバン陣地の座標を割り出しているあいだに、通信担当のヴァーン・マイケルズがその衛星通信用アンテナを設置していた。アンテナは焼け焦げた小さなクリスマスツリーみたいに見える。マイケルズはそれを地面に立てて、天球がアメリカの衛星の周回軌道を向くように調節した。

ネルソンはマイクのスイッチを入れて、〝タイガー02〟という自分のコールサインで呼びかけた。パイロットが〝ビュイック82〟だと受領通知を行ない、投下支障なしと報告した。

ネルソンが座標を読みあげ、パイロットが復唱した。コクピットでパイロットが手袋をはめた手をのばし、その数字を入力した。

そして、〝送信〟ボタンを押した。

機内の必要最小限の電気回路を通じて、その情報が爆弾倉に伝わり、爆弾に入力されて、筐体(きょうたい)尾部に内蔵されているペイパーバックほどの大きさのGPSに収まった。

爆弾が目を醒ました。安全装置が解除される。

パイロットが告げた。「ピックル、ピックル、ピックル――」爆弾投下を告げる昔ながらの号令だ――それから制御盤のべつのボタンを押した。爆撃機の腹から爆弾が投下され、地面に向けて飛翔していった。

「三〇秒」パイロットがカウントした。

「了解(ラジャー)、三〇秒」ネルソンは応答した。

爆弾が落ちてゆくあいだに、内蔵のGPSが位置を確認して、ターゲットとの誤差を計算する。ジェット後流のなかで揺さぶられている爆弾の尾部フィンに信号が送られ、フィンが風を受けながら爆弾の針路を按配する。

「二〇秒」パイロットがカウントした。

その爆弾は全長三・五メートルほどで、高性能爆薬五四〇キログラムが収められている。グリーンの弾頭は先が細く尖っていて、投下地点からターゲットまで一〇キロメートルの飛行が可能だった。JDAM（ジェイダム）（統合直接攻撃弾薬）というのが軍の分類による名称だが、非公式には第二次世界大戦中にヨーロッパや日本の上空から投下された〝馬鹿な爆弾〟とはちがう〝頭のいい爆弾（スマート・ボム）〟として知られている。

「一〇秒」パイロットがカウントした。

数週間前、フォート・キャンベルの〈ウェンディーズ〉のドライブスルーで注文したものを待っていたときのことを、ネルソンは思い出した。ああ、どうか当たりますように。

遠くの山々ではなにも動く気配がなかった。ドスタム軍の塹壕にいる兵士たちは微動だにしない。沈黙している。ひたすらタリバン軍陣地を見守っている。

そのとき見えた。キノコ状の雲。

爆発が見えてから、音が伝わってきた。ズズーンという轟音が響いた。

それが山を登ってきて、貨物列車みたいに尾根のネルソンたちの上を通過し、そのまま進みつづけて背後で消えていった。

恐ろしいほどの破壊力だった。肝が縮む。ネルソンは前にも空爆の誘導をしたことがあるが、人間相手ではなかった。いずれも演習だった。

どれほどの損害が出たのか早くたしかめようと、双眼鏡でタリバン軍陣地を眺めた。

煙が晴れると、ようすがおかしいとわかった。もう一度よく見た。爆弾は掩蔽壕をそれていた。かなり離れている。一キロメートル半か、それ以上の誤差があった。ドスタム軍の司令部とタリバン軍陣地のあいだに落ちていた。

ドスタムは爆弾がはずれたのに気づいただろうかと、ネルソンは思った。状況を説明しようとしたとき、ドスタムがもっとも信頼しているファキールという副官が、ハイファイブをやりながら兵士たちの列を走っているのが見えた。兵士たちは大声で笑っている。ドスタムもにんまりしていた。

ネルソンはそのとたんに、落胆を押し隠すことにした。

考えているとき、二発目が落ちた。

この爆発のほうが激しかったが、やはり近弾だったとわかった。

タリバン軍の兵士たちは、掩蔽壕からぞろぞろと出てきて、あたりを見まわしていた。空を見たり、砂漠を眺めたりしている——あの馬鹿でかい音はどこから聞こえてくるのだろうと思っているのだ。やがてまたなかに戻った。ドスタム軍の兵士たちは、それを見てまた大笑いした。

座標はまちがいないと、ネルソンは確信していた。B‐52の乗員が入力をまちがえたのではないか……無線機で呼びかけ、パイロットに対地高度の修正を求めた。

パイロットがまた爆弾を投下した。三発目はいくぶん近かった。掩蔽壕の一八〇メートル手前と思われた――フットボール場二面分ずれている。あれよりもっと精確に攻撃する必要がある。

爆発が近く、大気に煙のにおいが充満していたので、タリバン兵は掩蔽壕から雪崩を打って出てきた――一〇〇人もしくはそれ以上いるようだった。歩兵による攻撃でも受けたように、銃を構え、腰をかがめて走っている。

煙をあげている漏斗孔（クレーター）を見たとたんに、タリバン兵は立ちどまった。上空のB-52が見えたとしても、それと足もとの深さ三メートルのクレーターが突然現われたことを結び付けていないようだった。ネルソンは、タイムトラベラーになって過去に行ったような心地がした。最新鋭の電子機器を積んだ馬に乗り、四五〇〇キロメートル離れたインド洋のディエゴ・ガルシアから飛来した爆撃機に爆弾を落とすよう指示している。チームの何人かがのちにいったように、アニメの原始家族フリントストーン家と宇宙家族ジェットソン家が出会ったようなものだ。

タリバン兵の群れは、クレーターの縁に不思議そうな顔で立っていた。そのうちに何人かがクレーターのなかを歩きまわって、どこから出現したのかを見極めようとしながら、しきりと首をふった。ネルソンはしだいに腹立たしくなった。火星にいて戦場に電話をかけているようなものだ。やつらはおれがここにいることすら知らない。

弾着点を標定して照準を微調整しようと思った。だが、パイロットに連絡する前に、さらに二発の爆弾が炸裂した。こんどはターゲットを大きくそれて、掩蔽壕から三キロメートル以上離れたところに落ちた。ネルソンは無線機で、投下を中止しろとパイロットにどなった。ドスタムのほうを向き、あやまろうとした。おれはこんなものじゃない。もっとましな仕事ができる、といいたかった。だが、そんなことをいえばドスタムとの関係が明確に定まってしまい、今後はいちいちドスタムの承諾が必要になるだろう。暗黙のうちにドスタムが優位に立つことになる。

ファキールが、ネルソンの顔に浮かぶ失望を目に留めた。「心配するな」といった。

「どういうことだ？」

「あんたは空からの爆発を起こすことができた。タリバンは怖がってる！」

ドスタムが、さもうれしそうに無線機で敵としゃべっていた。「ここにアメリカ人がいるって注意しただろうが！　これでわたしが好きになったか？」

ネルソンは、突破口を見つけた。「その、もっとすごいことができますよ」

どうやって？　とドスタムがきいた。

「もっとやつらの近くに行かせてください」

ドスタムは、選択肢を考えていた。爆弾投下のことを自分はなにも知らない。この若者は真剣そうだ。積極果敢でもある。こちらとおなじように、疲れを知らない。

タリバンの近くへ連れていってやろう、とドスタムはいい放った。

その晩、寝る前に（二時間当直して二時間休憩するという割りふりで見張りを立てていた）ネルソンは背後の斜面を見おろした。ドスタム軍の兵士たちが馬のそばに立ち、鞍をはずしていた。バッグに手を突っ込んで、長さ六〇センチはあろうかという鉄の釘を出した。暗がりでそういうものを持っていると、ミニチュアの人間が巨人の道具を扱っているみたいに見える。大釘をいったん地面に置いた兵士たちは、腰をかがめて両手でそれをつかみ、地面に先端を突き刺した。そして、長い服の裾を膝までからげて、足を上げ、大釘の頭を踏みつけた。最後に手で動かしてみて、しっかりと刺さっているかどうかを確認した。

兵士たちは長い革紐をのばして、いっぽうを馬の頭絡に結び、もういっぽうをキノコ形をした釘の頭に巻きつけた。馬がそのあらたな中心の周囲を歩きはじめると、兵士たちは貧弱な装備をごそごそといじった。ネルソンにはそれが色とりどりのボロに見えた。食糧——パン、木の実、乾し肉——に加えて、着替えや予備の靴があるようだ。馬のところへ戻った兵士たちが、国連の小麦粉袋を縫ってこしらえた餌袋をふくらませて、カラスムギやトウモロコシをいくらか入れると、馬の鼻面にはめて、紐を耳にかけた。兵士たちが離れると、馬はがつがつと餌を食べ、湯気をあげている麻布のなかで低いベチャベチャという音をたてた。

ドスタム軍の兵士たちは、焚き火のほうへ歩いていって、うずくまり、なにやら食べながら火をじっと見ていた。大気は冷え冷えとしていた。星の群れが、動物園から解き放たれたみたいに地平線からひろがって、頭上の夜空に押し寄せている。食べ終えた兵士たちは立ちあがってパン屑を払い落とし、低い声でしゃべりながら馬のところにひきかえした。馬の背に毛布をかけて、頭をなで、おやすみをいった。斜面を登り、自分たちの洞窟へはいっていった。あとは、夜具もかけず窮屈に折り重なって横たわっている兵士たちの低い話し声が聞こえるだけだった。彼らは自分の毛布を馬にかけてやったのだと、ネルソンは気づいた。自分がそういう無私の心で戦えば、だれも負けはしないと思った。自分も生き延びられる。

午前半ばに司令部を出発した一隊は、熱い太陽を背に受け、馬の背に揺られて山を下っていった。やがて岩が多い難路に差しかかった。山の斜面を一〇〇〇メートルほど登ったり下ったりした。踏み分け道の跡すらほとんどない場所を進んだ。戦車もトラックも来たことのない場所だった。

ドスタムが馬を進めながら衛星電話機でアメリカの議員や、パキスタンやロシアの政治家と話をしているのを、ネルソンは耳にした。ひとりはハビーブ・ブッラーフ将軍という誠意にあふれた人物で、ちょうどタリバン軍と戦っているところだった。じつはブッラーフは四〇〇人規模の部隊を指揮し、ドスタムとネルソンがこれから奪取しようとしているチャプチャルの塹壕に立てこもっていた。

アフガニスタン軍（反ソ連勢力）の元将軍のブッラーフは、一九九六年にタリバンが政権を奪ったあとで投獄された。ブッラーフをタリバン軍に参加させると約束して、家族が釈放を求めた。ブッラーフは渋々同意した。ほかに手はなかった。自由の身になるために、ブッラーフは軍人の技倆を提供した。

ブッラーフはタリバンを激しく憎んでいた。タリバン軍の動きをひそかに報告させるためにドスタムが衛星電話機をあたえた少数の情報提供者のひとりだった。タリバン軍兵士の大多数は、物乞い、狂信者、不適応者、革命家など、社会のさまざまな受け皿からこぼれ落ち、最後にタリバンの塹壕という底辺に居場所を見つけた連中だった。そういった由来が、中東の地理的・政治的情勢を端的に示している。

馬鹿げた理由から崇高な動機に至るまで、きっかけはさまざまである。ひとりは〝ペニスがちっちゃい〟と馬鹿にされるのが恥ずかしくて、生まれ故郷のイラクから逃げてきた。ジハードに参加すれば近所の人間に男らしいと見られると思ったのだ。彼は自分がつらい仕事を課せられていることに、心底落胆していた。二〇〇一年末に捕虜になったとき、「タリバンはどうしようもない。ほんとうにそう思う」と述べている。「やつらは一日に二〇回もお祈りをする。そんなのには耐えられない」

中国から来た一兵士は、政治的弾圧を受けているウイグル族だったが、アフガニスタンへ行くのになんの支障もなかった。移民の規則などないにひとしかった。一〇月にアメリカが空爆を開始したときには愕然とした。中国での弾圧から逃れるためにアフガニスタンに来たのだ――そういう人間がいるのを知ったら、アメリカは空爆を中止するはずだと思った。中国では妊娠した少数民族の女性が腹を切り裂かれ、胎児が通りに投げ捨てられているのに、アメリカはそれを知らないのか？　ウイグル族の兵士は、自分は〝ありきたりの〟イスラム教徒だといった。そういう暴虐から逃れて、ひとりのイスラム教徒として暮らしたかっただけだ、と。

べつの兵士はイギリスからアルファルークの訓練場へやってきた。「自分はイスラム教徒だし、アフガニスタンはイスラム国家だ。そこが自分の居場所だ」イギリスでは警察と揉めたことがあり、アフガニスタンに移住すれば新生活が営めると思った。訓練が終わりに近づいたころに、キャンプを運営する資金の一部をウサマ・ビンラディンが提供していると知ったが、自分にいい聞かせた。「とにかく最後までやろう。修了目前だし」〝あいつは男じゃない。訓練に耐えられなくなったんだ〟といわれるのが怖かった。

ドスタムは馬上で世界中のジャーナリストとも話をしていた。米軍兵士が同行しているのか？　とジャーナリストたちは質問した。「滅相もない。むろんそんなことはない！」ドスタムは嘘をついた。「人道的支援を行なっている連中がいるだけだ。わたしがタリバンに〝鉛〟を渡すのを手伝っている」

鉛？

「そう、鉛だ！　こっちはそれが不足している」〝鉛玉〟というジョークだったのだが、ジャーナリストは面食らったか、それともわけがわからなかったようだった。ドスタムはたいそう面白がっていた。

コバーキーの前哨基地は、山の司令部から直線距離で約三キロメートルの地点にあるが、険峻な地形のために、九十九折（つづらおり）や行き止まりや断崖のギザギザの迷路を八キロメートル以上も踏破する必要があった。ドスタムなら安全に先導してくれると、ネルソンは信じていた。ルールその一〝だれも信用するな〟を破っていることは、承知していた。ネルソン、ディラー、ジョーンズ、ベネット、コファーズ、マイケルズは、いずれも銃の近くに手を置いていた。

馬で進むあいだ、乗馬の技倆のないアメリカ人たちは四苦八苦していた。滑稽そのものに見えたこともあった。その後の作戦中に、フレッド・フォールズの乗っていた癇癪もちの牡馬が、折り返しを無視して急に道を飛び出したことがあった。馬は山の斜面をそのまま駆けおりていった。フォールズはあとになって、鞍でそっくり返ってバランスをとったのは、映画《スノーリバー　輝く大地の果てに》で俳優がそうやっていたからだと追想している。おかげでそんな荒業も生き延びられた。

フォールズの頭は馬の尻の上ではずみ、ハイキングブーツは耳のあたりに持ちあがっていた。フォールズは声を限りに叫んだ。「死にたくない！」

駆けおりるうちに、馬は幅二メートル半ほどのクレバスを目にした。フォールズもそれを見て、手綱をぐいと引いた。馬が跳躍して、宙に浮かび、斜面の下まで飛んで完璧な着地をして、そのまま谷底へと襲歩（ギャロップ）で駆けていった。フォールズが手綱を絞ると、馬は円を描いた。フォールズはメリーゴーラウンドに乗っているような気分を味わい、やがて馬が速度を落として停止し、まばらな草を食べはじめた。

生きていることに驚きながら、フォールズは座り直した。とんでもない近道をしていたので、ドスタム将軍やネルソンが追いつくまで一〇分かかった。

一隊が追いつくと、ドスタムがそばに来て、フォールズの顔をまじまじと見た。ダリー語でなにやらつぶやくと、とまらずに馬をそのまま進めて通り過ぎていった。

「なんていったんだ？」フォールズは通訳にきいた。

「〝じつに、あんたはこれまで会ったなかで最高の乗り手だ〟と将軍はいった」

「将軍にお礼をいっといてくれ」と、フォールズはいった。

四時間馬を進めて、一隊は吹きさらしの粗末な前哨基地に到達した。標高は一四六三メートル。

山頂に寄り固まるようにして日干し煉瓦の家が四〇軒ほど建っているのが、遠くに見えた。窓の奥は暗く、なにも見えない。無人で、家畜もいなかった。まるで発掘されて土中から現われたばかりの集落のようだった。双眼鏡で見ると、建物の縁はきちんとした直線で、壁はなめらかだった。屋根は平たい。朝風が谷間から轟々と吹きあげて、舞いあがった土煙が空気を琥珀色に染めている。ネルソンは、ベシュカムというその村を空爆する準備に取りかかった。

タリバン軍は、その村の近くの山に塹壕を掘って陣地を築いていた。そこまでの距離は約三キロメートル。茶色っぽく見えるピックアップ・トラックが何台もとまっていた。タリバンがほどこした迷彩だということを、その後ネルソンは知った。ガソリンを車体に注いで、シャベルで土をかけ、べとべとの糊のようなもので覆うというやりかただった。ここでは水のほうが貴重なのだ。

地形を偵察するうちに、ネルソンはタリバン軍の戦車数台を見つけた。ロシア製のT‐62

が、塹壕の向こうの斜面にとまっている。主砲は55口径一一五ミリで、発射速度は一分あたり五発ないし七発、有効射程は一五〇〇メートル。荒れた地面でも四〇トン近くある巨体が時速三五キロメートルで走行し、最高路上速度は時速五〇キロメートルにのぼる。馬に乗って攻撃する兵士たちにとってはすこぶる手ごわい敵だ。

ネルソンは、BMP歩兵戦闘車も数輛見つけていた。BMPは強襲の際に歩兵を敵弾から護るための重武装の装甲装軌車で、この型は一〇〇ミリ主砲と三〇ミリ同軸機関砲一門および七・六二ミリ同軸機銃一挺にくわえて、七・六二ミリ機銃二挺がずんぐりした車首の左右から突き出している。この一〇〇ミリ主砲は、T－62戦車の主砲よりも射程が長く、榴弾を五〇〇〇メートル離れたターゲットに送り込める。

タリバン軍の陣地には、米軍が〝ズース〟（「ゼウス」のこと）と呼ぶZSU－23－4まであった。これは四連装二三ミリ機関砲をそなえた自走高射機関砲で、砲身四本がにょっきりと突っ立ち、通常は対空兵器として用いられる。タリバン軍はこれを斜面にバックでとめて、水平方向の地上をも攻撃できるようにした。四門合わせて一分間四〇〇〇発という恐ろしい発射速度で、熾烈な弾幕をこしらえる。突進する騎馬隊はそれをくぐり抜けなければならない。

ネルソンは、ドスタム軍にすぐさま攻撃をかけてもらいたかった。ドスタムにはべつの存念があった。午後まで待とうというのだ。日没は午後六時だと、ドスタムは告げた。午後二時に急襲をかける。

ネルソンは理由をきいた。

「われわれが襲いかかってから日が暮れるまで四時間しかない」ドスタムが答えた。

ネルソンには理解できなかった。

「連中に隊伍を整えて反撃する時間をあたえないためだ」ドスタム軍が戦っているうちに暗くなる。兵力に劣るドスタム軍は、夜陰を遮掩物に使える。

ネルソンは、第一次航空攻撃を呼んだ。タリバン陣地からわずか三キロメートルの位置なので（前日は八キロメートル以上離れていた）、ターゲットの座標割り出しをもっと精確にやれると思った。

最初の爆弾が破裂したとき、それを確信した。

直撃だった。タリバンのピックアップの群れが、煙に包まれて消滅した。煤けた地面に鋼鉄や人体の一部が積もっていた。ネルソンはつぎの空爆を手配した。こんどはBMP数輌を破壊した。つぎは戦車を狙った。ターゲットを設定しては、つぎつぎと破壊していった。

「こちらの兵力は？」ネルソンはドスタムにきいた。

アフマド・ラール、カマル、アフマド・カーンの三人がそれぞれ一個師団を指揮していると、ドスタムは答えた。合わせて騎兵一五〇〇人と歩兵一五〇〇人。

「馬はどうですか？」ネルソンは質問した。「爆弾が落ちたとき、どう反応しますか？」

「そんなに心配しないさ」と、ドスタムがいった。

「どうして？」

「アメリカの爆弾だとわかっている」

ネルソンはちょっと考え込んだ。ドスタムは真面目のようだった。そのとき、ドスタムがにやりと笑って、ネルソンの背中を叩いた。

その朝、ドスタムは部隊の一部――三〇〇人――を先発させていた。その騎馬隊が崖っぷちの踏み分け道を登って、川の北側――のど(ゴルジュ)（細くて切り立った峡谷）のてっぺんに出た。

そこで騎馬隊は右に折れて、高い山の蔭になっていてタリバン陣地から見えない涸(か)れ谷や渓谷を通り、平地の中心近くでひそかに陣を敷いた。ドスタム軍が戦場に出てくることをタリバン軍は承知していたが、位置がつかめなかった。

ネルソンは双眼鏡で谷の向こうの東を観察し、騎馬隊の携行している武器を見てとった。AK-47、RPG、肩にかけたギラリと輝く弾帯。平地に群がり、まわりでは馬たちが杭につながれて、がつがつと草を食べている。一五年前、テネシー州にある南北戦争の古戦場シャイロー国立軍事公園の任官式で士官辞令を受けたときのことを、ネルソンは思い出した。当時、ジェブ・スチュワートとジョン・モスビーの騎兵戦術を研究していた。〝モスビー奇襲隊〟は、北軍部隊を囲繞(いにょう)するように馬を走らせては電撃的な攻撃を加えたものだった。いま、ネルソンは二一世紀初の騎兵隊突撃をリングサイドから見物しようとしていた。

ドスタムがウズベク語で叫んだ。勇み立った声が無線からさかんに聞こえる。平地の部隊の半数が馬に乗り、尾根の裏側で長さ四〇〇メートルの縦隊をなした。まだタリバン軍には見えていない。総勢一五〇人の騎兵の準備が整うまで、三〇分以上かかった。馬の背で傷だらけの節くれだった手を口もとにあげ、ウォーキイトーキイでしゃべっているうちに、残る半数が列に加わり、離れて尾根の蔭で待機し、第二波を組むよう命じられた。

「突撃！」ドスタムが無線で命じた。

とたんに騎馬隊が駆け出した。鞍の上で立つようにして尾根の裏側の斜面を登り、頂上を越えると喚声をあげながら下って、つぎの尾根の蔭にはいった。タリバン軍陣地からは見えないが、ネルソンはそれを横方向から見ていた。となりではドスタムが、不安げにつぶやきながら、無線に向かってしゃべり、ひづめの轟きと喚声のさなかでさらなる修正命令を下していた。

騎馬隊とタリバン陣地の距離は約一五〇〇メートル。撃たれることなくそれだけの距離を走るのは容易ではないと、ネルソンは思った。平地には地肌が露出している一五メートルないし三〇メートルの高さの尾根が七つあり、そのあいだは見通しのいい開豁地で、それぞれ幅が二〇〇メートルほどある。高い波のあいだの凪いだ海面という感じだ。騎馬隊はそこを登ったりおりたりして、姿を現わしてはまた尾根の蔭に隠れていた。半分まで進んだところで、タリバン軍が射撃を開始した。

耳を聾する騒音だった。砲弾や銃弾が頭の高さをうなりをあげて飛ぶ。鞍にまたがっていた兵士たちが突然ひっぱられでもしたように仰向けに吹っ飛び、地面に転げ落ちて動かなくなる。後続の騎馬隊がその屍を飛び越し、火砲陣地めがけて突撃する。負傷兵が立ちあがってよろけながら離脱したり、手を差しのべて、襲歩で駆け抜ける兵士の鞍に飛び乗ったりすることもあった。兵士たちは黒っぽい長い手綱をくわえ、馬ののばした首に伏せて駆けながら発砲していた。

最後の尾根四つが、戦場の直線コース八〇〇メートルをなしていた。尾根と尾根のあいだの平地が幅三〇〇メートルにひろがっている部分もあった。最後の尾根でタリバンの戦車の黒い車体がうずくまり、撚り糸のような濃い煙を吐いていた。

タリバン軍が戦車の砲身を上げたり下げたりして照準を修正しているのが、ネルソンのところから見えた。騎馬隊が雲霞のごとく殺到していたので、狙い撃つのは難しく、ほとんど不可能に近かった。タリバン側から見ると、どんどん膨れあがる軍勢があっというまに接近してくるように感じられたはずだ。

最後から二番目の尾根に達すると騎馬隊は馬をとめて跳びおりた。手綱を地面に投げて踏みつけたままライフルを構え、タリバン軍の前線に向けて秩序だった射撃を開始した。恐怖にかられてフルオートで前線を薙射するものもいた。冷静な兵士はRPGをかついで撃った。煙の条がうなりをあげて開豁地を越え、擲弾がタリバン軍陣地で炸裂した。

その間に、騎馬隊第二波が掩護射撃を受けながら前進した。後方から疾駆してきたこの第二波が、下馬して攻撃している兵士たちを一気に追い抜き、喚声をあげて、タリバン軍陣地へまっすぐに襲歩で突っ込んでいった。下馬していた兵士たちが鞍にまたがり、馬の腹を蹴ってそれを追う。タリバン軍陣地に叫び声が届く距離に達したときには、第一波と第二波が渾然となっていた。

ドスタムの近くに立っていたファキールは、タリバン軍の周波数に合わせて無線交信を聞いていた。叫び声が聞こえた。「支えきれない。移動しよう！」

騎馬隊が突撃するさなかで、タリバン兵の多くが立ちあがって背後に目を向け、それからまた騎馬隊を見ると、武器をほうり出して逃げはじめた。黒い寛衣がはためき、ひび割れた革靴が岩の面で滑って倒れると、あわててまた立ちあがった、ドスタム軍の騎馬隊が、ひづめを轟かせてうしろから迫っていた。

馬上の兵士たちが身を乗り出し、ライフルを棍棒代わりに使ってタリバン兵を叩きのめして、馬からおりてナイフでとどめを刺した。あるいは後頭部を撃った。両腕をおおきくひろげたタリバン兵のターバンが解け、硬いオレンジ色の地面に顔からぶっ倒れた。

黄昏がおとずれ、月が昇っても、熾烈な戦いがつづいていた。暮れる前にネルソンはBMPと戦車がそれぞれ一輛、無傷のまま残っているのを見つけた。予備の兵力として隠されていた斜面の縁へ、その二輛がひそかに進み出て、猛反撃をはじめていた。狙い済まして戦場へと砲弾を送り込み、砲声が轟いていた。ネルソンとドスタムは戦場の指揮官たちにその二輛を攻撃するよう必死で指示を出した。戦闘の騒音で無線通信が聞こえないのか、それとも混乱がひどくて組織だった攻撃ができないのかはわからないが、指揮官たちから反応を引き出せなかった。その間に、ネルソンは上空のパイロットに、そのターゲット二個を破壊してほしいと伝えた。

ネルソンの作業を見守っていたドスタムの指揮官のひとり、アリ・サルワールは、空爆の威力にうっとりした。ネルソンが無線機でなにかいい、手帳に数字を書く。はるか上空でジェット機が旋回している。ネルソンが数字を書くと、爆弾が落ちてくる。また、サルワールの目には、大きな飛行機の後部があき、小さなジェット機が四機出てきて、タリバン軍陣地をまわりながら爆撃しているようにも見えた。

いっぽうファキールは混乱していた。数週間前にアメリカで起きたことを思い出し、大型機がビルに突っ込んだ光景が頭に浮かんで、あのジェット機はハイジャックされているのだろうかと思った。

ファキールは、ドスタム将軍に無線連絡した。「どうもようすがおかしい。小さい飛行機が大きい飛行機を追いかけている」ドスタムは空中給油がどうやって行なわれるかを知らなかった。異変が起きているはずはなかったが、ネルソンにきいた。「ファキールが、小さい飛行機が大きい飛行機を追いかけているといっている。なにか問題があるのか？」

「小さい飛行機はジェット機です」ネルソンは説明した。「大きい飛行機に給油してもらっています。大きい飛行機は空中給油機（タンカー）です。万事順調ですよ」あまりにも無知な質問にびっくりしていた。

戦車とBMPを攻撃する準備が整ったように思えたとき、ネルソンはパイロットの声を聞いた。「あんた、すまないが、ビンゴーだ」

「ビンゴーだって？　冗談だろう」

「いや、悪いな」

ビンゴーとは、帰投しなければならない最低残燃料に達したことを意味する通信用語だ。

「でも、すぐ近くじゃないか。投下してくれよ。頼む」

「帰投しますよ。ビンゴー」

爆撃機が楕円周回軌道を離れ、基地へとひきかえしていった。夜明け前にはインド洋のディエゴ・ガルシアに戻っているはずだった。

ネルソンは激怒していた。ドスタムの騎馬隊が馬首をめぐらしてひきかえすのを、暗澹たる思いで見守っていた。突進してくるBMPと戦車を肩ごしにふりかえり、身をこごめて鞍にまたがり、すこしでも早く撤退しようと、馬の腹を蹴り、鞭を入れている。せっかく押し寄せて奪った敵陣地を放棄している。

死体や体の一部が散乱する平地を、騎馬隊は駆け抜けた。生き埋めにされたみたいに地面に立っている首がいくつもある。馬のひづめがすぐそばを通るとき、ゆるんだその顔に表情はない。生気を失った目に、突然の夕陽の輝きがあふれる。

だが、ネルソンは気づいた。おれたちは勝てる。ひとつの考えが浮かんだ。航空支援をうまく調整すれば、敵を打ち負かすことができる。予備の機甲部隊も叩きのめして殲滅できる。

突撃が開始されたとき、あの戦車とBMPがタリバン軍陣地になかったことはわかっている。二輛は西から戦場へやってきた。そのとき、もうひとつのことに気づいた。チームをさらに二手に分ける必要がある。北に何人か派遣し、戦車がここへ到着する前に破壊しなければならない。戦車を発見して、空爆を精確に誘導できる人間を、タリバンの前線の後背に送り込まなければならない。それができるのは、サム・ディラーだ。

ネルソンは、無線機でアラモのスペンサーを呼び出した。「こっちへ来い。ディラーを前方観測地点に送り込む」

ドスタムとネルソンは、コバーキーの前哨にひきかえした。兵士たちは血みどろになり、疲れ果てて、砦へとよろよろと戻っていった。手当ての必要がある重傷者は、担架の代わりに毛布で巻いて崖からおろした。踏み分け道を進む騎馬隊の流れが夜通しつづいていた。悲鳴やうめき声に装備のがちゃつく音が重なり、馬が鼻を鳴らす音がそこに加わって、闇のなかを追いかけてきては、道を通り過ぎ、先へと進んでいった。

負傷者を運ぶ兵士は、山道を下り切ったところで左手、つまり南に折れて、川沿いに下流に進んだ。奔流の水音が移動の物音を消してくれる。何キロメートルもそうやって進んで、アラモの門にたどり着き、いっせいになかにはいって、いまでは血でべとついている毛布に包まれた負傷者をおろした。

コバーキーの前哨では、翌日もゴルジュを通って部隊を送り込みたいと、ドスタムがネルソンに話していた。爆撃機を砲撃の代わりに利用できることに、ドスタムは気づいていた。爆弾が弾着した直後に騎馬隊が突撃を開始できるように、空爆のタイミングをぴったり合わせなければならない。

決断を下したと、ドスタムはいった。「いっしょに来てもらいたい」とネルソンに命じた。「あす、われわれはともに戦場へ行く」

ネルソンがタリバンと戦っているころ、パット・エセックスとキャル・スペンサーは、アラモで兵站段列（補給・後送・整備などの後方支援業務）を指揮していた。ふたりとも認めはしないが、退屈な作業だった。しかし、ネルソンとドスタムにとっては、前線で戦ってもらうのとおなじくらい大きな意味があった。

エセックスは現場へ輸送する水を汲み上げていた。手押しポンプを使い、五ガロンのプラスティック容器に入れる。三〇分ポンプを押し、だれかと交替する。

衛生担当のスコット・ブラックは、デヒーの村人の慢性病の手当てに追われていた。いっぽうスペンサーは、投下される補給物資を回収していた。ブラックの村人の診察は見え透いた口実だった。子供たちの虫歯を見たり、聴診器でその親たちの鼓動を聞いたりしながら、あれこれ質問する。「このあたりにアルカイダはいるかな？　タリバンは？　悪いのはどの連中で、いいのはどの連中かな？」

地元民に心から好かれていることに、ブラックもスペンサーも気づいた。アメリカ人たちは地元の言葉をしゃべろうと心を砕いていたし、それが村人によろこばれた。女性がそばを通るときには、ブルカで全身を覆い、格子模様のガーゼで顔が隠れているにもかかわらず、チームの面々はわざわざ目をそらすようにした。現地の風習には染まらずによそ者として認められようとした。タリバンの多くはアフガニスタン人だが、村人はそれを侵略者と見なしているというのが事実だった。ブラックはタリバン政権を倒そうとしている反政府勢力の一部ということになる。

ネルソンとドスタム向けの補給物資の空中投下は、それよりも厄介だった。最初の投下は高度二万フィートを飛行する輸送機から雷が落ちるみたいな勢いで行なわれ、スペンサーは司令部宛のメールで必死になって、そんな高高度からの投下はだめだと文句をいったが、パイロットたちの返事は決まっていた。「地上にSAM（地対空ミサイル）があると聞いているから、二万フィートは譲れない」うなりをあげて落ちてきた荷物が、ズシーンというすさまじい音を立てて地面に落ち――かなり遠くまでそれが聞こえる。八〇〇メートルも目標かられることもしばしばだった。人家に落ちるのではないかと、スペンサーは心配した。粗末な日干し煉瓦の家がぺしゃんこにつぶれるところを想像した。

予定時刻にスペンサーとエセックスが投下地点に行くと、たいがい荷物は目標をそれているか、衝撃でバラバラになっていた。そのあとは必死の競争になる――たとえそこが地雷原であっても。散乱した水の容器、箱入りのMRE、さまざまな品物を、住民が来る前に集めなければならない。さもないと地元住民がAK-47で撃ち合いをしながら、荷物をあけ、米、MRE、馬の飼料、包帯などを根こそぎ持っていってしまう。梱包に使われているアルミの箱すらひきずっていって、家の屋根に使う。

SAMの脅威がごく小さいことが判明すると、パイロットはやっと八〇〇フィートから荷物を投下することに同意した。高度が下がると、当然ながら投下の精度は飛躍的に高くなった。もちろん、飛行機から蹴落とされる荷物が地面に落ちるまでの時間も短くなるから、スペンサーとエセックスは地元住民が殺到する前にすべてを拾い集めるのに、なおのこと必死になった。集めそこなったものはブラックマーケットで買い戻すしかなかった。寝袋が一〇ドル、携帯コンロが一五ドルというところが相場だった。

スペンサーとエセックスは、トルコで荷物を詰めている空軍兵士たちを絞め殺したい気持ちだった。詰め合わせかたになんの脈絡もなかったからだ。箱には表示がまったくないか、ろくな表示がないか、どちらかだった。とんでもなくでたらめな組み合わせで詰め込まれている——MREの箱に電子機器類がはいっている——ようなこともあった。スペンサーとエセックスは、そういう箱を地元住民に渡しそうになった。ところがそこにはコンピュータのケーブルがはいっていた。

あるとき、アムダリヤ川近くで投下が行なわれ、スペンサーは投下された荷物のほうへ走っていって、ガソリンのコンテナだと思ったものを見ながら、ひとりごとをいった。「こいつはもっけの幸いだ。これなら役に立つ。地元の人間に分けてやってもいい。ガソリンは必要としているはずだ」

アフガニスタン人が容器のひとつをあけて、においを嗅ぎ、唖然とした表情になった。もう一度嗅いでからいった。「水じゃないか」

目を丸くしてスペンサーのほうを見て、川を指差した。「水なんかほしいのか？　ここに川があるのに」

スペンサーは顔をそむけて、心のなかでつぶやいた。まったくだ。弁解の余地もない。

地面に落ちた荷物が、手品でも使ったみたいに消え失せることがあった。跡形もない。一度などはアメリカからの郵便を収めた荷物が見つからなかった。スペンサー以下、チームの面々が一軒ずつ訪問して、アメリカ人宛の手紙を持っていないかとたずねた。ドル札を渡しながら聞き込みをつづけた。全身を覆う化学兵器防護服を着てガスマスクをつけ、フードまでかぶっているアフガニスタン人が、ロバに荷車を曳かせて轍だらけの小径を進んでいるのに出くわした。荷車には、〝OD-A595〟と記された黒い箱が積んであった。スペンサーのチームの部隊コードだ。チーム用の迷彩服一二着がはいっていた。郵便は見つからなかった。

ネルソンとドスタムが山地を移動しているころ、エセックスは焚き火のまわりで紅茶をいれる湯を沸かし、焼きたての温かいナンを食べていた。それが過酷な環境に順応したチームの楽しみのひとつだった。北部同盟の兵士たちとおなじように、みんな顎鬚が汚くごわごわになり、髪はもつれていた。安物の黒いポケット櫛で髪を梳き、指で歯を磨いた。Bチームの兵器担当ベン・マイローは、古い運動用ソックスに石鹸を三本入れて持参していて、それをちびちびと分配していた。〝ホー〟・バス（売春婦のお道具洗い）と称して、腋の下と股間だけを洗っていた。全員がひどく臭くなりはじめていた。

たしかに原始的な生活だったが、もともとそのために訓練されている。中庭の仮設便所も使った。もっとも、ドアが風に吹き飛ばされてしまったので、野天で用を足しているのと大差なかった。北部同盟の兵士たちはちがう。どこであろうと、用便したくなった場所でやる。上着が膝まであるので、気ままにしゃがんで用を足すのにはうってつけだ。エセックスは、そういう習慣を批判しなかった。特殊部隊員は一種のゲリラで、あるがままの物事を受け入れるよう教え込まれている。用便のやりかたを変えさせるためにやってきたわけではないのだ。

　ドスタムは一時間ごとに逓騎を送って位置を報せた。土の地面の中庭に全速力で駆けてきた逓騎が、全員に状況を伝える。エセックスは、ネルソンに補給品を運ぶ手配ができなくて困っていた。装備を運ぶのに馬が必要だった。

　ふだんは健康な馬一頭が三〇〇ドルなのだが、デヒーでエセックスがいくら値切り交渉をしても、一頭一〇〇〇ドルに高騰していた。しかし、やむをえないと思った。どうしても豆と弾薬を運ぶ必要がある。チームの乗馬と荷役に二〇頭買えばいいだろうとエセックスは判断した。だが、売り物の馬はないとすぐにわかった。残っていた馬やラバはすべて、北部同盟がひっさらって戦闘に使っていた。

　さらに悪いことに、空軍から二八歳のミック・ワインハウス二等軍曹と三三歳のソニー・テイタム二等軍曹をチームに加えるようにとの指令が、K2司令部からエセックスのもとに届いていた。ふたりは戦闘統制官で、爆撃のターゲットに航空機を誘導する仕事を専門にしている。ネルソンとそのチームがターゲットに命中させることができなかったためにふたりが加えられたのだとわかった。とにかく、戦果がふじゅうぶんだと思われていた。それでなくても馬が足りないのに、そのふたりのためにあと二頭見つけないといけないとは！　エセックスは血相を変えた。

それに傷ついた。お偉方はアフガニスタンの戦争の流儀がわかっていない。おれたちは勝利を収めつつあるんだ。ネルソンはすべての目標を破壊する必要はない。どこであろうと、なんであろうと破壊できるということを、タリバン兵の意識に植えつけるだけでいい。それはものの みごとに成功している。

とはいえ、上の決定には従うしかない。それに、明るい面をみることにした。ティタムとワインハウスは、SOFLAM（特殊作戦レーザー位置標識）と呼ばれるものを持ってくる。軽装備で移動するつもりだったネルソンのチームは、そのかさばる重い装備を持ってこなかったのだ。

SOFLAMを使えば、ネルソンのいまのやりかたよりもずっと簡便にタリバン軍の戦車やトラックの位置標定ができる。SOFLAMは、SFの世界から抜け出たような兵器であるレーザー誘導爆弾を制御できる。縦横が六〇センチ、厚みが一五センチのグリーンの金属製の本体に長いケーブルを取り付けて、引き金形のグリップで操作する仕組みになっている。それを三脚に載せて、そのうしろに立ち、上にある望遠照準器を覗くと、照準の十字線が見える。それをターゲットに重ねて、引き金を引けばいい。

それによってレーザーが照射され、箱のなかに閉じこめられた鳥がさえずっているのかと思うようなピヨピヨという音が本体から発せられる。レーザーは裸眼では見えないが、上空の爆撃機に搭載された爆弾に入力されたのとおなじコードを含んでいる。

爆弾はレーザー光線の上に〝着陸〟するように投下される。そのあと、爆弾はレーザー光線に乗って、それが照射しているターゲットを目指す。爆弾が投下されたあとでレーザー光線を動かしても、爆弾はそれに従うので、途中でターゲットを変えられる。
つまり、運転手が速度をあげて逃げようとしているトラックを〝レーザーで追う〟ことができる。突然バックミラーに現われたミサイルが、追尾されているトラックの運転手の最後の眺めになる。

一〇月二三日の夜明け、ネルソンとドスタムは、コバーキーから戦場になる対岸の平地へと馬を駆った。

狭い踏み分け道を谷底へ降りて、川の岩場を伝い、三本に分かれている浅い早瀬を渡った。タリバン軍は川にまで地雷を敷設しているので、用心深く馬を歩ませる必要があった。対岸の谷間の崖が日陰をこしらえているところに乗り入れ、暗く涼しい岩壁のきわを進んだ。馬のひづめが砂地できしみ、石の上では鈍い音をたてた。南を目指しながら、踏み分け道の登り口を探した。

一時間後に登りはじめた。ドスタム軍の指揮官数名が同行していて、そのなかには六〇人の騎馬隊を率いるアク・ヤーシンや、四日前の晩にデヒーでネルソンのチームがヘリコプターをおりるのを見ていたアリ・サルワールがいた。ネルソンたちを見たとき、これで勝てるとサルワールは思った。タリバンを打倒できる、と。いまもその考えに変わりはなかった。
太陽に向けて登っていくうちに、ネルソンは谷間に熱がこもっているのを感じ、そのうちに雨が降りだした。はじめはぱらつく程度だったが、やがて本降りになった。踏み分け道が泥濘と化した。馬が足を滑らせるようになり、四本の脚をじたばたさせている震動が鞍から伝わってきた。すさまじく危険な行軍だった。倒れて岩棚から落ちるのではないかとネルソンは思った。何千メートルも滑落することになる。

「馬からおりて歩け」ドスタムが叱りつけた。

ネルソンは、乗ったまま進むといい張った。歩くのはみっともない。ドスタムのほうが乗馬がうまいと認めることになる。

だが、ドスタムは本気で気にかけていたのだ。数週間前に山道をこうして登っていたときに馬が足を滑らし、ドスタムは落馬してすこし転げ、岩棚から落ちる寸前でとまった。仰向けになっていると、岩が山の斜面を落下する音が聞こえた。もし落ちていたら、部下たちは何週間もかけてバラバラの死体を拾い集めることになっていただろう。

通訳をつとめていたドスタムの副官のチャーリが、ドスタムにも馬をおりて歩いてほしいと必死で頼んだ。「将軍が怪我をなさったら困ります」山羊でもこの道は登らないだろうと、チャーリは思っていた。「そうなったらだれがわれわれを指揮するのですか」

「わたしの体はおまえたちよりも貴重なわけではない」部下の気遣いに、ドスタムはほっとした。いつものようにその崇敬をよろこんで受け入れ、忠誠のしるしだと解釈した。

チャーリは三六歳の小太りの男で、口髭をきちんと刈り込んでいる。アメリカ人が馬を操れないのではないかと最初から心配していて、乗るのにも苦労しているのを見たときにはやきもきした。ドスタムに従ってもう二三年も戦っていて、タリバンがマザリシャリフを占領してからの三年間に三〇人以上の友人が戦闘や地雷のために手脚を失うのを目の当たりにしていた。いまではこのアメリカ人たちに命を預けているも同然なので、なんとしても手を貸して勝利へ導こうと決意していた。ネルソン大尉が、チャーリには実のきょうだいのように思えた。

ネルソンも、ドスタムが父親のように叱りつけ、本当に心配してくれていることに気づいた。ここに来てからずっと、ネルソンは用心のために、寝袋の下に拳銃を入れて眠っていた。ひょっとしてこのおやじは信用できるかもしれない、と思った。ひょっとして。ネルソンは深く考えるのはやめた。だれも信用するな。

ドスタムのうしろを進んでいるとき、ネルソンの馬が足を滑らせた。棹立ちになって前脚で空をかき、体を傾けた。ネルソンは投げ出された。地面に落ちると、馬がこっちに倒れてきた場合に下敷きにならないように横に転がった。馬は倒れなかった。じたばたしていたが、ようやく立ち直った。ネルソンは立ってズボンの汚れを払い、帽子を直して、馬のそばに戻った。ふたたび乗ると決意していた。

馬は胸の筋肉をふるわせていた。ネルソンはゆっくりと話しかけてなだめた。首をめぐらすと、山の上のほうから物悲しい声が聞こえていた。

見あげると、騎馬隊が列をなして踏み分け道を登っていた。動き回り、寄り集まり、戦いに備えている兵士たちの姿が、頂上の縁の上にも点々と見えた。ネルソンは馬にまたがり、騎馬隊とともに登りはじめた。

高く登るにつれて、一定の間隔で砲撃の音が聞こえるようになった。近くの村の村長が撃っているのだと、ドスタムが説明した。照準もつけず、高い弾道でタリバン軍めがけて撃っているだけだが、山上のドスタム軍の接近からタリバンの目をそらすのに役立っていた。

「急げ、進みつづけないといけない」ドスタムがいった。早く頂上へ行きたいのだ。タリバン軍に発見されるのを、ドスタムは懸念していた。タリバン軍が旧ソ連のジェット戦闘機を飛ばして、ドスタム軍をハエみたいに狙い撃ちにするおそれがある。

物悲しい声が大きくなり、ドスタムとネルソンはまもなく踏み分け道を下ってゆく一隊とすれちがった。負傷者や呆然としたうつろな目の兵士たちが、戦場からアラモへ帰ってゆく。その兵士たちはよろけながら進んでいた。彫像のように押し黙ったまま通り過ぎてゆくものもいた。顔が仮面のようにこわばっている。あとの連中は、赤子みたいにひいひい泣いていた。

ドスタムが鞍から身を乗り出して見ると、粗末な毛布にくるまれた兵士がうめいていた。四人が力をこめて角を握り、それを運んでいた。兵士の頭はぱっくりと割れている。首を横にまわしたとき、白く光る脳みそが目にはいった。首をもとに戻すと、どこも悪くないように見えた。

騎馬隊は谷の上に出た。四方に平原がひろがっている。タリバンと戦うものはすべて死ぬ覚悟でここに集まるようにと、前日にドスタムが無線で訓辞していた。

そしていま、騎馬と徒歩の兵士合わせて六〇〇人が、戦いに備えて平地へ向かおうとしていた。山をいくつか挟んでいるので、タリバン軍陣地からは死角になっている。これまで発見されなかった僥倖が、ドスタムには信じられなかった。敵までの距離はわずか八〇〇メートルしかない。ドスタムとネルソンは岩場の高台に進み、目を瞠るような眺望を眺めた。

興奮気味のドスタムは、無線機を使って、部隊を整理する指示を下した。まず騎馬隊一〇〇人がもっとも手前の尾根の蔭に整列する。つぎに徒歩の一〇〇人がその先の尾根の蔭で位置につく。そういう要領で、まもなく六つの尾根の蔭に六つの前線を敷いていた。馬が棹立ちになり、兵士たちが叫び、鞭を鳴らす。ドスタム軍の捲きあげる土煙が戦場の上に漂い、タリバン軍にも見えるのではないかとネルソンは思った。

ネルソンは双眼鏡でタリバン軍を観察した。戦車三輛が待ち構えている。さらにZSU-23-4二輛が、フットボール場ほどの幅があるタリバン軍陣地の左右をそれぞれ固めている。前日はそのZSU-23-4に痛い目に遭わされた。あれを排除しなければならない。RPG、AK-47、迫撃砲で武装したタリバン軍約一〇〇〇人が塹壕にこもっていると、ネルソンは推測した。

タリバン軍が陣地を強化しているし、きのうよりも大規模な戦いになるというのを、ネルソンは意識していた。ドスタム軍はタリバン軍陣地めがけて一丸となって突進しなければならない。停止すれば強化された火力によって薙ぎ倒されるだろう。タリバン軍が陣を乱して逃げるよう仕向ける必要がある。それにはまず機甲部隊を攻撃して無力化しなければならない。不可能に思えることをやらなければならない。

「われわれは格好の位置についた」ドスタムが請け合った。「ここで打ち破ることができれば、やつらは逃げるしかない。マザリシャリフまで潰走をつづけることになる。かてて くわえて、きのうの爆撃でやつらの士気は落ちている」

ドスタム軍の上級指揮官でもっとも信頼されている右腕のファキールが、タリバン軍の陣地を探査するために、夜のあいだに斥候を出していた。斥候の無線連絡により、タリバン軍が怯えていることがわかっていた。攻撃を怖れて夜も眠っていないという。

ドスタムはそれを聞いてよろこび勇んだ。アフガニスタンの古い諺に曰く。死は戦場であろうと町にいようと、いつでも訪れる。それはだれにもわからない。きょうがその日なら、それはそれでいい。覚悟はできている。

それに、ファキールのような優秀な参謀がいるのだから、過ちを犯すはずがない。もう一四年もともに戦ってきた。顎鬚をたくわえ、貫くような茶色の目と皮肉な笑みの持ち主のファキールは、ドスタムの生まれ故郷シェベルガーンの出身だった。天然ガス田が至るところにあり、淋しい風がステップを薙ぎ倒している、土埃にまみれた町だ。

もう午後も半ばになっていた。あと数時間で平地は暗くなる。じきに戦闘を開始すると、ドスタムが告げた。

CIA工作員のマイク・スパンとデイヴ・オルソンもまた、べつの岩山の近くに立ち、戦場を見おろしていた。硬い草の生えている下の叢で、J・J・マイクが三人の馬の手綱を押さえている。

乗馬ブーツにグリーンの戦闘服というでたちの痩せた男が馬でやってきて、興奮気味にまもなく攻撃がはじまることを告げた。用意したほうがいいといい捨てて、そのドスタムの部下は襲歩で走り去った。

用意はいいかと、J・Jがふたりの工作員にきいた。

ふたりが用意はいいと答えた。

CIA工作員三人は、これまでずっとK2やCIA本部とのメールの送受信に明け暮れ、軍閥たちとの会議や同盟の手配にいそしんできたので、北部同盟の人間にろくでもない事務屋なのかと見なされていた。「アメリカ人はここにいるがね、兵隊じゃない。ずっとノートパソコンばっかりいじってる」と陰口を叩かれていた。

これから、それが思いちがいであることを証明するつもりだった。

アラモで時間をつぶしているとき、スパンは毎晩腕立て伏せと腹筋を寝る前に五〇回ずつやった。そのあとで二〇分、聖書を読んだ。それから日誌を書き、友だちになったネズミがやってきては帰っていくことまで記録した。スパンはネズミの滑稽な行動を楽しみ、ヴァージニア州の子供たちや妻シャノンのためにそれを書き留めていた。

好きな曲でスローなダンスを踊るために会いたいと、スパンはシャノンに書き送った。

「ひとつ気がかりなことがある。死ぬのは怖くないけれど、きみや息子といっしょにいられなくなると思うとぞっとする……きみを抱いて触れたい。ぼくたちのぽっちゃりした赤ん坊を抱いているところを想像する……きみとスローなダンスが踊れたら最高だね……」

そのとき、戦闘開始を告げる砲声が聞こえてきた。

ネルソンが衛星通信アンテナを立て終わり、ヴァーン・マイケルズが重い無線機を荷ほどきしているときに、砲声が聞こえた。ネルソンは最初の爆弾を投下する命令を下そうとしていた。タリバン軍陣地のターゲットの座標は、すでに頭上のジェット戦闘機に伝えてある。かたわらにはコファーズと交替して兵器担当をつとめることになるチャールズ・ジョーンズがいた。谷間の砦から、戦闘に間に合うように到着していたのだ。マイケルズが無線機を担当し、ジョーンズはネルソンに付き従って戦場へと馬を駆ることになっている。

ネルソンはマイケルズに別れを告げて、馬首をめぐらし、ドスタムにつづいた。ドスタムはカーキ色のズボンに黒いコートといういでたちで、青いターバンを頭に巻いていた。背すじをのばして、鞍上で小粋に腰を前後に揺らし、平地に出ていった。

ネルソンは、胸のなかで心臓が激しく打つのを感じた。

ネルソンとドスタムは、J・J、スパン、オルソンと駒を並べた。

右太腿のホルスターに収めた九ミリ口径のブローニング・セミオートマティック・ピストルと、負い紐で首にかけ、すぐに構えられるようになっているAK-47が、ネルソンの武器だった。弾薬を詰め込んだポーチは肩から吊るしている。ジーンズとハイキングブーツはL

・L・ビーンの製品、ニットキャップは耳にかぶさるまで引きおろしてある。スパンは小さすぎる白馬にまたがっていた。ジーンズと黒いTシャツの上から、大きな前ポケットに双眼鏡を入れたグレーのシャツをはおっている。
ドスタムが戦闘計画を説明した。騎馬隊が中央を突撃、歩兵が両翼を攻撃、近くの山に設置した機関銃で掩護射撃する。

「行くぞ。攻撃のあとを追う」ドスタムがいった。

スパン、オルソン、J・Jは顔を見合わせた。本気でそういっているのか？

そのとき、ドスタムが無線機で命令を発した。「突撃！」

騎馬隊が最初の尾根の裏側を登り、頂上を越えて駆けおり、たちまち速度をあげた。

前方には褶曲した何本もの尾根が八〇〇メートルにわたってならんでいる。その向こうのタリバン軍の重砲は、異様なまでに沈黙していた。

と、それが火蓋を切った。

騎馬隊の周囲に迫撃砲弾が落下し、赤土が噴きあがる。ドスタム軍が尾根の頂上に達すると同時に弾着するようタイミングを計って発射された擲弾が、うなりをあげて上昇する。いまのところは、それがはずれている。

ドスタムが馬の腹を蹴り、襲歩に転じた。ネルソンとジョーンズがつづき、CIAの三人がやや遅れてついてきた。

ドスタムがどこを目指しているのか、ネルソンにははっきりとわからなかったが、離れずに追躡するつもりだった。数百メートル進み、二番目か三番目の尾根の頂上で、高みの見物をするのだろうと思っていた。

駆けているあいだ、ライフルの銃弾を食らった兵士たちがつぎつぎと鞍の上でのけぞるのを、ネルソンは目にした。頭の上を通る弾丸のうなりや炸裂音が聞こえた。無線機をつかみ、マイケルズを呼んだ。

「いまだ。爆弾を投下しろ」騎馬隊が敵陣に到着する前に爆弾が落ちるように、タイミングを合わせようとした。

前方では騎馬隊が前線中央を突撃していた。そこまでの距離は五五〇メートル。歩兵が小走りにつづいている。顔をゆがめ、ライフルやRPGを握りしめて、爆発音や砲弾の通過する音を聞くたびに首をすくめている。

ネルソンが顔をあげると同時に、タリバン軍陣地が爆発した。上空のジェット機が投下した爆弾が戦車の近くで炸裂し、ZSU－23－4一輛が破壊された。ドスタム軍が歓声をあげ、進軍を速めた。

J・Jが、叢に隠れていたタリバン軍の伏兵のかたわらを過ぎた。伏兵が躍りあがって発砲し、J・Jが鞍の上で体をまわし、AK－47で応射した。スパンは自陣に逃げ戻ろうとするタリバン兵と出くわした。タリバン兵が不意にふりむいて狙いをつけようとした。スパンはその兵士の頭を撃った。

ネルソンは死者や瀕死の兵士のそばを通った。鉄に似た血のにおいが霧のように立ち込めていた。火薬の燃えるにおいが鼻を刺す。平地の上に煙が漂っている。突撃する騎馬隊がRPGを構えて、タリバン軍陣地に向けて擲弾を発射した。発砲の衝撃で、馬にまたがった兵士たちの体が揺れる。

タリバン軍の前線があちこちで破砕されているのが、ネルソンのところから見えた。砂の壁が崩れるみたいに脆(もろ)い。降伏のしるしに両手を高くあげてドスタム軍のほうへ走ってくるタリバン兵もいたので、ネルソンはびっくりした。

そういう兵士たちがつぎつぎと地べたにうつぶせに倒れるのを見て、ネルソンはなおのことびっくりした。あとでわかったのだが、前線に残っていた指揮官がうしろから撃って殺したのだ。

ドスタムが手綱をさばいて、平地を右翼に向けて斜行した。やがて手綱を引いて停止する。戦況は思わしくなかった。タリバン軍が残る一輛のZSU-23-4の射角を変えていた。発射速度の速い高射機関砲の射線が、ドスタム軍を貫いていた。馬上で兵士たちの体が引きちぎられ、地上でも歩兵がまっぷたつに引き裂かれて吹っ飛ばされていた。

突撃を開始した六〇〇人のうち、いまも戦っているのは三〇〇人程度だろうと、ネルソンは推測した。あとは負傷するか、死ぬか、バラバラになっている。だが、ドスタム軍は敵陣に迫り、勝利をものにできる攻撃距離に達していた。タリバン軍陣地とのあいだに残る尾根はあとひとつ、距離は一〇〇メートルもない。しかし、勢いを失っているのを、ネルソンは察した。

敵の砲撃に動きのとれなくなった騎馬隊が、どうしていいのかわからず、二の足を踏んでいた。なかには鞍をおりて、落ち着きをなくしている馬の足もとにうずくまり、狙われにくいように縮こまっているものもいた。

ドスタムが憤怒した。「敗勢になっているぞ！」無線機でがなった。「攻撃！　攻撃！」

ドスタム軍は動かなかった。ドスタムが馬から跳びおりて、サドルバッグに手をつっこみ、AK‐47の弾倉を数本つかみだすのを、ネルソンは見ていた。と、ドスタムが駆け出した。尾根を駆けおり、タリバン軍陣地へまっすぐ向かっている。

ドスタムの身を案じた部下が、スパン、オルソン、J・Jとドスタム軍兵士一五人ほどに、前進する司令官のななめうしろの左右に周辺防御を敷くよう指示した。

走っているドスタムを、ネルソンは見守った。走ってはタリバン軍陣地に向けて発砲している。致命傷を負っていまにも倒れるのではないかと、ネルソンは思った。見ていると、弾倉を交換するために足をとめただけで、ドスタムがまた走りはじめた。自軍の兵士たちのそばを通過する。唖然として目をあげた兵士たちが、ようやく恥を知った。馬にまたがり、あるいは徒歩で、ドスタムとともに前線を立て直した。騎馬隊が馬の首の上から撃ち、突き進んだ。戦場のうねりの高まりをネルソンは感じた。まるであらたな生命を得たようだった。

「どうする？」ジョーンズがきいた。

「いっしょに行くんだ」ネルソンはいった。「ドスタムが殺されたら、おれたちの損失は計り知れない」

尾根を駆けおりたが、タリバン軍の前線に近づきすぎないようにした。ドスタム軍は渾然一体となり、銃口を突き出して煙に包まれているひとつの群れをなしていた。そのなかで爆発の閃光がまたたいている。それがどよめきながらタリバン軍前線へと迫った。ネルソンは畏怖の念に打たれて見ていた。

ドスタム軍はZSU－23－4に襲いかかり、怯えきった銃手たちを殺した。残ったタリバン兵は武器を捨てて逃げ出した。即座に降伏しなかったものは撃ち殺された。

尾根の上でひとりのドスタム軍兵士が手を地面にのばし、ナイフを大きくふるった。立ちあがったとき、タリバン兵の首を高々と掲げていた。陽光が薄れはじめるなか、黒い髪をつかんで、血のしたたる振り子よろしくその首をふりまわしていた。

ドスタム軍が勝った。

戦闘たけなわのころ、ウズベキスタンのK2ではディーン・ノソログ大尉が無線で戦況に耳を傾けていた。通信担当のブライアン・ライル一等軍曹が、いずれかの周波数に同調できるかどうかを疑問に思いつつも、ためしに合板のテーブルに無線機を置いた。あちこちの周波数をためすうちに、銃声や興奮した声で空爆を誘導するアメリカ人の声が聞こえた。チームの面々がみんなテーブルに集まってきた。

三〇代から四〇代まで、総勢一二名のチームは、顎鬚をのばしていた。三週間前にフォート・キャンベルを出発してからずっと、ノソログは気がゆるまないようにするのに苦労していた。果たして戦闘に参加できるのだろうかという迷いがあったからだ。ネルソンのチームが最初に送り込まれると知ってノソログはがっかりしたが、親しい友人のネルソンにはそれを見せないようにした。ノソログとネルソンはおたがいの結婚式で花婿付添い人をつとめているし、その前はレインジャー学校でともにつらい訓練を潜り抜けている。精鋭部隊の兵士になるまでに修了したその他のさまざまな訓練所でも、ルームメイトだった。

月初めにK2に着いたときから、任務を待っているあいだに他のチームと交流することは禁じられていた。ノソログは相棒のネルソンと目前に迫っている任務について話がしたくてうずうずしていた。

ある日、ノソログは〝小便パイプ〟の前に立っているネルソンに近づいた。先端が腰の高さになるようにプラスティックの土管を地面に埋め込んだもので、それが基地の野外小便所だった。

ノソログはいった。「やあ、調子はどう？」

「まあまあ」ネルソンはそれしかいわなかった。交流禁止を真剣に受け止めているのは明らかだった。

当然だな、とノソログは思った。「そうか。気をつけて」

ネルソンと話をしたのは、それが最後だった。

いま戦況を無線で聞きながら、銃弾が飛び交いはじめたら自分はどう反応するだろうと、ノソログは思った。ひとを殺したくはなかったし、考えるのも愉快ではなかった。政治は好きで、政府が思想の目標やしばしば銃の筒先によって方向を変えるのを見るのは面白かった。

特殊部隊員になった一九九九年以降、ノソログは片時も退屈を感じていない。生物・化学兵器の模擬戦では、ほんものの神経ガスを浴びながら生き延びた。ネヴァダ州の砂漠で何週間も無人機から逃れ、身を隠した。陸軍のSERE（生存・脱出・救出・回避）学校も終えた。これはノースキャロライナの山野で行なわれる過酷な訓練で、一一日間つづく。〝敵〟前線の後背で逃避しながら、近くの農家からカボチャやニワトリを盗み、ニワトリは調理らしい調理はせず、カボチャは生のまま食べて生き延びた。泥まみれの溝に隠れてそれらを手づかみで食べ、やがて〝捕虜〟になった。MERE訓練を受ける兵士は、生き埋めになり、罵倒され、自我が小さなかけらになるまですりつぶされる。終わったときには、ノソログは米陸軍版の神を見てキャンプ・マッコールの松林から出てきた。

こうしてなにもかもを奪われる地獄のような状態へ落とされた経験があるので、たとえ捕虜になってももう地獄は味わっているという気持ちになれる。これが特殊部隊のルールその一だった。失敗を味わわせれば、二度と失敗しない。また、失敗を経験することで、成功する兵士になるにはどうすればいいかが身にしみてわかる。もうこれ以上ないくらい自分を改善してきたし、自分の力を一〇〇パーセント発揮していると、ノソログは確信していた。ミネソタの小さな農場に生まれ育ったノソログは、勤勉や勤労を善とする考えかたを父親に叩き込まれていた。もうひとつ大事なことを学んでいた。ひとはだれかの助けがなければ、何事も達成できない。

　この一年間、ノソログはフォート・キャンベルの上官に、中東での訓練任務をやりたいとしつこくせがんでいた。飽くことなく運動した。二〇〇一年一月、ノソログとそのチームはウズベキスタンへ赴いた。ノソログはロシア語を流暢に話すことができたし、旧ソ連の共和国が直面している政治的難題は、あらゆる知識を貪欲に取り入れるノソログには陶然とするくらいうってつけだった。

　ノソログはテロ組織ＩＭＵ（ウズベキスタン・イスラム運動）の反政府活動の情報をウズベキスタン軍からじかに得ることができ、テロリスト全般について考える機会を得た。そこで、長身で寡黙な情報作戦係ダリン・クラウス一等軍曹に、アフガニスタンの原理主義組織タリバンとその敵の北部同盟について、あれこれ質問をした。

　ノソログは好んで政治の相関図を書き記した。海外遠征からチームが戻ってきたときにはいつも、自分の研究結果を掲示した――テロ攻撃の円グラフ、タリバンに関する役に立つ情報の要約、地理的・政治的要因についての全般的な考察といったものを、フォート・キャンベルの第五特殊部隊群本部の裏廊下の掲示板に貼り出した。だが、それに注目するものはすくなかった。アフガニスタンはまだだれのレーダーにもひっかかっていなかった。

　そしていまも、Ｋ２にじっとしていて、任務をあたえられていない。

　ノソログはまだあきらめていなかった。なにしろしつこさと忍耐を絵に描いたような人間だった。数年前、信号待ちをしているところを酔っ払い運転の車に追突され、相手と話をしようと車をおりた。近づくと、相手が車を発進させて逃げた。ノソログは走って追いかけた。

車と並走して、助手席の窓からもぐりこみ、車をとめるようにと運転した男を説得した。相手は度肝を抜かれてノソログの顔を見た。ノソログは、兵士として最高の仕事をやりたいと切望していた。いや、熱望していた。

だが、K2と国防総省のお偉方は、まだ決断を渋っていた。ノソログは、米軍の技倆がどうしてもほしいという軍閥を見つける必要があった。

ノソログがテントでもう一〇回目になるミュージカル映画《ムーラン・ルージュ》のDVDを見ているころ（大嫌いだった）、その一五〇キロメートル南では、ウスタド・アッタ・ムハンマド・ヌールがCIA工作員と会って、まさにそういう計画を練っていた。

ドスタムが最後の尾根を駆けあがったあと、ネルソンとジョーンズは戦いに背を向けてコバーキーに戻らなければならなかった。チームの翌日の動きを計画するためだった。ネルソンはそこを離れたくなかった。

山頂に立ち、ドスタム軍がなおも戦いをつづけて、数キロメートル北のチャプチャルという村に向けて駒を進めるのを眺めた。タリバン軍は大混乱で潰走していた。夕闇に逃げる兵士たちの叫びが響いていた。

ネルソンとドスタムは、タリバン軍の戦車が谷間からやってくると踏んでいた。それを空爆する準備をするために、ネルソンはサム・ディラーを単騎でオイミターンという村へ派遣する必要がある。ディラーが出発するころに、デヒーの砦からスペンサーが来るはずだった。

無線で話をするときはいつも、スペンサーが勇み立っているのが声でわかった。戦場を見たいのだ。

ネルソンとジョーンズは、踏み分け道の終点にあたる谷間のきわへと馬でおりていった。暗いなかを進むとき、馬の蹄鉄が石を打って火花が散った。黒いドームに冷たい水晶を投げつけたように星がちりばめられた、薄氷を思わせる空しか見えないこともあった。

谷底でファキールがふたりを出迎えた。あなたの勇気に感心したと、ファキールがいった。三人は黙然と、谷の上に登る踏み分け道の入口を目指した。ネルソンは疲れ切って、鞍上で舟を漕いでいた。四時間馬の背に揺られて、コバーキーの前哨にたどり着いた。白亜のにおいがする風が谷から吹きあげ、断崖を乱気流がはげしくこすっていた。

アメリカ本土では、米軍の特殊部隊がアフガニスタン入りしたことが、ようやく新聞で報じられていた。ネルソンが前哨にはいっていったころ、アメリカ市民はコンピュータでインターネットにアクセスして、CDI（国防情報センター）の悲観的な評価を読んでいた。CDIは学者や退役軍人が中心になっている民間シンクタンクで、アフガニスタンでの軍事作戦について、つぎのように述べていた。「……北部同盟の進軍は〝失速した〟といえよう。兵力の差が大きく、輸送手段が信頼できず速度が遅いことがおもな原因である。

マザリシャリフ周辺の北部同盟軍部隊は、弾薬、食糧、医療品が底をついており、そのことが米軍の攻撃を持続する軍事的優位に変えるのを阻害している」

ラムズフェルド国防長官がK2のマルホランド大佐に電話をかけ、質問攻めにした。そっちはいったいどうなってるんだ？　どこに進展がある？　なぜタリバン軍陣地をもっと破壊しないのだ？　マルホランドは即答できなかった。だが、すぐに回答いたしますと告げた。

ネルソンが背嚢をおろして寝ようとしたとき、近くにいたチームの兵士がむくむくと起きあがった。マルホランドとの連絡役をつとめているK2の情報担当から、ネルソン宛に通信文が届いているという。ネルソンのその後の言葉を借りれば、マルホランドは「諸君はいつそのケツをあげて仕事に取りかかるんだ？」といってきたという。

ネルソンは唖然とした。おやじのやつ、おれたちの戦果にケチをつけるとは何事だ。どこから説明すりゃいいんだ。

ネルソンは、そこいらを歩きまわるうちに、いよいよ腹が立ってきた。眠ろうと思った。睡眠不足がひどい。頭を冷やしてから朝に応答することにした。寝袋に潜り込んだ。ともすれば、妊娠中で家事を精いっぱいこなしている妻のジーンのことを考えていた。いま話ができたらどんな代償でも払うと思った。いまいましい通信文のことを、頭から追い出すことができなかった。どういう意味だ？　いつ仕事に取りかかるかとは？

ネルソンがもぞもぞしているのにいらだった仲間がきいた。「今夜応答するのか、それとも眠るのか、どっちかにしろよ」

ネルソンは、起きることにした。水を飲み、MREをすこし食べて、ここ数日のあいだに目にしたことを考えた。途方もない経験だった。これまで渾身の力で戦ってきたつもりだったが、北部同盟の兵士たちと出会って、その確信が崩れた。体が不自由になり、傷だらけになり、打ちのめされた姿を見て、心のどこか底のほうで激しい感動をおぼえた。熾烈な弾幕に向けて馬を駆る男たちがいる。無一物に近い男たちだが、自分の持てるものすべて――命をくれた。おれのために死んでくれる男たちだ。自分の知識の限りを尽くしていると、国防総省に告げたかった。パナソニックのタフブックを膝に置き、蓋をあけた。画面の光が顔を照らした。パチパチとタイプする手がどんどん速くなる。その一部は以下のとおりである。

軽歩兵と騎馬隊を駆使してタリバン軍のT－55などの戦車、迫撃砲、野砲、装甲兵員輸送車、機関銃に立ち向かう技倆に長けている指揮官に、わたしは助言しています。ガットリング砲の発明によって時代遅れになったと思われている戦法です。わたしたちが到着してからずっと、ムジャーヒディーン戦士たちは、これを毎日くりかえしています。ひとり当たり一〇発の弾薬で攻撃します――狙撃手の持ち弾は一〇〇発以下です――水は乏しく、食糧はもっと乏しい。戦場まで一五キロ以上を徒歩行軍しているPK機関銃の銃手を見ました。膝から下が義肢なのを、その兵士が得意げに見せてくれました。くつわを並べて掩護射撃を行ないながらタリバン軍の防御陣地を攻撃する騎馬隊を、われわれは目の当たりにしました。最後の数キロメートルは迫撃砲や野砲や狙撃手に狙い撃ちされます。負傷しても手当てはほとんど受けられず、ロバでただの日干し煉瓦の小屋にすぎない救護所へ運ばれるだけです。ムジャーヒディーン戦士たちは、手持ちの武器装備でかなり善戦していると思います。

われわれがいまやっている作業は、近接航空支援なしにはできません——どこへ行っても、一般市民やムジャーヒディーン戦士に、アメリカが来てよかったといわれます。タリバンがいなくなった暁にはアフガニスタンはずっとよくなると、こぞって希望を口にします。

書き終えてノートパソコンの蓋を閉めると、気分がよくなった。

このメールについて、フォート・ブラッグの米軍特殊部隊コマンド司令官ジェフリー・ランバート少将は、アフガニスタン戦争でもっとも名高い情報報告になるはずだと断言している。数日後、国防総省で記者会見が行なわれ、記者やテレビカメラの前でラムズフェルド国防長官がネルソンのメールのプリントアウトを掲げ、一部を国民に読んで聞かせた。

無名の若い将校の痛切な言葉に、聴衆はいたく感動した。ネルソンの言葉は、世界中に配信された。夜のニュースでも引用された。ネルソンは、チームやアフガニスタン人のいらだちや恐怖や希望を、わかりやすい言葉にまとめていた。疲れ、腹をすかし、機嫌をそこねているときに腹立ちまぎれに書いたことは、本人だけの秘密だった。

その晩の後刻、やはりコバーキーに帰ってきたドスタムが、戦闘は最終的にほとんど白兵戦になったと伝えた。彼我の距離は二〇メートルもなかった。「タリバン軍があんなに抵抗するのははじめて見た」と、ドスタムはいい、あきれたように首をふった。タリバン軍は敗色が濃厚なのを知っているはずだという確信があった。ドスタム軍はパキスタン人一二三人を殺し、ふたりを捕虜にした。ドスタムは部下数人を失った。ひとりは全軍に一発だけ残った手榴弾を持って、タリバン軍の陣地に跳び込み、自爆して敵兵を殺した。

それを聞いたネルソンは動揺した。ネルソンとジョーンズは手榴弾を八発持っていて、そのままコバーキーに持ち帰っていた。ドスタムがそんな危険を冒したことを知って心配になった。いっしょにいればよかったと思った。自分がそれほどドスタムの身を案じるようになっていることに気づいた。

デヒーのアラモ砦では、北部同盟の負傷兵が続々と戻ってきて、衛生担当のスコット・ブラックは膝まで血糊や汚物につかっていた。ブラックはここ数日、北部同盟の兵士とタリバン兵を必死で手当てしていた。これほどしぶとい男たちは見たことがないと思った。目には恐怖を浮かべているが、声ひとつたてない。どんな痛みにでも耐えられるのではないかと思えた。

ブラックが午前零時を過ぎてぐっすり眠っていると、揺り起こされた。はっとして目を醒まし、暗い部屋を見まわした。ランタンを掲げ、心配そうな顔をしている北部同盟軍の中年の兵士が、目の前にいた。

「スコット指揮官、力を借りたい。緊急事態です」

寝袋から這い出したブラックは、迷彩のズボンに茶色のTシャツという格好で、サンダルを履いて歩いていった。土埃の立つ庭を横切り、正面の門から出た。ドアをすべてあけ放ったニッサンのピックアップがとまっていた。ルームランプの暗い明かりで、車内の悲惨な光景がどうにか見えた。

ダブルキャブのピックアップのリアシートに、アフガニスタン人の少年が横たわっていた。一四、五歳だろうが、はっきりとはわからない。みぞおちのあたりを撃たれて、血がべっとりついたビニールのシートの上で首をしきりと動かしている。口をあけてうめこうとするが、声が出ないようだった。急いで手当てしなければならないと、ブラックは気づいた。

もうひとりの少年――一八歳くらいで、あとで従兄弟だったとわかる――が手を握ってやり、ブラックがモルヒネを打った。ブラックは銃創を負った少年の足もとのほうに立った。手当てをするには、そこが都合がよかった。傷口を探った――深い。周囲を手探りして、出血血管――止血の困難な出血がつづいている血管――を見つけようとした。

手が滑ってよく探れなかった。腸は出ていないので、そこの傷を調べることができない。AK‐47の弾丸は腹膜を貫通したにちがいないが、穴が見つからない。動脈が破れている可能性が高かった。車内は暗く、ブラックのハロゲン・ヘッドランプだけが頼りだった。それに、そこでは手術がやりづらい。しかし、このままで出血をとめられないなら、開腹手術をするしかないと、ブラックは確信した。

まず〈カーレックス〉と呼ばれる吸収素材で傷口をふさごうとした。コカコーラの壜の口にティッシュペーパーを詰め込む要領で、傷口に人差し指でそれを押しつける。それを二個入れたが、出血はとまらなかった。少年はかなりの量の血を失っていたが、ブラックには血漿の持ち合わせがなかった。少年はどんどん手に負えない状態になってゆく。手術中に死んだら、アフガニスタン人たちはこちらのせいにするだろう。それがわかっていたので、ブラックは不安だった。そのことは医療ではなく、チームがいま携わっているこの戦争と重大な関係がある。地元住民との人間関係が生死――自分自身の生死――を左右する可能性があるのだ。K2の病院に搬送しないかぎり、自分にやれることはなにもないと、ブラックは決断した。〈カーレックス〉で止血できなければやむをえない。

さらに二時間、傷口の〈カーレックス〉を詰め替えつづけ、出血はとまらないだろうということを渋々認めた。ブラックのサンダルをはいた足も血まみれになっていた。野外で患者が死ぬというのは、ブラックにとって初の体験だった。事実、特殊部隊に勤務して六年になるが、これが戦場での最初の死者になりそうだった。ピックアップの狭い車内で、ブラックは血のにおいを嗅ぎ、少年の苦しい息を耳にして、絶望感に呑み込まれそうになっていた。

従兄弟の少年が、まだ少年の手を握っていた。ブラックはふたたび鎮痛剤を注射して、通訳を介し、家族のもとへ運んだほうがいいと伝えた。愛するひとびとに囲まれて安らかに死を迎えさせたほうがいい。若い通訳は黙ってうなずいた。ドアを閉められるように少年の脚を持ちあげて曲げるのを、ブラックは手伝った。ニッサンのテイルランプが轍を越えて見えなくなるまで、未舗装路に立って見送った。

医療品がまた不足してきたので、ブラックは空中投下を頼んでいた。それがもう来てもいいころだった。戦闘が激化しているから、いまの少年のような負傷者を数十人、あるいは数百人抱えることになるだろう。そう思うとひるみそうになったが、ブラックは気を引き締めた。

自分はかなり気丈な人間だと思っていたが、死を目前にしている少年のことが心をさいなんだ。まだティーンエイジャーなのに……厩の寝袋に戻って眠ろうとしたが、眠れなかった。

ブラックが少年を手当てしていたころ、ナイトストーカーズの任務指揮官ジョン・ガーフィールドとパイロットのグレッグ・ギブソンは、ブラックとチームが要求した物資を運ぶ補給任務のために、Ｋ２を飛び立っていた。弾薬、毛布、冬用のコート、飲料水、点滴セット、消毒用アルコール、薄いゴム手袋、ナイロンの縫合糸、包帯が積まれていた。戦争を修理する接着剤、兵士を治療する道具。

視程ゼロの悲惨な飛行（フライト）だった。離陸一時間後に、ギブソンは黒い層雲のただなかに突入した。霧と雪と砂塵からできているこの空の沼地の出現は、Ｋ２の気象予報係たちにも解明できない。ギブソンは、暗いコクピットの小さな画面に表示されるデータのみを頼りに飛んでいた。風防の外は遠近感のない白一色だった。

三時間そんな状態で操縦して、ギブソンは神経が参りかけていたが、ようやくヘリコプターを完全に操縦できて、技倆を存分に発揮できる空域に達した。フライトの大部分を大過なく終え、デヒーのＨＬＺに近づくと、副操縦士のアーロン・スミスに操縦を任せた。あとは着陸して荷物をおろし、離陸して向きを変え、ひどい気象のなかをK2に戻ればいいだけだった。

ヘリが高度を下げているとき、機長席で腕組みをしていたギブソンは、後部からの叫び声を聞いた。半開の傾斜板に立って外を見ていた乗員が、インターコムでどなっていた。「引き起こせ！　引き起こせ！　くそっ！」

ギブソンは、スミスが指示に従うのを待った。後部の乗員は機長と副操縦士のために目と耳を提供している。その指示は絶対的に信じなければならない。

ところが、スミスはなぜか針路を修正しなかった。ギブソンは膝のあいだのサイクリック・コントロール・スティックをつかみ、機体を大きく傾けた。ほとんど横倒しになる感じで、ギブソンは旋回中に左手に空を見ていた。

そのとき、山にまっすぐ激突するところだったと気づいた。

後部の乗員たちは投げ出された。岩壁が迫るのを見て衝突間際に警告を発したのは、そのうちのひとりのトム・ディングマンだった。数秒遅れていたら、九〇ノットで正面衝突していたはずだ。

だが、急旋回中に車輪が岩壁にぶつかり、トランポリンで跳ねているみたいに機体が揺さぶられた。そのあおりで機首の棒状のＦＬＩＲ（前方監視赤外線装置）が激しくぶつかり、はずれて、太いワイヤーでぶらさがっているだけになった。

旋回を終えたとき、いましがたぶつかった尾根に馬に乗ったアフガニスタン人が立っているのを、ギブソンは見た。ローターの起こす激しい風のために、その男が鞍から吹き飛ばされて仰向けに落馬した。

ギブソンはヘリを水平飛行に戻した。震動が激しい。衝撃をうけてから、ツインローターの同期が狂っていた。計器盤が読みとれないくらいキャビンが荒々しくふるえていた。

予備の折りたたみ座席に座っていたジョン・ガーフィールドが、インターコムで指示を出した。〝ナイトストーカーズはあきらめない〟が隊是（モットー）であるとはいえ、着陸を強行すれば機体の耐久限度を超えると、ガーフィールドは判断した。〝どこであきらめればいいかを彼らは知らなかった〟という墓碑銘を献上されるのはまっぴらごめんだ。状況が危険すぎると、ガーフィールドは告げた。物資投下は中止。K2に帰投する。

ギブソンがK2を無線で呼び出して、事故のことを説明した。

「現況は？」ときかれた。

「まあ、山から跳ね返っただけだ」南部人らしい落ち着いた声で、ギブソンはいった。「どれほどひどいかはわからない。だいぶガタついている。落ち着いたらまた連絡する」

「えー、了解した」

夜の闇へと突っ込むと、ギブソンは震動に叩きのめされて死にそうな心地がした。これから三時間以上飛ばなければならない。

一時間後、基地から連絡があり、どんなぐあいかときかれた。

「さっきもいったけど」ギブソンの声は、機体の激しい揺れのためにふるえていた。「山にぶつかったのさ。でもなんとか持ちこたえると思う」

だが、ウズベキスタン国境まで一時間というところで、昇降口から下を見ていた乗員が、閃光を目にした。地上から八〇〇フィートのところを飛んでいた。閃光につづいて、追随している護衛ヘリコプターの後方の雲中でぱっと光がひろがった。

対空兵器の攻撃を受けているのだ。

地上のべつの閃光をギブソンが捉えた。

ヘリコプターの防御機構がいまにも作動するのではないかと思った。チャフと呼ばれる金属製のレーダー反射材を収めたポッドが尾部にあり、ミサイルが接近すると自動的にチャフを射出する。それと同時に、発熱発光弾（フレアー）も撃ち出される。そのときにはまるで花火が炸裂するように見える。赤外線追尾方式のミサイルが熱を発するその大きな塊に惹きつけられて、ヘリコプターからそれることを狙ったものだ。通常はそれが功を奏し、難を逃れられるはずだった。

右銃手が閃光を見つけ、地上から昇ってきたミサイルが爆発したが、さほど近くなかったので、ギブソンのヘリはフレアーを発射しなかった。

だが、後続のヘリを操縦していたジェリー・エドワーズは、そういう幸運に恵まれなかった。エドワーズのヘリはフレアーとチャフを撃ち出し、周囲の夜空が明々と照らし出された。煌々（こうこう）とした光が機体にも降り注いだ。いまやヘリコプター二機は、地上からはっきりと見えていた。簡単に観測できる。たちまち二機の周囲でミサイルがたてつづけに爆発しはじめた。

二機とも急上昇に転じた。ギブソンのヘリの乗員たちは、このすさまじいスリルのために、震動で機体がバラバラになるかもしれないという不安を忘れてしまった。約三〇分後、二機は無事K2に着陸した。

ヘリのエンジンを切って電源を落としたあと、ギブソンは放棄された格納庫にある自分のベッドに戻り、眠ろうとした。もう夜明け近かった。ナイトストーカーズの乗員の毎日は、退屈な期間のあいまにすさまじい恐怖を味わうという、落差は激しいが予測可能なリズムから成っている。夜を徹して飛行し、物資をさまざまな場所に届けて、基地に帰り、報告聴取(デブリーフィング)を受けて、寝床にはいる。午後一時か二時に起きて、コーヒーをたっぷりこしらえ、砂嚢と梱包用木枠でナイトストーカーズがこしらえた〝ベランダ〟へぶらぶらと行く。そこにはバーベキュー用のグリルもある。基地の他の兵士たちが働いているときにバスローブとサンダルで歩きまわっているナイトストーカーズのパイロットたちが、プロペラやローターの起こす風を浴びないように、砂嚢は高く積まれている。ウッドデッキの周囲には芝生まで植えてある。調理場で使った水をやって、枯れないようにしている。芝生のまわりにはペンキを塗った石をならべ、〝ウズベキスタン今月の庭園賞〟を受賞したことを示す看板が立ててある。

日記をつけはじめていたジェリー・エドワーズは、空の人生の断片を書き留めていた。つい最近の任務で、チヌークの巨大なローターを使い、霧に文字どおり〝穴をあけた〟ことがあった。そのトンネルを通って、KC-130空中給油機が無事に着陸することができた。そんな途方もないことは、本土の連中にはとても説明できない。

　エドワーズは、自分はそんなに優秀ではなくて他の乗員に遅れをとっているのではないかと悩んでいた。妄想に近いその思い込みゆえに完全を目指したおかげで、米陸軍のヘリコプター・パイロットの上位五パーセントという超一流のナイトストーカーズの一員になることができたのだ。

　任務から帰ってきたあと、エドワーズは眠れず、興奮を冷ますために基地内を歩きまわることがあった。ある晩、基地のあちこちに置かれている移動式便所にコブラがいるのを見つけた。あわててあとずさりして出てから、ドアを思い切り閉めた。格納庫のベッドに戻って寝袋をあけると、マムシが二匹はいっていた。

　エドワーズは妻が恋しかった。〝お別れのセックス〟はいったいどこへ消えてしまったのだろうと思った。将兵は一週間に一度、〝慰安電話〟と呼ばれるものを一〇分間かけることができる。エドワーズは古めかしいダイヤル式電話がある粗末な電話ボックスの外に並び、順番を待っていた。列は長かったが、なんとしても電話をかけようと決意していた。

　一時間待つと、あとひとりになった。エドワーズは、フライト・ジャケットを着た体を丸めて寒さに耐えていた。ボックスのなかの兵士は一〇分の割当てを超過していたが、それをまったく気にかけていないようだった。エドワーズはドアをノックしていった。「おい、電話をかけなきゃならない人間がまだいっぱいいるんだぞ！」

　電話をかけていた空軍将校は、エドワーズを無視した。

並んでいるのが下士官ばかりであることに、エドワーズは気づいた。この将校は階級を笠に着ている。エドワーズはそのなかでもっとも先任だった。この馬鹿野郎をこらしめてやる必要がある。

一五分たっても空軍将校が電話を切らなかったので、エドワーズはどなった。「みんなのために電話をやめろ！」

ドアがぱっとあき、将校がおまえは何様だ、いったいどんなだいじな用があるんだといったことを、くどくどいいはじめた。エドワーズはうんざりしてそこに立っていた。女房と話をするほうが重要だ。押しのけてなかにはいり、相手にいった。「あんたは一から一〇までまちがってる」

フォート・キャンベルでは午後一〇時になっていた。電話に出た妻がいくつかあくびをしたので、寝ているところを起こしたのだとエドワーズにはわかった。三歳の娘がたどたどしくしゃべっているのが聞こえていた。

歯磨きと濡れティッシュをつぎの慰問袋に入れてほしいといったようなありきたりの話のあとで、エドワーズの妻がいった。「ジェリー、妊娠したの」

エドワーズはびっくり仰天した。「まちがいないか？」

「三度テストしたわ」

そこで幼い娘が電話に出た。「お仕事なの、パパ？」

妊娠の知らせを聞いてまだ動揺していたエドワーズは、あわてていった。「そうなんだよ。

お仕事なんだ」

「おうちに帰ってこられる？」

「いや、いまはだめなんだ」

「サンタさんに会いにいくの」

娘とサンタに会いにいけないことが、エドワーズは急に悲しくなった。

「大好き、パパ！」娘が泣き出した。「パパがいなくて淋しい！」

電話を母親に返した。「とてもうれしい知らせだ」エドワーズはいった。「ほんとうにうれしい。また子供ができるなんて。ワーオ」

足が地面についていないかと思うほど舞いあがっていた。

エドワーズは妻のダイアンとしばらくしゃべった。時計をみるとぴったり一〇分だったので、もう切るといって、受話器を戻した。

ぼうっとして格納庫にひきかえした。赤ちゃんが生まれるのか。もう夜明け近かった。なかではみんなが《アメリカン・パイ》を見て笑い転げていた。

おれたちはここから生きて帰らなければならない、とエドワーズは決心した。

翌朝、一〇月二四日に、サム・ディラーはコバーキーの前哨を出発した。前夜にネルソンと練ったのは、じつに大胆不敵な計画だった。

ディラー、衛生担当ビル・ベネット、兵器担当ショーン・コファーズの三人が、三〇キロメートル離れた西の山地へ馬で移動し、タリバンの右翼を観測できる高みを確保する。ドスタム軍の兵士三〇人が同行する。ディラー隊はそこで、ネルソンと戦っている部隊を増強するために谷間を進むタリバン軍の戦車と兵士への空爆を誘導する。

隠密裡に動けるかどうかに、ディラーの生存はかかっていた。速度も重要だ。ディラー隊はタリバンの支配地域の奥にはいり込むことになる。食糧と弾薬が補給できればありがたいが、それは無理だった。空軍は投下の二四時間前に予定を決めるよう要求しているが、そんなに早くから予定を決めることはできない。食糧は手持ちで済ますか現地調達するしかない。迅速な救難も望めない。

鞍にまたがったディラーが、目標の山を見てから、ネルソンに視線を戻した。

「こいつは危険だ」

「わかっている」

「まずいことになったら」ディラーがいった。「おれからの連絡は途絶えるだろう」

「また会えるはずだ」

ディラー隊は、八時間の騎馬行軍をやることになる。ディラーが馬首をめぐらし、隊の面々と背嚢を積んだ数頭のラバがつづいた。前哨を出て山を下り、じきに見えなくなった。ネルソンは手をふり、彼らを見送った。

ディラーが出発したころ、アラモのスペンサーとブラックは馬を借りてネルソンのいるコバーキーに向かっていた。陣中見舞いのようなものだった。ふたりとも砦に閉じ込められている状態から逃れたかったし、戦場をとっくりと見たかった。ブラックは医療品を荷造りした。コバーキーにとどまってそこを兵站拠点にする必要が生じたときのために、スペンサーは無線機を携帯していた。馬を借りるのは厄介だった。北部同盟軍に予備の馬はなかったが、ドスタムのとりなしで山の産のくたびれた小型馬の鞍にまたがることができた。

馬に乗って進むのは、最初のうちは爽快だった。スペンサーには、数歩ごとに馬がうしろを向いて、「あんたは大男だな。おりて歩きなよ」といっているように思えた。

馬の荒い息は芝居を打っているにちがいないと、スペンサーは思っていた。鐙革が短いので、膝を胸にくっつけるような姿勢で乗っていた。馬は岩の多い踏み分け道をだらだらと歩いていた。スペンサーの腰が痛みはじめた。弾薬、手榴弾、水を詰め込んだ重たいベストを着ている。その重さが一八キロもあった。胸に吊ったM－4カービン三キロ以上の重みがそこに加わる。

コバーキーにたどり着いたときには、脚の感覚がなかった。動けなかった。おりるのが怖く、硬直して馬に乗ったままでいた。年寄りだとからかわれたくなかった。四〇歳のスペンサーは、チームのなかでも最年長だった。

どうかしたのかと、ブラックがきいた。

「見てくれ」スペンサーは口の端でしゃべっていた。「馬からおりられない」

ブラックは、かつがれているのかと思った。そのとき、スペンサーが痛みにたじろぐのが目にはいった。

「脚が持ちあがらない。腰が焼けるように痛い。鐙から足をはずしてくれないか」

ブラックはスペンサーの右脚のハイキングブーツを鉄輪の鐙からはずし、馬の尻をまたがせるようにして地面におろした。スペンサーがおそるおそる立った。

まだ左足が鐙にかかっている。スペンサーは鞍をつかんでハイキングブーツを鉄輪から抜き、そっちの足もおろした。スペンサーがはっとあえぐのを、ブラックは聞いた。

両腕を鞍に乗せたまま、スペンサーは息を整えた。

「肩を貸してくれないと歩けない」

「ほんとうか？」

スペンサーは右腕をブラックの肩にかけて、前哨の片隅までの短い距離を歩いた。そこでスペンサーがうめき声を発した。

ブラックは、スペンサーをそっと地面に横たえた。脚の下と背中にクッションをいれた。医療キットにはいっていた薬を一錠渡した。

「これを飲め。三〇分で眠れるはずだ」

一〇時間ぐっすり眠って、翌朝にスペンサーは目を醒ました。すこし気分がよくなっていた。じつは椎間板ヘルニアを起こしていた。だが、負傷したぐらいで戦線から離脱するつもりはなかった。よろけながら作業に取りかかった。

馬たちは銃弾がうなりをあげて上を通過しても平気だが、タリバンの砲撃の響きや米軍の爆弾の轟音は嫌いだということを、ディラーは知った。そういう音が聞こえると、跳ねたり棹立ちになったりした。乗馬は登りのほうが下りよりも骨に響かないということもわかった。疲れた馬は膝を突いてひっくりかえり、遠くを見るような目をして動くのを拒む。ディラーは気の毒になって、腰に手を当て、じっと見守る。アフガニスタン人たちは馬に同情しない。近づいていって、馬が黙って立ちあがり、歩き出すまで、硬い鞭で叩く。恐怖しか存在しないなかでも自分が生きていけることを、ディラーは知った。喉の奥に細い針金でも引っかかっているみたいに、ずっと恐怖の味がしていた。

戦場を馬で移動して三日目には、ディラーの食糧はほとんど底をつき、弾薬も乏しくなった。移動しては爆撃を誘導し、また移動するというくりかえしだった。山の亡霊にでもなったような気がしていた。

タリバン軍の弾薬臨時集積場を吹っ飛ばしたときには、空爆の二〇分後までさかりのついた猫の鳴き声みたいな音が空に鳴り響いていた。ディラー隊は馬にまたがり、さらに移動した。アルマータ―ク山地の背を進み、涸れ谷や周囲の低山を抜け、タリバン軍に発見されるのではないかとつねにびくびくしていた。この三日目にディラーは、迅速な応援や救難を受けられる見込みのある範囲から出てしまったことを悟った。完全な孤軍になり、みずからを恃（たの）むしかなくなった。ディラーは鞍上で寒さに身をこごめて、馬を急がせた。

移動が思いのほか捗（はかど）ったこともあり、補給品投下の予定を立てるのは困難だった。一時間後にどこにいるかも見当がつかない。（結局、山地で戦った一〇日間に二度しか補給を受けなかった。）食糧は分け合って、一日MRE一食にした。ディラー隊は、疲労に打ち負かされる前に距離を稼ごうと血眼になっていた。

　暗視照準器を取り付けられるM-4カービンの五・五六ミリ弾を、ディラーは三〇〇発持っていた。手榴弾は四発、九ミリ口径の拳銃一挺と拳銃の予備弾倉一本、チーム用無線機と予備の電池が二キロほど、衛星通信機、ベージュのポーチに入れたMRE三食、背嚢にしまってある非常用のMRE六食、替えの白い靴下一足、寝袋。任務はタリバン軍のトラック、戦車、砲を破壊すること。ターゲットを直撃しなくても、〝どでかい爆弾〟が空から降ってくるだけで心理的効果がある。殺せなくても、心底怯えさせることができる。

　ディラーはみごとな働きをしていた。谷間に怪物が棲んでいるとマザリシャリフのタリバン兵が信じはじめているという話が、無線から伝わってきた。怪物とはディラーのことだった。マザリシャリフを出たあと戻ってこない兵士たちの所在を躍起になって憶測している無線交信から、ディラーはそれを察した。残された恋人や妻たちは、夫が巨人に食われたと信じていた。冷たい風が南から吹くとき、谷間から湧きあがる低い陰鬱な轟きをマザリシャリフの女たちは聞いた。ディラーが誘導した爆撃の音だった。

　ディラー隊が馬を進める岩の多い山道は、地雷だらけだった。そういう踏み分け道を移動するのは難儀だった。地雷は長年のあいだに北部同盟やタリバンが敷設したものだった。停止した斥候が四つん這いになって首をまわし、横の地面を見るのを、ディラーは見守った。

やがて斥候は地面をつつきまわして、隠されていた地雷を掘り起こし、起爆装置を解除してから、土を払い、自分たちのサドルバッグに入れる。なんというしたたかな連中だろうと思った。こいつらは〝リサイクル〟という言葉に新しい定義をつけくわえた。
一週間目の終わりには、ディラーは服がはだけて、夢遊病者のような心地を味わっていた。何物も見過ごさないという意識過敏の状態になっていた。夜に二時間眠るだけでやっていけた。落ち窪んだ目にかぶさるくらいブッシュハットを目深にかぶり、顔は泥だらけで、鼻の下にごくまばらな髭が生えていた。格好付けに顎鬚を生やそうとしたがだめだった。その口髭もお笑い種だった。どうでもいい、と思った。この連中の信頼と尊敬を得る方法はいくらでもある。この山でいちばんの悪逆非道なくそ野郎になればいいだけだ。夜になると、ヘッドランプを安全な赤い光にして、いつもシャツのポケットに入れているボロボロになった孫子の『兵法』を読んだ。ドスタム軍の兵士たちは字が読めないので、岩の上で胡坐を組み、傷だらけの指にちびた鉛筆を持って、ページを睨んでは顎をさすっているディラーを、不思議そうに眺めていた。

兵は詭道（きどう）なり……

近くして之（これ）に遠きを示し……

其の疾(はや)きこと風のごとく、其の徐(ゆる)やかなこと林のごとく、侵掠(しんりゃく)すること火のごとく……
動くこと雷震のごとく。

それから本を閉じて、夜の安全確保のために野営の配置を指示する。数人が寝袋にくるまって丸くなれるような岩の小さなくぼみや洞窟に寝泊まりした。硬い地面のまんなかで火を起こす。天井の岩をくりぬいてあり、煙が逃げるようになっている。長年の焚き火で、洞窟の壁は黒ずんでいるし、燻製所みたいに空気が濁っていた。

ディラーは入口近くで眠った。タリバン軍がひそかに山を登ってきて夜襲をかけるのではないかと怖れていたからだ。それに、タリバン軍がディラーに一〇万ドルの賞金を懸けていたので、ドスタム軍兵士が寝返るかもしれないという不安があった。とてつもない金額だ——じっさい、陸軍の一年分の給料の倍以上だった。寝る前にディラーは空き缶にスプーンを立てたものを洞窟の入口の外に置いた。倒すと音をたてる。この粗末な警報が、殺されそうになったときに反応する時間を数秒あたえてくれるかもしれない。いずれ死ぬだろうと予想していた。無言の強がりとして受け入れ、チームの仲間とはその話をしなかった。どうせみんな承知しているのだ。毎日、パトロールに出かけるたびに、周囲の北部同盟兵士が寝返るのではないかと思った。つねにナイフの切っ先が首に突き刺さる感触を待ち受けていた。撃たれたなら銃声が耳に届く前に死んでいるだろう。

二時間交替で睡眠をとりながら五日が過ぎたところで、それではだれもじゅうぶんに休息できないことがはっきりした。ディラーは、夜間は全員寝て、タリバン軍の夜襲について運を天に任せると宣言した。ドスタム軍兵士の寝返りのことも考えない。

「いいか、みんな」ディラーはきっぱりといった。「おれは毎日やつらのうちの六人とパトロールに出ている。まだおれは殺されていない。みんなひと晩ぐっすり眠ろう」

ディラーは洞窟の入口近くで眠った。攻撃があればそこにいるものが真っ先に殺されるはずだ。自分がいい出したことだから、自分が責任をとる。汚い寝袋にくるまって仰向けになり、天井の穴を見あげた。気に入らない。手榴弾を洞窟に投げ込むのにうってつけの穴だ。穴を見ながらその問題をあれこれ考え、打つ手はないと結論を下した。野営地が攻撃された場合の銃撃戦の事案想定(シナリオ)も頭のなかで再生した。

ディラーの見るところ、タリバン軍もドスタム軍も射撃の技倆はけっして褒められたものではない。どちらも突撃銃(アサルト・ライフル)を連射して〝弾丸の行く先は神頼みでばらまく〟ことを教えられたようだから、隙あらば先にそいつらを撃ち殺し、弾薬が尽きたら素手で最後まで戦えばいい。フォート・キャンベルで教わった〝つかみ合い〟だ。ディラーは自分の限界をはっきりと意識している男で、だからこそ絶大な自信を抱いていた。それこそがゲリラ戦では重要だと見なしていた。タリバン軍の兵力はこちらの五〇倍なのだ。向こうには戦車、砲、食糧がある。こちらには奇襲の要素がある。それに、軽装備で移動している。

ディラー隊は、標高二七〇〇メートル以上の尾根を蜘蛛のように北へと這い進んでいた。灰白色のじっとりした朝だった。わびしい白い雲の群れが顔の前を通って、風下へと消えてゆく。ディラーは毎朝熱い紅茶を飲み、ぺしゃんこのパンを食べてからパトロールに出た。ドスタム軍兵士に案内してもらい、前方の踏み分け道を探索し、崩れそうな岩山を這い登り、朝日を浴びて伏せ、眼下の谷間を双眼鏡で観察する。つねにあらたなターゲットを探していた。そういう手順になっていた。コバーキーの前哨にいるベネットとコファーズが、ディラーが前日に観測したターゲットの空爆を指示する。空爆後にハジ・ハビーブの部隊がタリバン軍の塹壕に突入し、敵兵をすべて殺す。つねに皆殺しにする。捕虜を収容するための兵力も施設もない。それに敵兵は降伏を望まない。おそらくパキスタンで聖戦の教育を受けた直後に、アルカイダ戦士の部隊に参加したのだろう。そういう兵士が手榴弾で自爆するのを、ディラーは遠くから見ていた。噴きあがる白煙につつまれて兵士が消滅し、やがて手榴弾の鈍い破裂音が山の上まで伝わってくる。不承不承ではあるが、敬意を抱かずにはいられなかった。

だが、自分のほうがずっとしぶといと、ディラーは思っていた。自分と部下は食べるものさえあればやっていける。一週間たち、飢える寸前だった。空腹のあまり、食欲を失っていた。そんなとき、鈴（ベル）の音が聞こえた。ある朝、ゆっくりと鳴る音が霧のなかから聞こえ、羊の群れを連れているアフガニスタン人の姿が灰色のもやを透かして見えた。羊飼いが見つけやすいように、貧弱な羊たちは鈴をつけていた。

「あそこへ行って一頭手に入れてこい」ディラーはハジ・ハビーブに命じた。

数分後に、ハビーブが悪い報せを伝えた。売り物ではないという。

「どういうことだ？　どこのどいつに売るつもりなんだ？」

「自分で食べる。家族の食糧だ」

ディラーは四〇〇メートルほど山を下り、羊飼いと交渉した。

三頭に五〇ドル出すといった。

羊飼いは一頭五〇〇ドルを要求した。

ディラーは血相を変えた。「どこのどいつにそんな値段で売るというんだ？」

羊飼いがにんまりした。顔がしわくちゃの洋梨みたいだった。「だれにも売らない」

ディラーはバッグから金を出した。印をつけてある札で数千ドル。CIAが行方をたどるためだ。これで何カ月ももつだろうと、ディラーは思っていた。品物があまりないような店に行くのにも、馬で三日はかかるのだ。

ハジ・ハビーブとその配下が羊の喉をかき切り、馬の背に載せて、山上の野営地へと急いだ。皮を剝いで冷たい地面に敷き、柔らかな脂肪をこそげ取って、焚き火にかけたフライパンに入れ、溶かした。肉を薄切りにして、その脂で揚げた。

一度の食事で羊一頭を食べ切った。残りは温和な気候のなかでももつように布でくるんだ。

それから二日間、その肉を食べた。

腹がくちくなったディラーは、最終決戦に頭を切り替えた。ドスタムが一一月五日に攻勢を計画しているという噂が、無線で伝えられていた。

K2で待機していたノソログは、ようやく出動命令を受けた。ウスタド・アッタ・ムハンマド・ヌールが、マザリシャリフの南にあってアククプルクの村を見霽かす拠点に戻ることに同意していた。その村はアラモから西に一五キロメートルほどの距離で、ダラエバルフ川を見おろす位置にある。北部同盟軍が北進するためには、タリバン軍に占領されたアククプルクを奪回する必要があった。

ダラエバルフとダラエソフの二本の川は、ポリイバラクという村の付近で合流している。ドスタム軍二五〇〇人とヌール軍一〇〇〇人は、この二又になっている川沿いに戦線を展開する予定だった。ドスタム軍とネルソンは二又の東を北進し、ヌール軍とノソログは西側を北進する。ポリイバラクからはダラエバルフ川に沿って北へ進み、もっと大きな町のシュールガレを落とす。

それと同時に、ハザラ人戦士五〇〇人を指揮する軍閥モハケクが、ドスタム軍の右翼に当たる東側を護る。バルフ谷の中心にあるシュールガレが、アフガニスタン北部を制する鍵を握っていると、ドスタムは確信していた。シュールガレが落ちればマザリシャリフも落ちるというのがドスタムの読みで、そうなれば北部六州を支配できる。じゅうぶんな武器弾薬と航空支援さえあれば、ドスタム軍はそれを達成できるはずだった。

シュールガレからダラエバルフ川の谷をさらに北上し、タンギー峠の隘路を目指す。タリバン軍は最終的な戦利品であるマザリシャリフ攻略を阻止するために、三〇キロメートル北のそこで熾烈な最後の決戦を挑むはずだ。

本書は、二〇一〇年四月に早川書房より単行本として刊行された『ホース・ソルジャー　米特殊騎馬隊、アフガンの死闘』を改題・文庫化したものです。

訳者略歴　1951年生，早稲田大学商学部卒，英米文学翻訳家　訳書にロメシャ『レッド・プラトーン　14時間の死闘』，グリーニー『暗殺者グレイマン』，ボウデン『ブラックホーク・ダウン』，フランクリン&フェンリイ『たとえ傾いた世界でも』（以上早川書房刊）他多数

HM=Hayakawa Mystery
SF=Science Fiction
JA=Japanese Author
NV=Novel
NF=Nonfiction
FT=Fantasy

ホース・ソルジャー
〔上〕

〈NF520〉

二〇一八年四月　十　日　印刷
二〇一八年四月十五日　発行

（定価はカバーに表示してあります）

著　者　ダグ・スタントン
訳　者　伏見威蕃
発行者　早川　浩
発行所　株式会社　早川書房

郵便番号　一〇一 - 〇〇四六
東京都千代田区神田多町二ノ二
電話　〇三 - 三二五二 - 三一一一（大代表）
振替　〇〇一六〇 - 三 - 四七七九九
http://www.hayakawa-online.co.jp

乱丁・落丁本は小社制作部宛お送り下さい。
送料小社負担にてお取りかえいたします。

印刷・株式会社亨有堂印刷所　製本・株式会社フォーネット社
Printed and bound in Japan
ISBN978-4-15-050520-2 C0131

本書は活字が大きく読みやすい〈トールサイズ〉です。